你问过我喜欢什么样的类型，你可以改变。

我不知道自己喜欢什么样的类型，只知道我喜欢你。

所以"你"这个命题已经是永真，无论分量如何、条件如何，真值都恒为真。无论你会被归于哪一种类型的集合，都改变不了我喜欢你的事实。

FANSERVICE PARADOX

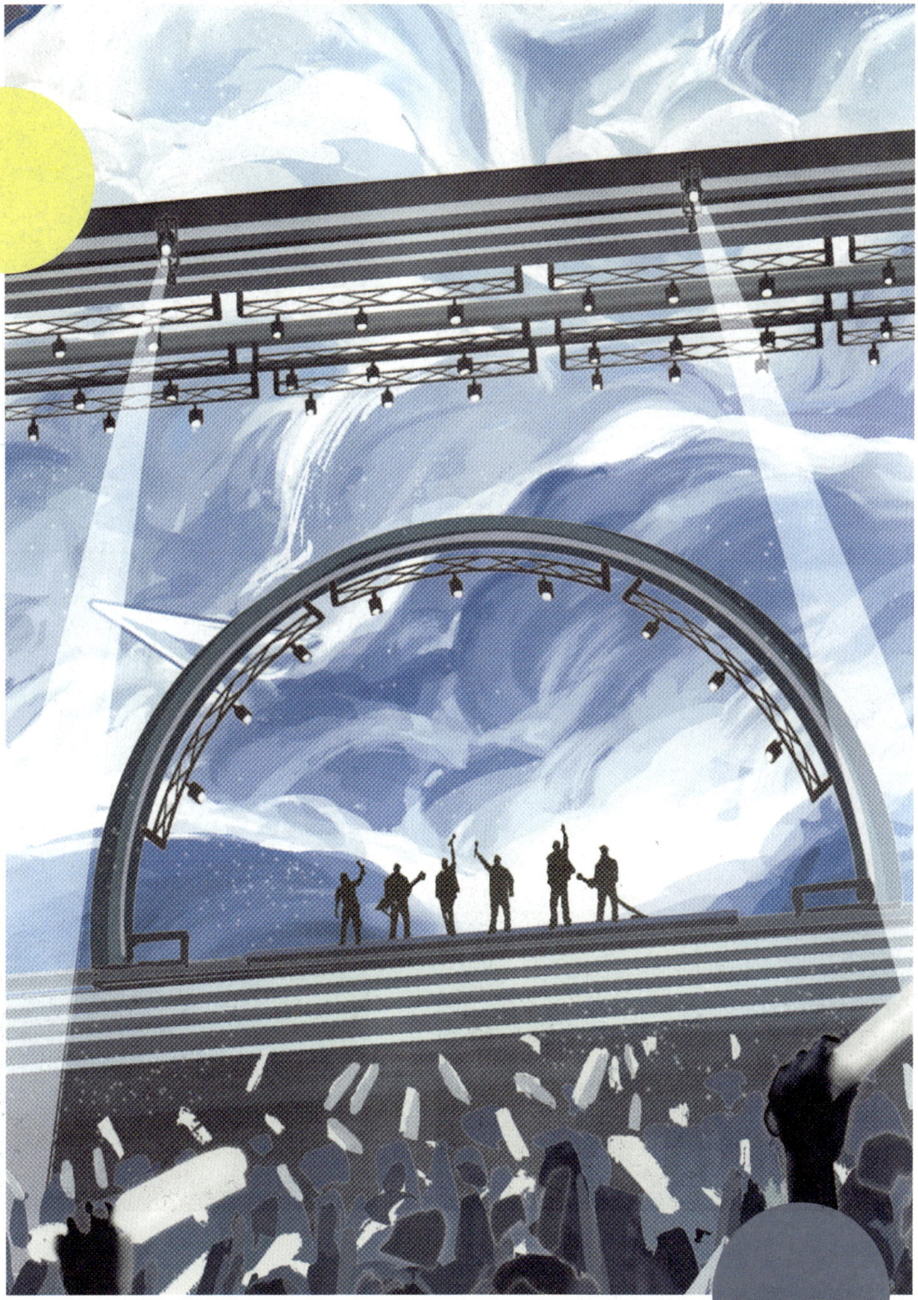

稚楚 著

营业悖论

2

中国·广州

CONTENTS
目录

■第一章
心茧消解 ...001

■第二章
白昼梦游 ...033

■第三章
多事之秋 ...067

■第四章
台风过境 ...101

■第五章
最高褒奖 ...125

■番外 ...167

不想结束这热浪
七月为什么不能延长
牵手时胸口发烫
我握住一段纯白光芒

倘若，被问起约会对象
笑着回答
是一枚月亮
你怪我擅长说谎
我说夏天好长

KALEIDO
夜游

这一座沉甸甸的金色奖杯，对他们每一个人的意义都不尽相同，至少对方觉夏来说，这是一扇打开的门，是他漫长黑暗甬道的尽头，门外是他的五个队友，还有万花筒般缤纷多彩的大千世界。

FANG JUEXIA

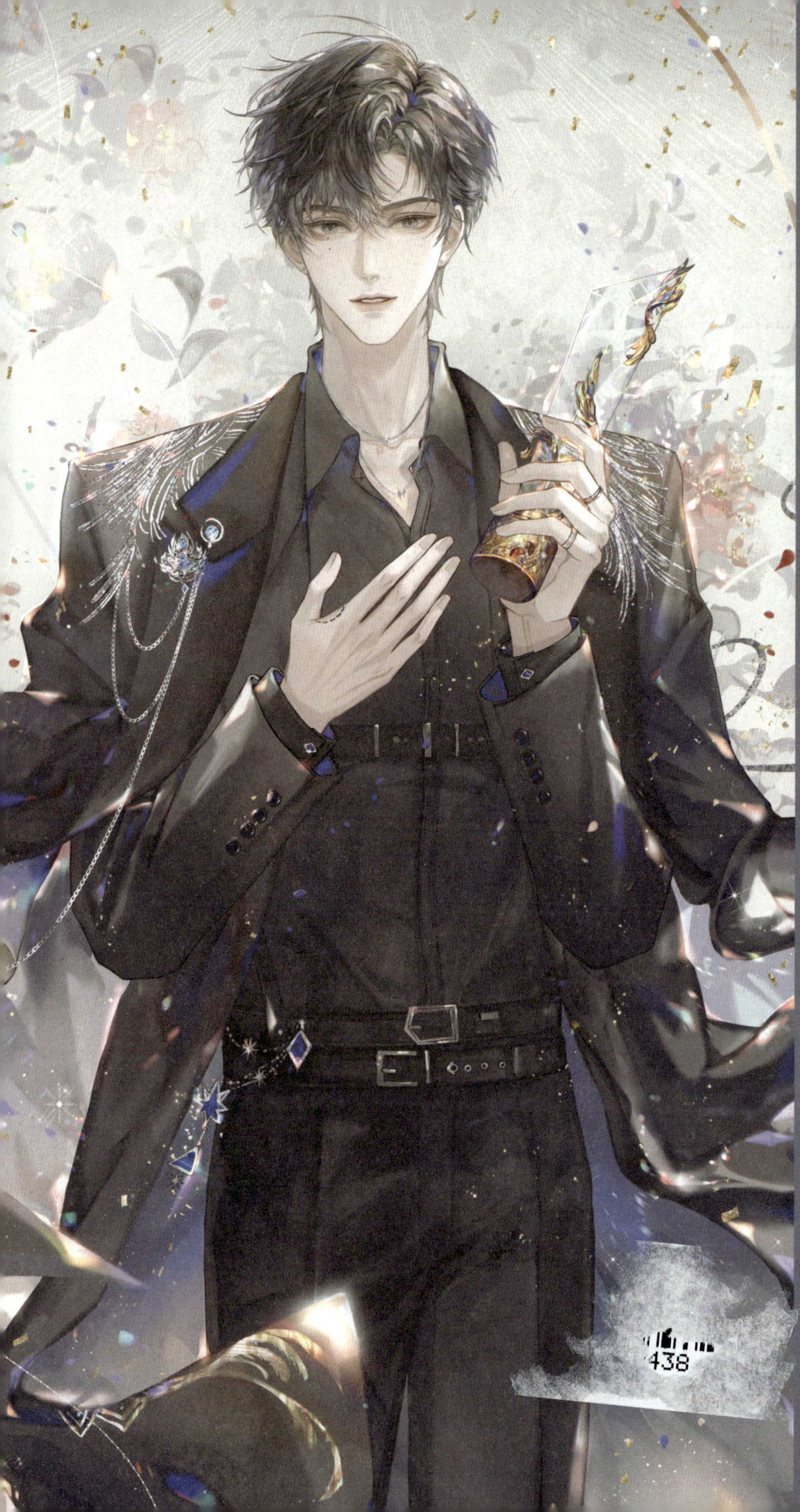

PEI TINGSONG

『我最荣幸的不是站在这里，
而是站在这里的我用原创捍卫住了自己的尊严。』

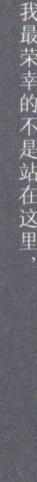

Fanservice Paradox

"为了和别人一样,我不断地矫正偏差,减少谬误,
在保全自我的同时更靠近正确一点。
因为我害怕犯错,我知道这个世界没有容错率,
可能我犯一次错,就倒闭了。"

"现在我只想说,管他呢。
倒闭也好,营业也罢,我不想再只追逐正确。
我要当一家最古怪的商店。"

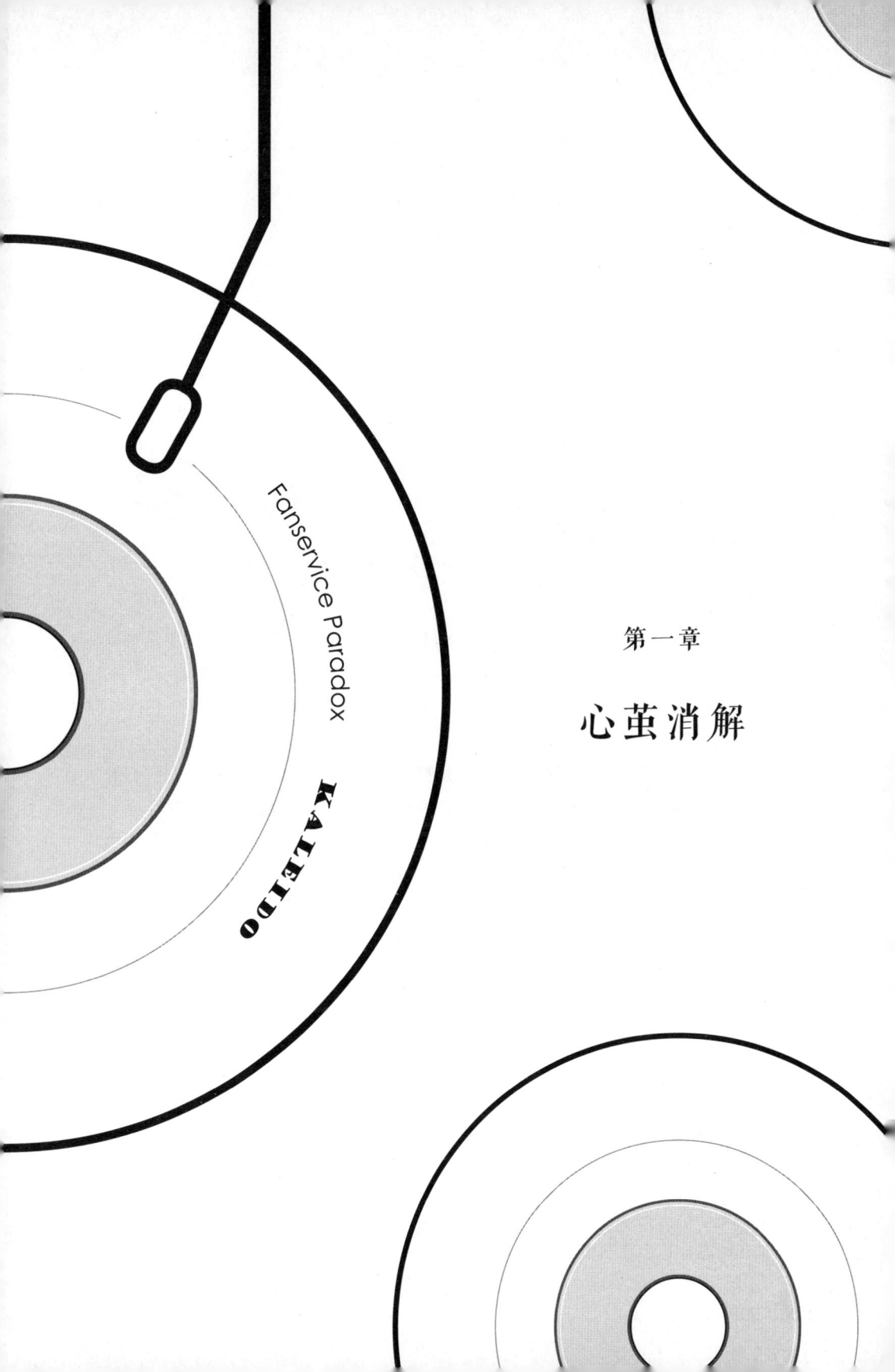

第一章

心茧消解

Fanservice Paradox

KALEIDO

01

闲下来的裴听颂更是百无聊赖,看书已经满足不了需求,还因为最近心事重重,从网上偷偷摸摸订购了一本数独本,想学学方觉夏独特的情绪管理法则。

但他刚开始上手,毫无章法,一度甚至想要在网上搜索教程。很不巧的是,他的偷偷摸摸被贺子炎发现了。

"哟,填数独呢小哲学家。"贺子炎手里捧着裴听颂买的哈根达斯,脖子上还挂着他的头戴式耳机。

裴听颂也不知道自己心虚个什么劲儿,上手捂住了数独本:"你不是写歌吗?怎么写着写着就开始摸鱼了?"

"别转移话题。"贺子炎故意逗他,"来,哥哥看看,填出来多少了?"

"你起开,别坐我床上。"

"Wow,你不光学会数独了,连洁癖都跟着学过来了。"贺子炎越逗越起劲,打开窗户朝着隔壁阳台喊:"方老师,快过来帮忙辅导一下数独。"

就这样,大家都知道裴听颂在做数独了。抱着破罐子破摔的心态,裴听颂拿着他的数独本去了方觉夏的房间,凌一不在,就他们俩。

方觉夏早就听到了贺子炎说的话,转过来的时候脸上都带着笑:"你在填数独啊。"他笑着把手里的书拿起来给裴听颂看,"我在看这个。"

他这样子就好像在明示裴听颂:你看,我也在和你做一样的傻事。

方才崩掉的心态在方觉夏坦荡又可爱的表现下一扫而空,裴听颂把数独本放在桌子上,人往他床上一躺,眼睛看着他:"方老师,你教教我。"

"哪有学生求教,一来就往老师床上躺的?"

裴听颂挑了挑眉:"我就是这样的学生。"

方觉夏被噎了一下,生怕裴听颂就着这话题再继续揶揄他,只好自行妥协:"行行行,教。"

还是学生的裴听颂也把头发染回了低调的深棕色,反正已是过了宣传期,现在的他看起来乖顺很多。

方觉夏把他拉起来，拿了凳子让他坐好，把自己填数独的几个窍门都一一教给他，显式数对法、显式数组法、唯一余解法等，每一个都讲得很透彻。

他很耐心，说话声音温温柔柔的，还真有几分老师的感觉，时不时还会问裴听颂一句："这个你理解了吗？其实不难的。"

裴听颂点头，才发现原来数独有这么多小窍门、小技巧，被方觉夏一讲，也没那么枯燥，反而还能剖析出一点和逻辑学相通的东西来，难怪历史上很多数学家也有哲学家的身份。

突然振动起来的手机打乱了裴听颂的思绪，他低头看了一眼，是他那个平日里从来不正经联系的姐姐。

前几天是他那个花天酒地的母亲，一天十个电话，好像终于记起自己人生中曾经生育过一个儿子的事一样。但裴听颂根本没有搭理，只草草看了下她发来的信息。

关心都是假的，利益是真的。

终于轮到他姐了，裴听颂知道，她的目的八成和他妈是违背的。虽然这个大他七岁的姐姐平时又冷又傲，但起码把自己当个真实存在的人。

"怎么不接？"方觉夏问。

裴听颂想了想："我姐，打电话准没好事儿。"

方觉夏知道他家庭情况复杂，也不想干预，但是看裴听颂也不是完全不想接，更像是耍小性子，就推了一把："说不定是什么大事呢，接吧。"

听他这么说，裴听颂蔫了吧唧地接通了，戴上耳机站起来朝阳台走了几步，用英语开了口，蹲在方觉夏打理的一整片翠绿的小花园前，伸手拨弄着跟前开成一团粉云的小木槿。

方觉夏安静地坐在桌边，继续看着那本没看完的书，也不知是他本身听觉就敏锐，还是对队友的事太上心。裴听颂的一个小小的语气变化，方觉夏都能察觉。

感觉他有些抵触。

通话时间不算非常长。裴听颂挂断电话还蹲在阳台，他的眼睛从小木槿挪到了蓝雪花，最后落在那盆最不起眼的仙人掌上。

他把仙人掌的花盆从角落拿出来，搁在面前，相顾无言。

方觉夏走到他旁边，陪他蹲下，还假装大惊小怪的样子："我的仙人掌怎么了，怎么刺都蔫儿了？"

"行了你。"裴听颂知道他在逗自己，直接跟他摊开说，"刚刚我姐说，我妈新交往的一个英国男友是搞出版的，旁敲侧击让我妈把我外公的所有版权都给他。"

虽然说得很简单，但方觉夏知道事情的严重性："这怎么行，如果对方不靠谱怎么办？那是你外公的心血。"

"她不能做主，因为我外公的遗嘱里，他所有作品版权的法定继承人是我。"说到这里，裴听颂不由得想到了外公过世的场面。

很混乱，每个人的趋利心都暴露在一块孤零零的墓碑前。才十五岁的他处于最迷茫的时期，暴戾、狂躁，把世界都推向对立面。

他不想要继承权，只想让自己的外公活过来。是的，这念头很荒谬。

裴听颂拿起小水壶，给仙人掌浇了一点点水："前几天，她天天跟我闹，打电话，发消息，发邮件，甚至说要亲自来找我，我不搭理她又去我姐那儿闹，她可能是疯了。

"我姐让我回去一趟，断了她的念想，并把之前一直没有管理的版权好好整理一遍，让我外公走得也安心。"

方觉夏的脑子忽然转得慢下来，慢吞吞从他手里拿走小水壶。

不能再浇了，会浇坏他的小仙人掌。

"所以你要回美国了，对吧？"

裴听颂点点头："明天录完节目我再走，应该几天就处理好了。"他问方觉夏，"你要不要跟我一起？"

他是想见见裴听颂长大的地方，但不是这样的契机。他需要给裴听颂一个自处的空间，而不是因为担心他无法好好处理自己家族的事务和纠纷。

"下次。"方觉夏对他露出一个微笑，"我想在你毫无负担的时候去，就像你梦到的那样。"

虽然已经见不到那个老人，但至少也不是在狼狈的时候。

裴听颂歪着脑袋想了想，嘴角勾起："那方老师会带我去花城吗？"

方觉夏没有说话，对着他伸出了自己的小拇指。

裴听颂钩住他的手指，达成协定。

综艺录完的当天晚上，裴听颂就离开了，私人行程，方觉夏不方便送他，只在他走之前把《浪漫主义的根源》又还给他，让他在飞机上无聊的时候看一看。

他不知道裴听颂是不是会看到他偷偷写上去的批注，但这种感觉很好，他好像在和过去的裴听颂跨服聊天，有种发现彩蛋的惊喜。

以前还没有和裴听颂正式合作营业的时候，除了必须一起完成的工作，其他时间几乎看不到他，也不觉得有什么，每天的日子都是照过，每一天的时间也都很客观地正流逝。

后来裴听颂搬回来，他们几乎天天在一起，和所有的成员一起。现在，裴

听颂刚离开没有几天，方觉夏就觉得难挨，想知道他在大洋彼岸的状况，有没有被人为难。

　　裴听颂这样的人会被谁为难呢？他的担心真有点多余。

　　时差很大，但裴听颂早晚都会联系他，多数时候方觉夏在被子里，要么还没起，要么没睡着，听裴听颂说一会儿话，最后的结果不是更起不来，就是更睡不着。

　　为了让自己充实一点，方觉夏又恢复了练习狂魔的节奏，每天练习舞蹈、学习声乐和创作。这天他来的时候，练习室有两个小艺人正在跳舞，他们有点怕他，一见到方觉夏就挪到一边去。

　　我有这么可怕吗？方觉夏开始反思自己是不是平常过于冷淡，顺便也看了看小艺人跳舞。一个小孩倒在地上做起身动作，好几次都起不来。

　　"你这里没发力。"方觉夏走上前去，亲自教他，"核心要绷紧，这里松垮了就起不来。"

　　小艺人有些受宠若惊，没想到现在公司大红的前辈居然这么平易近人，明明都很少笑。

　　方觉夏在准出道时期太刻苦，很多错误他都犯过，总结过经验，所以教起别人也更有经验。

　　"对，你要练一练控制力，否则定点会不好看。

　　"很好，这个转身比刚刚稳。"

　　几个人不知不觉就在练习室里度过了许久，已经很晚了，两个小孩想请方觉夏吃东西，但被他拒绝了："怎么能让你们请客？"

　　路上已经没什么人了，看着两个小孩子相伴离开公司，方觉夏也转头去地下停车场，准备开车回宿舍。

　　停车场光线不算明亮，惨淡的白光直直地打在灰色的水泥地板上，一切安静得死气沉沉。方觉夏眯着眼往自己车的方向走，夜盲症太影响视物，他好不容易才找到了自己的车，正准备打开车门的时候，忽然间听见了脚步声。

　　那种久违的被跟踪的感觉再次出现。

　　他的心一下子提起来，只是哪怕他已经如此敏感了，但还没来得及回头，就被一个人从背后狠狠撞到了墙壁上，后腰很痛，额头直接撞上白墙，一瞬间头昏眼花，脑子昏沉。

　　这不可能是私生粉。

　　方觉夏手撑着地面，疼得眉头紧皱。就这么一刹那，他隐约看见墙壁上的影子，是人影，手里握着一根细长的东西，眼看就要向他敲来。方觉夏机敏地朝一边闪避，本能令他动作加快，转了过来。

当的一声，一根钢棍掉在地上，滚落到他的脚边。

令他意外的是，后面竟然又冒出来一个身材高大的人，动作干脆利落地把刚刚从背后袭击他，甚至准备用钢棍敲晕他的人制服，压在车上。

"方先生你好，以免引起误会，我先向您说明。"身材高大的男人先开口，"我是小裴先生安排在您身边的保镖，也是受他委托，调查您被跟踪一事的人。"

听到裴听颂的名字，方觉夏才终于松了口气。他喉咙干哑，冒着一丝血腥气。

"这个人跟踪了您很久，刚才一直徘徊在您的车边，终于被捉到了，但还是让你受了点伤，非常抱歉。"

方觉夏抚着自己的后背，艰难地站起来："没事。"

幸好裴听颂找人跟着他，不然他都不敢想象这之后的事，可他想不到会有什么人这么恶毒。

"您看看，这个人您认识吗？"说着，私人保镖反剪着歹徒的双臂，拽过来面对方觉夏。

方觉夏视力不佳，所以试图再靠近一点，迈出了一步。

"松开我！"

可听到这个声音，他的脚步就顿住了。整个人僵在原地，动弹不得。

他也看清了这人的脸，老了很多，瘦得脱相，但他还是认得出来。

"我叫你松开我，你听不懂人话吗？我是他爸！你看他敢不敢动我！"

方觉夏一辈子也忘不了，这个人是如何指着他的脸和他脸上的胎记，言之凿凿地说，你是个天生的失败品。

02

方觉夏不是没有幻想过自己再次见到他的场面。他是心冷，但也有过幻想。

他想过自己忙碌中的某一天接到母亲一通电话，告诉他父亲回来了，她终于等到了，以至于他每一次接到母亲的电话，心情都很复杂，好像是期待，又好像是害怕。

他也想过或许是在未来的演唱会现场，爸爸就藏在观众席，虽然自己看不清，但或许爸爸就在下面，听着他唱歌，看他跳舞。

然后方觉夏会在心里想，爸爸你看，我不是失败品。就算我看不清，就算我的脸上有一个胎记，我也可以拥有舞台。

那么多的幻想都破灭在此刻。

方觉夏做梦都想不到，会是现在这样狼狈不堪的重逢。

原来跟踪自己这么多天的那个人，不是私生粉，也不是什么狗仔，甚至不是处心积虑想要把他拉下来的前公司领导，而是他的父亲。

知道他患有夜盲症的"伟大"父亲，在昏暗的地下停车场，手持一根钢棍，朝着他的后背挥上来。

后腰隐隐作痛，疼痛和冲击令方觉夏无心思考。

他沉默地望着面前这张已经和记忆中相去甚远的面孔，最后只冷淡地转头，对私人保镖说："麻烦您，按照裴听颂的想法去处理吧。"

"好的。"那人的职业素养很高，没有多一句嘴，即刻就准备将这个穷凶极恶的歹徒带走，可谁知这个干瘦的中年男人突然爆发力量，拼了命地挣扎，嘴里还大喊着："你这个没有良心的东西！连你亲爸都不认！"

他嘴里骂着极其难听的话，各式各样的脏话，毫无逻辑和章法，和疯子没什么两样。方觉夏一概不想听，只是到最后，这个男人连带着骂了他的母亲。

所以在转身的瞬间，方觉夏停了下来，背影僵了一秒。他朝前走着，脚步停留在方才那根细长的钢棍前，弯腰将它拾起，然后转身，朝着这个疯子走去。

走到他面前的时候，方觉夏从口袋里拿出手机，打开手电筒对准了他这张苍老的脸。

"方平，你吸毒了，是吗？"明明是疑问句，可他语气确凿，神色冷静，仿佛在陈述与自己毫无关联的事实。

他面前的人似乎是愣了一下，但根本控制不了自己的情绪，面部的肌肉都在抽搐，看起来诡异非常。

方觉夏点点头，确认了自己的判断："毒瘾犯了。"

当初父亲染上违禁品的时候，方觉夏还以为有的救，电视上说人犯了错也是可以改过自新的，他信了。

哪怕这个人后来消失在他们的生活中，方觉夏也幻想着，或许某一天，方平就改过自新了。

可随着时间流逝，随着他越来越理智，他也清楚，幡然悔悟是个小概率事件。大部分的人只会一错再错，死不悔改。沾染毒品的人，更是欺诈人格的亡命之徒，什么都做得出来。

方觉夏站在他的面前，发现自己已经比方平高了，被他抛弃的时光里自己飞快地成长，于是如今再来看这个人，发现他是这么落魄，这么无能，像是被抽干了活人气的一副干瘪躯壳。

猛地举起钢棍，那一瞬间，方觉夏看见方平发抖的肩膀。

他发出一声很轻的冷笑："刚刚就是想这么对我，是吗？"

眼神落到他跛掉的一条腿上，方觉夏将棍子放低，轻轻往他那条废腿上敲了敲，毫无波澜地问道："还是你想打断我一条腿，像你这样？"

"我没有！"方平身子不停地打着抖，每个字都像是从嘴里颤巍巍掉出来的，"我没有，我只是、只是想把你弄晕……"

"弄晕。"方觉夏重复了他的表达，"然后呢，绑架？勒索？拿着大笔钞票去买你求之不得的毒品？"

方平不说话了，他几乎也说不出什么话了，打战的双腿站也站不住，堪堪被那名保镖拉着拽着，像个破布棉花缝出来的假人。

保镖开口说："方先生，小裴先生之前安排了一个地方，告诉我如果抓到了人，就先关在那里等他回来。"他看方平的状态并不适合继续停留，"要不，我先把他带过去，您先回去休息？"

这里随时会有人来，裴听颂考虑得很周全。

"不用告诉裴听颂，"方觉夏惨淡地笑了笑，"他已经够焦头烂额了。"

和对方比起来，他们谁都没好到哪里去。

方平毒瘾发作半昏迷过去，被私人保镖带走。方觉夏决定跟他一起去，等方平清醒再审问一遍，他必须搞清楚事情的来龙去脉。

手里的钢棍沉甸甸的，方觉夏低头看过去，那么长，那么重，砸在头上恐怕不只是昏迷。

他似乎预想到那种闷痛。

将钢棍扔进后备箱，方觉夏整理了情绪，他很清楚自己这样的状态没法开车，一定会出事，所以也坐上私人保镖的车，一起离开了公司的地下停车场。

一路上昏昏沉沉，方觉夏坐在副驾驶座上，听着被捆住的方平挣扎大叫，感觉有些不真实，像一场狗血淋漓的戏剧，很难看，也很折磨人。

他的额头磕破了皮，开始流血，痒痒的，流到眼皮上，他抬手用手背擦掉，继续望着前方。明明自己已经修炼成一块石头了，可原来石头也会疼。

私人保镖带着他去到一个公寓，将捆住的方平扔到其中一个房间，绑在一张单人床上。

"方先生，您可以休息一下，有什么需要随时叫我。我会看住他。"

方觉夏像个木偶那样张了张嘴，喉咙里发出闷哑的声音："谢谢。"他唯一的要求是一杯水。

方觉夏握住水杯，非常固执地没有去休息，而是来到方平被关起来的房间，

坐在距离他不到三米的一张桌子旁，沉默地看着他。

喉咙干燥、痛痒。他只开了一盏床边台灯，因为不想看得太清楚。

整整一夜，方觉夏始终听着他的尖叫、嘶吼，像一个毫无感情的旁观者。那种被违禁药物控制神志和精神失控的画面血淋淋地摆在方觉夏面前，床单被他蹬破，扭动着挣扎着，口吐白沫。这场面在夜盲症的加持下变得模糊，他像是远远地观看了一场烈火烧身，看着一个活人熔化在罪恶的火苗中，变成炭，变成灰，变成一摊发臭的死水。

多年的阔别重逢，攒下来一场噩梦。

看着眼前，方觉夏的脑海里却不合时宜地闪过一幅幅画面，都是方平十几年前在舞台上意气风发的样子，跳着《狂歌行》和《海上花》，姿态优美，令人心醉。每一个抬腿，足尖都绷得笔直，绷住的是他的骄傲。

当年那个小小的自己，每每在台下仰望着他的身影，连眨眼都不敢，生怕错过父亲每一个精彩的瞬间。

父亲是个舞痴，跳起舞来人才是活着的。能够跳舞的时候，父亲是那么好，好到有用之不竭的爱和感情可以拿来滋养方觉夏，让他感受到温暖的父爱，让他领略舞台的魅力，让他对舞台存有最大的幻想。

只有四五岁的方觉夏在练功房仰望着他，听见他说出豪言壮语。

"爸爸以后一定会成为舞台上最亮眼的那一个，到时候你一眼就可以看到爸爸。"

这明明是第一个教会他什么是梦想的人。

方觉夏冷漠地望着眼前已经癫狂的男人，忽然间一阵反胃，想吐却吐不出来，只能不停地喝水。冰凉的水顺着食道淌下去，浑身都很冷。

天色泛了白，夜从黑色逐渐褪为深蓝，最后消逝。被捆住的方平似乎短暂地熬过了瘾症发作期，整个人昏死过去，方觉夏站在窗边，静静地望着窗外复苏的街道，人在马路上行走，蚂蚁一样渺小。

蚂蚁很容易就被踩死，所以蚂蚁的梦想更是脆弱。

手机振了好几下，是凌一的消息，问他怎么没有回宿舍睡觉。方觉夏缓慢地打字，也不知道自己回了什么。

身后再次传来方平的声音，他的喉咙已经哑了，求着方觉夏把他放了。他似乎在很诚恳地忏悔，声泪俱下。

"我错了，孩子，我真的不想伤害你，我只想和你说说话，可是我控制不了我自己……

"真的，爸爸太难受了，我快死了你知道吗？

"爸爸知道你有出息了，知道你、你成功了，你可以帮爸爸的对不对？

/009/

"这么多年了,爸爸也很想你啊。"

爸爸。

真是遥远的一个词语。

方觉夏的情感在和理智拉扯,情感上对他厌恶又同情,理智却还在一句一句剖析这个人话中的真假。

不想伤害,最后却是拎着钢棍来找他。

很想他,这么多年都没有回家,偏偏在他走红后,就想他了。

方觉夏背对着他,仍旧望着窗外,背影挺直像一棵树,说出的每一句话都客观而冷淡,更像是一个审讯官,而非儿子:"什么时候开始跟踪我的?还有没有其他人知道你回来的事?"

方平哑着声音,抢着回答了第二个问题:"没有,真的没有。"

"回答我,什么时候开始跟踪我的?"方觉夏冷漠地重复着审问。

"四月下旬……我、我为了见你,花掉最后的钱来了首都,本来爸爸是想回老家的,但我想见见你,孩子,我……"

"来之前服用了什么违禁品?"方觉夏听见他没有回老家,松了口气,也直接打断了他的动之以情,"打算对我做什么?想从我身上得到什么?"

方平喘着气,整个人的声音听起来都是虚浮的,像是生了大病的人:"我……我不记得了,觉夏……"

"你记得。"听见他叫自己的名字,方觉夏觉得刺耳,于是戳穿了他的谎言,"说,准备对我做什么?"

他的声音太冷了。

"我只是想打晕你,因为我根本找不到可以和你单独说话的机会,我只是想跟你说说话,想让你帮帮我,帮帮你的父亲!"

方觉夏冷笑一声。

"别说谎了。你知道自己吸过毒之后是什么样子吗?你照过镜子吗?那一棒子抡下来,我还能不能站在你面前都是未知。帮?死人怎么帮你?"

他诘问的语速越来越快,子弹一样扫射过来。

"有没有联系过我的公司和经纪人?其他公司呢?你还联系了谁?说话!"

方平打着结巴,开口发颤,已经跟不上方觉夏的节奏了。

他毒瘾又犯了,清醒的时候就像是回光返照,很短的时间,人一抽,原本挣扎着起来的身子就倒了下去,神经像被蛆虫噬咬,什么话都说得出口,什么人都可以骂。

这一抡方觉夏脑子里已经没有方平过去的好了。

他记得方平在医院得知自己可能残废之后的狂怒，记得方平酗酒成性，把他当成残次品那样侮辱。方平随手抄起来的椅子狠狠砸在他后背，整个脊梁都青紫不堪，夏天穿着过薄的白衬衫校服，隐隐约约的，都可以透出来。

好像衣服脏掉了一样。

方平又开始骂了，方觉夏快分不清究竟犯瘾之后的人是他，还是清醒的时候是真正的他。

"垃圾""失败者""没有人会喜欢你这样的东西"。

"废物""缺陷""不配站在舞台上""凭什么你可以成功"。

这些字眼好熟悉。方觉夏恍惚间回到了小时候，那个每天都害怕父亲一身酒气回家的时候。即使躲过随时可能砸到头上的啤酒瓶，他也躲不过砸过来的烟灰缸，稳稳当当砸在脚上，脚趾不停地流血。

于是他不可以练舞了，脚疼得站不住，被老师问起来，也只能说谎。

说是自己的错。

人的经历为什么不可以正负抵消呢？

真实拥有过的美好童年，以及随之而来的破碎和崩塌，一好一坏，一正一负，相加之后等于零，当作一切都没有拥有过。这太理想了，现实只有得而复失的双倍痛苦。

拼命地挣扎过后，方平又消停了。他就是这样反反复复，疯癫无常，醒来就是歇斯底里的谩骂和尖叫，昏死过去的时候就留给方觉夏可怖的寂静。

方觉夏像一扇洁净的钢琴盖，正在不断地沾上灰尘、污屑和肮脏的指印。

腰很痛，他站不住了，只能抱着自己的膝盖坐在地上，静静地看着窗外。房间门偶尔会打开，那个听命于裴听颂的保镖会给他送食物、送水，但方觉夏连说谢谢的力气都没有了。

他不敢闭眼，只要闭上眼，他就能看到最初的方平，闪闪发光、温柔体贴的方平。他害怕这个人就是当初的方平，害怕自己心软。

天色从亮到暗，云朵落了灰，雷鸣电闪，忽然间就下起大雨，泥土翻出的腥味往鼻腔里涌，他又一次觉得反胃，扶着墙站起来，去洗手间，但也只是干呕。他弯着腰，好像要把五脏六腑都呕吐出来那样用力，但什么都没有。

镜子里的自己额头青肿，破皮的地方结了血痂。方觉夏甚至庆幸他最近没有工作，否则要怎么上台，怎么面对镜头？这样的想法一出现，方觉夏就觉得可怕。他明明花了这么多年的时间肯定自己，告诉自己脸上的胎记不是劣品的瑕疵，但这个人一出现，那些噩梦就重现了。

那些由自己父亲亲手埋在他骨血里自我怀疑的种子，只是暂且休眠。

/011/

方觉夏不再去看镜子，试图用理智驱逐那些负面情绪，但他浑身都在轻微地颤抖。他需要数独，需要思考，这样就可以平复情绪。只要能让他做点题，让他的脑子转起来，他应该就会好起来的。

焦虑爬上心头，方觉夏迷失方向。

从洗手间出来，他听到了关门的声音，顺着声响抬头，看见淋得半湿的一个人。

幻觉吗？

怎么好像裴听颂？

裴听颂看着方觉夏，心猛地抽痛。他苍白得像朵干枯的花，固执地保持着原有的形状，但一碰就粉碎。他的眼神是熄灭的，仿佛看不见自己一样。

他快步走上去，叫了一声"觉夏"，想拉住对方，可还差一步的时候，看到方觉夏垂下去的双眼，他顿住了，好像害怕这样会显得仓促，会让方觉夏的情绪更加不安。

所以裴听颂变得犹豫，想要伸出的手又缩回。

方觉夏缓慢地抬起手碰了一下裴听颂的手臂，是热的。

"你回来了。"他这才确认不是幻觉，把这句话说出口，像一个没发生任何事，只是等待自己朋友回家的人。

他甚至企图说更多早之前就准备好的话，声音修饰得很平静："……那边的事处理得怎么样了？你妈放弃了吗？"

裴听颂看着他脸上的伤口，又生气又难过，心脏堵得慌。他没有回答方觉夏的疑问："我收到消息就赶回来了。"

"他打你了是吗？我今天一定要打断他的……"

方觉夏无力地摇了摇头："没得逞。"他怕裴听颂担心，重复了一遍，"我没事，我挺好的。"

裴听颂自然不会信。

他已经从保镖那里得知，方觉夏一晚上都没有合眼，看着方平发狂的模样整整一宿。裴听颂都不敢想方觉夏此刻的心情，只想安慰他，带他离开这个人渣的身边。

"觉夏，你先跟我回去好吗？"他声音放得很轻，"我们休息一下，睡个觉，这里的事我会交给专门的人处理，你不要担心。"

"睡觉？"方觉夏似乎只听到了只言片语，眼神迷茫。他摇摇头："我不想在这里睡，这里太脏了。"

"我知道。我们回去，回我那儿，好不好？"

方觉夏轻微地点头。

当初为了方便审问，裴听颂直接在他住的高档公寓安排了一套房，现在回去也很容易，可安抚方觉夏却很难。

方觉夏头脑昏沉，感觉很不舒服，一进公寓就不自觉往空荡荡的客厅走，雨后的气息疯狂往鼻腔里涌，凝住他的气息和思绪，叫他难受，叫他无法理智地思考，就连听到的裴听颂的声音都像是隔着淅沥雨水传来的，很模糊，很无力。

感觉手腕被他抓住，感觉自己被他带着往房间去，方觉夏敏感又迟钝。

他说想要洗澡，裴听颂不放心，但拗不过他，只能答应，并且在浴缸里放好热水。方觉夏背对着他脱了上衣，后腰一片瘀青。

裴听颂的拳头都握了起来。

热水救了他的命，让他身上结的冰一点点融化。方觉夏靠在浴缸的一边，仰头看着天花板，任由裴听颂小心翼翼地为他清洗额头上的伤口。洗澡的时候方觉夏一句话都不说，好像在思考什么，又好像只是在发呆。

他唯一开口说的话是让裴听颂出去，他想自己洗。

裴听颂只能出去，把换洗衣服留下，自己在外面守着那扇紧闭的浴室门，悬着一颗心。

他后悔自己在这时候回美国，后悔自己在事发的第一时间不在方觉夏的身边。可他也清楚，哪怕他在又能怎么样？

——不过是亲眼看着方觉夏噩梦重演罢了。

这个人是排除万难才走到这一步的，他好不容易才说服方觉夏从亲生父亲制造出的阴影和对人际关系的不信任中走出来。

现在他会不会后悔？

浴室的门打开，方觉夏穿着睡衣赤脚走出来，浑身带着湿热的水汽，自己很自觉地躺到床上，没有让裴听颂再催促。

"那你休息。"裴听颂为他披好被角，垂着眼也低着声音，"有什么事就叫我。"

即将转身的时候，方觉夏坐起来，叫住了他，眼圈发红。

"你回来了，还没有告诉我。"

听到这句话的瞬间，裴听颂忽然意识到自己真的是个浑蛋，口口声声肯定着他，却对他这么没有信心。

裴听颂鼻子发酸，努力忍住眼泪："对不起。"

方觉夏不理解他的歉意，所以没有回应，只是继续问他，声音温柔："你还没有回答我的问题，那边怎么样了？"

裴听颂摇头道："没事了。"

"那就好。"方觉夏闭上眼睛。

方觉夏习惯了常年的情绪管理，习惯用理智去压倒感性，所以连表达痛苦都没办法歇斯底里。血肉模糊的记忆和情绪永远隔着一层毛玻璃，不彻底，不直接。

"你知道吗？我有时候觉得自己也挺阴暗的。当我知道那个在停车场跟踪袭击我的人是他，你猜我第一反应是什么。"

方觉夏努力维持着声音的平稳："我想让我妈立马过来，亲眼看看她这么多年等的是一个什么样的人。"

裴听颂听得到他心里的绝望。

"我守了他一整晚，听他发疯，听他骂我和我妈，每过一阵子我心里就会冒出那种念头。我甚至想要录下来他这副样子，把他要砸在我头上的钢棍拍下来，全都发给我妈，让她清醒一点，让她结束幻想。"

他的情绪最终还是发酵，逐渐濒临爆发。

"每一次我想这么做的时候，我就会想起我妈坐在桌子那儿望着大门的样子，她再怎么难过，脸上都是充满希望的，就好像……"

就像等待每一年的春天一样。

他不知道，假如真的告诉她，以后的日子里再也没有春天了，她会怎样。

想到这里方觉夏的眼泪终于落了下来，大颗大颗，像是承载不住的石头从冰山往下滚落。

这是裴听颂认识他以来，第一次真正见到方觉夏哭，不是为他自己哭，而是为他母亲的爱情而哭泣。一段曾经美满的故事最终成为枷锁，成为一生的缓刑。

哪怕是缓刑，方觉夏还是不忍心亲手打碎母亲的幻想。

缓刑总比立即处决来得好。

方觉夏望向裴听颂："你说，让她继续等下去，等一个已经不存在的爱人，是不是……是不是不那么残忍？"

"我们不说，不告诉她。"裴听颂道，"我会把他送去该去的地方，不会让他再出现在你的面前，不会再让他伤害你。"

"他过去不是这样的，他也有过保护我的时候。"

方觉夏的身体在发颤："他以前也会抱着我，带着我去练功房，看他练基本功，看他跳舞。我妈妈说，我几个月大的时候，特别能哭，每天必须有人抱着才能睡着，所以他整夜不睡，抱着我在怀里晃，给我哼他跳舞的曲子。他也夸我是世界上最好看的小孩，会在我发烧的时候连夜守着我，在珠江的邮轮上，让我坐在他肩膀上吹江风。"

这些都不是假的,他的确也有过父爱。

"在他摔倒之前,直到我查出夜盲之前,他说过……"

他深吸一口气:"他说过我和妈妈是他最爱的人,他说我是他的骄傲。

"但其实,和他自己的骄傲一比,我什么都不是,对吗?"

裴听颂抚摩着他的头发:"不是的,方觉夏,你是世界上最好最珍贵的人。

"你要记住,失败、酒精还有毒品,这些东西早就把他腐蚀了,他已经不是正常的人,无论他说什么充满恶意的话,都是错的,你不要听。"

没错,方觉夏在心里默念着裴听颂说过的话。

他不是正常的人,他说过的想念都是欺骗。

多年重逢,方平赠给他的也不过是瘀青和伤口。

裴听颂能够感受到方觉夏内心的拉扯,这很玄妙,但他就是感受到了。方觉夏这么多年都无法做出一个决定,所以现在才会这么煎熬,而且每当见到他的父亲,再次遭受对方的辱骂,方觉夏都会痛苦异常。

"你心里是不是还会拉扯?小时候的父亲和现在遇到的他。"

方觉夏无法否认。

他不断地说服自己,就像说服他的母亲一样,眼前的这个人已经不是当初的父亲了。由他自生自灭是最好的选择。但他内心依旧很痛,尤其是梦到过去的事,梦到被父亲抱在怀里第一次见到舞台的样子。

每一次醒过来,都是泪流满面。

裴听颂读懂了他的沉默:"这个世界上的每个人,每时每刻都在变化,出于各种原因,在各种环境下。哪怕我们接受了这种改变,很多时候也很难判定,这个人还是不是最初的他。"

说到这里,他轻声问道:"你有没有听过忒修斯之船的故事?"

方觉夏摇头,忍住情绪:"又是什么哲学悖论吗?"

"被你猜到了。"裴听颂道,"这是很古老的一个思想实验。假设有一艘航船,只要人们不间断地维修和替换部件,它就能一直航行。每当有任何一块甲板腐朽、任何一块帆布破损,都换上新的,就这样几百年过去,忒修斯之船已经不再拥有最初的任何一个零件了,那它还是当初的它吗?"

方觉夏思考着,两个答案在脑海中争辩。这艘船在不断的替换和更新下,已然没有了过去的任何零件,失去了过去那艘船的一切。

可它是逐渐失去的,并不是直接换作一艘新的船,它依旧叫作忒修斯,依旧在海面上一刻不停地航行着。

认真地思考过后,方觉夏开口,试着给出自己的答案:"这个问题,要看我们如何定义这艘船，对吗？"

裴听颂点点头："觉夏，你记得吗？你其实已经有定义了。"

"你说，一个人的本质是他努力保全的自我。"

方觉夏点头，眼睛里蓄起泪，是他痛苦挣扎过后的醒悟。

方平早就失去自己曾经努力保全的自我了。

他努力地向裴听颂说出自己的答案："所以……他已经不再是以前的他了。"

也不再是那个曾经真心爱他的父亲。

裴听颂知道这种痛苦，因为他也经历过，承认父母不爱自己真的很难，但虚幻的妄想只会伤害方觉夏。

"就让过去那艘船留在你心里，它没有物质形态，永远存在，永远不变。"

他隐忍的泪水再一次落下。是的，无论如何方觉夏也要承认，自己过去的父亲早就已经消失了，从他在舞台上跌落后再也无法站起的瞬间，他就消失了。

那一摔，将他无法保全的自我摔得粉碎。

承认自己不再被爱真的很难。这么多年他一直在逃避，不愿意去面对，以至于过去爱他的父亲和现在这个疯子重叠成一道暗影，令本就胆战心惊行走于黑暗中的他更加害怕。

他怕自己失控，怕自己也被暗影吞噬，所以要用尽一切手段保持每时每刻的理智和清醒。这种恐惧让他也拒绝再一次被爱，拒绝爱人。

因为他不想再为自己制作更多的噩梦。

方觉夏终于走出那种偏执的"清醒"，真正地醒过来。

他承认自己错了。

被恶意包围的时候，他下意识以为他需要的是数独本，是靠逻辑推理对注意力和心绪的粗暴转移，现在他才发现，这样的情绪克制多么粗糙。

裴听颂揭开了他坚强的假面。

他只是需要爱而已。

方觉夏不曾想到，自己多年来用痛苦做的茧竟然可以被裴听颂轻易破开。甚至在刚刚，他都差一点下意识将裴听颂推开，以为自己可以消化这场劫难。

他忽然想到，刚刚回到床上时，裴听颂失落的眼神，他好像想要留自己一个人静一静。

方觉夏转换角度，或许，裴听颂是害怕他在目睹方平的惨淡出场后，会后悔吧。

如果是过去的他，可能真的会这么做，因为他太害怕了。

"听颂，"方觉夏轻轻开口，叫着他的名字，"谢谢你。"

裴听颂笑了笑，觉得心痛的症状缓解了好多，理应是自己感谢方觉夏才对，是他救了自己。

"我知道世界上有很多很多的失败案例。"方觉夏抬手，轻轻放在床边。窗外的雨似乎小了些，声音柔和下来。

"但是我从没有怀疑过梦想存在的必然性。"方觉夏的眼神坚定，还扬了扬眉尾，好像在说，你看，方觉夏又在说令你头疼的必然性了。

"何况我也在改变，我现在也在努力地尝试去计算成功的概率，真的。"方觉夏知道自己现在有些头脑混乱，但他希望裴听颂能明白他的想法，"所以你不要害怕我会放弃，我不是懦夫。"

"嗯，我知道你很勇敢。"裴听颂的声音温柔至极。

过去的裴听颂面对任何事物都是自信的，好像全世界没有他去不了的地方、做不到的事。他可以轻而易举地踏入许多片森林，过各种他想要过的生活，他自由，而且无所畏惧。

直到现在。

他身上的戾气被方觉夏所包裹，也终于体会到害怕失去是什么感受。现在的他已经无法只做到博一博成功的可能，他开始思考失败的后果。

明明刚刚还哭过，方觉夏这会儿看着裴听颂怅然的脸，却又不自觉笑起来，是他从见到方平之后的第一个笑容。

"我们越来越像了，好奇怪。"

看着他就像是在看自己，镜像里共生的对立与统一。

"不奇怪。我们是两艘在大海上航行的忒修斯之船，意外相遇，害怕分离，于是你把你的零件换给我，我把我的零件换给了你。我们不再是过去的我们。"

"我们成了彼此。"

<h2 style="text-align:center">03</h2>

这真是一句奇妙的话。

方觉夏闭上眼几乎能想象到那幅画面。他甚至嗅到带着咸味的海水和发潮的木头气息。

他吸了吸鼻子，充满依赖地窝在被子里，轻声问："可是我们没有换上新的零件，换来换去都是旧的，可能就不能航行几百年了。"

"你想活成人精吗？"裴听颂的声音里终于带了笑意，温柔地安慰着方觉夏，明明自己是年纪小的那一个，却还像哄孩子一样，"旧零件就旧零件，我们可以一起慢慢腐朽。可能在某个风平浪静的日子里，就一起沉到海底，变成两具遗骸，像死亡的鲸鱼一样，慢慢沉下去……"

方觉夏鼻尖又一次发酸："我喜欢这个故事的结尾。"

裴听颂对他微笑："我也喜欢。"

或许有一天，会有人潜入深海之中，发现他们的存在，挖掘出他们曾经并肩乘风破浪的故事，也会察觉，他们身上每一个腐坏的零件，其实都来源于彼此。

两艘完全不同的忒修斯之船成为对方的遗骸，永远葬在海中。

方觉夏知道，在刚刚接受幻想彻底破碎的时候，选择去剖白自己，或许是一件很蠢也很冒险的事，但他真的很想让裴听颂知道。

如果没有裴听颂，方觉夏无法想象这时候的自己。

一定早就被黑暗吞噬了。

"谢谢。"他看着裴听颂的眼睛，"谢谢你，裴听颂。"

裴听颂愣了愣，眼眶酸涩，为了掩饰情绪，又一下子笑开，脸上带着点稚气："你真是，应该是我对你说谢谢的，结果被你抢先了。"

突如其来的"指责"让方觉夏有点发蒙："那……你也没有跟我商量啊。"

商量？

裴听颂觉得更好笑了，这家伙怎么可以正经成这个样子？"还不止呢，我之前一直没有见你哭过。"他低头道。

想到自己刚刚一直掉眼泪，方觉夏有些不好意思了，低垂着眼嘀咕："哭有什么好……"

"当然好。"裴听颂强调，"你哭起来的样子也很好看。"

裴听颂又微微皱眉："但你真的哭，我会很难受，我不怕你笑话，以前我真的从来没有这么难受过。我收到保镖的消息，知道跟踪你的人是你爸爸的时候，手都在抖，那么热的天气，我居然会发抖。"裴听颂深吸了一口气，继续说，"而且旧金山离首都怎么那么远啊——"

他这句话说出来是满满的抱怨，拉长尾音，跟孩子似的，方觉夏几乎都能想到这个暴躁的家伙当时急成什么样，忍不住笑出声来。

裴听颂还沉浸在自己的情绪里："我真的又害怕又煎熬，怕等我回来，你因为你爸的事绝望，怕你突然间要放弃舞台了。"

方觉夏像安慰大型犬一样拍拍他的背："我不会的。"

"嗯。"裴听颂对他说，"我不会让你一个人面对的，我也不会再让他出现在你面前。"他郑重地看着方觉夏，"你洗澡的时候，我已经让人把他送去强制

/018/

戒毒所了。老实说我真的恨不得杀了他,让他从这个世界上消失,但是我知道,如果给你做选择,你不会这么做。"

方觉夏沉默地看着他,眼神已经给出肯定的答案。

戒毒所是最好的归宿,他已经接受方平不再是他父亲的事实,但还是想给方平一次做人的机会。

"能不能真的戒下来,看他的造化,戒不下来就一辈子在里面待着,免得再做出什么更极端的事。"

裴听颂说完,手轻轻搭在他的后腰:"这儿疼吗?"

方觉夏说不疼,可裴听颂一副不相信的样子,于是他又小声说:"有一点点疼,没伤着骨头,很快就会好。"

就算那个人真的给了方觉夏生命,也曾经在他年幼的时候温暖过他,但裴听颂就是无法接受那个人这样伤害自己重要的人。

"以后再也不会这样了。"裴听颂轻轻按摩他的瘀青,"以后也不哭了。"

方觉夏点头,嘴角微微上扬。

"还是笑好。"裴听颂道,"觉夏笑起来也很好看。"

方觉夏从未觉得自己幸运,这个词总是离他的生命非常遥远,所以他一刻不停地往前走,不断说服自己,前面一定有出口,他所有的付出一定会有回报。

他不知道还会不会有回报,但他遇到了卡莱多。

这是他最幸运的事。

鼻尖有点痒,方觉夏在被子上蹭了蹭,然后慢吞吞开口:"今天都已经15号了,你走了六天。"说着他还抬头瞟了一眼墙上的钟,"算下来不是很准确,但是如果按照现在来计算,你走了六天零十个小时。"

真是漫长,长到他的小时钟都出了故障。

可裴听颂在夏日的第一场雷雨前回来了。

很及时,没有让他淋到雨。

"你担心我吗?"

听到裴听颂低沉的声音,方觉夏幅度轻微地点了点头:"嗯。"说完他又补充了一句,"我每天都很担心你。"

方觉夏没有见识过真正的大家族是什么样子,只在电视上见过,好像都很复杂,充满阴谋。方觉夏讨厌复杂的东西,也害怕裴听颂会被一些老奸巨猾的家伙欺负,害怕他母亲会说出许多伤害他的话,也害怕裴听颂控制不住自己的情绪,上别人的当。

"我就怕你担心,才每天联系你。"

/019/

方觉夏道："看到你才能安心，怕你骗我，说自己挺好，其实你一点也不好，听着你妈胡言乱语，还要跟她生气。"

他说得跟真的一样，让裴听颂想笑。

"觉夏。"

裴听颂叫他："我这次回去，见到我妈，你猜我的第一反应是什么。"

方觉夏摇头，他想象不到那个画面，就算他想象到什么了，也不敢说。

"原来她长这样啊。"

方觉夏的手抓住了下摆的布料，攥得很紧。

他甚至已经快不记得自己母亲的长相。

"什么样？"方觉夏闭着眼问他。

"怎么说呢……"裴听颂试着描述，"她穿了一件红色的无袖连衣裙，脖子上有一串黑珍珠项链，很大颗，但是也遮不住她脖子上的纹路，可她脸上平整得没有一丝皱纹，鼓囊囊的，又和我小时候见过的样子不一样，难看了很多。"

他说得非常直白，就像形容一个陌生的中年女人。

"她一见到我就张开手臂要抱我，叫着Song，特别亲热，好像我们是关系非常亲密的母子一样，但我已经不记得上一次见她是几岁的时候了。"

方觉夏有些心疼："那你小时候不会想妈妈吗？"

"有妈妈才会想妈妈。"裴听颂说。

这句话被方觉夏放在心里反复咀嚼，特别苦。

"我记得我四岁的时候吧，她难得回来一次，是我外公生日的时候，那天她穿着一条黑裙子，身边站着一个特别高的男人，是她的某一任男朋友。外公让我过去找她，跟她打个招呼，我过去了，但是没有说话，就抬头望着她。"

光是听他说，方觉夏的眼前就已经出现了画面。一个那么小的孩子，想想就觉得很乖很可怜。

"她男朋友是法国人，说话带着很重的口音。"裴听颂至今可以模仿出他拗口的腔调，"'这小家伙是谁？'"

"'哦，这是我的侄子。'我妈说。"裴听颂笑了笑，"所以当时，我就用法语对那个男人说了一句'你好'，然后回我外公那里了。"

方觉夏无法想象，一个母亲，甚至连承认自己的孩子都做不到。他忽然很气，他明明很少生气："为什么要这样对你？太过分了。"

最后四个字被他咬得很重，裴听颂觉得有点可爱。

感觉到有点凉，裴听颂把空调调高了两摄氏度，"她后来解释了，当着我外公的面。她说她很爱这个男人，但他不太喜欢小孩子，为了不惹麻烦，她就那

么说了。"

对她而言这只是一个无伤大雅的小谎而已。

"这样一想，她也没有变。"

对她而言，自己永远都是件可以随时拿来讨好别人的工具。

方觉夏抬了抬头，轻轻拍拍他的手臂，聊以安慰。裴听颂其实也没那么难过，回忆起来早就不痛不痒。

"你不知道，她一见到我就说想我，我让她别演戏了，说我知道你只是想拿走外公留给我的遗产。她说不，宝贝你误会了，他只是重新出版，不会真的抢走你的东西，妈妈还是爱你的。"

他学着母亲的腔调，神色亲热，嘴里也说着亲昵的话，然后慢慢地，裴听颂脸上的表情就冷了下来，逐渐趋于平静。

"你看，为了达成目的，她可以撒下弥天大谎。"裴听颂笑了笑，"人就是人，父母的称号并不能让他们变伟大，甚至会反过来玷污这个称号。"

方觉夏不愿意看他难过，一下一下拍着他的后背。他不知道自己应该说些什么，好像说什么都很无力。裴听颂从没有感受过任何的父爱和母爱，这些对一般的孩子来说并不难获得的东西，他一刻也不曾拥有。

他想，幸好裴听颂不是在这里长大，不必在每次的作文课上被要求写出《我的父亲》或《我的母亲》这样的文章，甚至当众读出来。

他眼前甚至已经有了画面，裴听颂小小的手里，攥着空白的纸，只有标题，其余什么都没有。

那么小的孩子，究竟是怎么做，才那么自然地接受了自己不被父母疼爱的事实，还反过来安慰他。

方觉夏又忍不住掉了眼泪。

窗外的天色暗下来，雨停了很久，灰色的天空中弥散出一丝红色的暮光，裴听颂抬头望了望，感觉那光和方觉夏脸上的胎记很像。

于是裴听颂又低头看着方觉夏，才发现他又哭了。

"怎么了？我没事，真的。"裴听颂安慰他，"我一点都不难过了。所以我这次回去就只是公事公办，我成年了，也把所有的遗产都安置好了，她没办法从我这里拿走任何东西。我姐也阻止她继续和我联络，还威胁她，再骚扰我们两个，她男友的出版生意就别想好好做下去。"

"你姐姐对你是很好的。"方觉夏揉了揉眼，又说，"她每次都帮你。你以后要对她好一点。"

裴听颂笑起来："你说得对，你说得都对。"

"你们很像，都有点古怪，但都是善良的人。"

"你明明都没有见过她。"

方觉夏抬了抬眼皮，有点埋怨的意思："但我知道。"

"好好，你知道。你什么都知道。"裴听颂无奈地笑，却听到方觉夏对他说。

"裴听颂，你笑起来也很好看。"

这还是方觉夏第一次夸他好看，裴听颂先是觉得方觉夏很有意思，想笑，又觉得奇怪，有时候看方觉夏就像是在看一个小朋友，明明这么大了，比自己还大。可有时候，他又觉得自己在方觉夏的眼里也是一个孩子，因为对方总是对他露出包容的笑。

没等到他的回应，方觉夏又一次开口："我会补给你很多的关心，比爸爸妈妈的加起来还要多，好不好？"

他的声音太温柔了，说出来的话又有点孩子气。关心要怎么加减乘除呢？

但裴听颂知道，他是真心的，方觉夏是世界上最喜欢做算术的人。他算出来的一定没有错，一定比所有人累计求和的关心还要多。

"好。"

方觉夏躺在床上，说还想听他小时候的事。裴听颂就挑了些愉快的讲，比如他和外公一起去湖边钓虹鳟鱼，钓上来的鱼放进泳池后死掉了，又如他搞砸了他姐姐的生日派对，偷走她的第一辆车。

没说太多，方觉夏就累得睡着了，呼吸很沉，胸腔舒缓地一起一伏。

裴听颂没有继续说了，望着方觉夏的睡脸。

明明自己都没有获得多少，却一心想着弥补他。

真是个奇怪的人。

等到方觉夏彻底睡熟了，裴听颂才轻手轻脚地起来，拿起手机离开房间。他去到客厅，和之前的私人保镖打了一通电话，确认事情的进展。他始终不太放心，又安排了几个人盯着。结束后他又给程羌打了电话，告诉对方自己已经回来，不过得了流感，还说方觉夏答应来照顾自己，这几天可能不会回宿舍，怕传染。

程羌也难得休息几天，没有多问，只让他好好养病。裴听颂应声点头，挂断电话后去洗了个澡，换了身干净衣服，回到床上。

他终于可以睡着，甚至还做了个梦。

在梦里，他变得矮矮的、小小的，穿着一身非常昂贵却很不舒服的小西服。到处都是人，他们在跳舞，在吃东西，熟悉感一点点浮现，他回到了外公生日的那一天。

裴听颂试图去找外公在哪儿，可一抬脚，他却看到一个漂亮女人叫着他的名字，叫他宝贝。他很反感，于是往另一个方向跑去，跑出房子，天是黑的，他跑到开满了黄蔷薇的花园，躲在灌木丛里。

这和他的记忆是重叠的。

他记得，他就是这么孤独地躲在灌木丛里，思考着侄子和儿子的区别，直到保姆发现，把他带回去。

草丛里出现声响。梦里那个小小的裴听颂有些警觉，他想知道是松鼠，还是来找他的保姆。

可他一抬头，却看见了一个漂亮的小孩，比他高一截，穿着最普通的衣服，但对方长得很好看，眼角还有一块粉色的胎记。这个小孩似乎是看不见，所以伸长了手臂向前摸着，一步一步缓慢地来到他的身边。

他看不见，却找到了躲起来的裴听颂。

凑近之后，裴听颂才发现，他左腿打着石膏，挂着拐杖，手臂上也有瘀青。

"你也来祝我外公生日快乐吗？"裴听颂问。

那孩子摇摇头："我来找你的。"

裴听颂眼睛亮了亮："你想和我做朋友，是吗？"

他点点头："嗯。"

"你多大？"裴听颂自己先说了，"我今年四岁了。"

"七岁。"

"你比我大，我得叫你哥哥。"裴听颂说，"你受伤了。"

他点点头："我不知道自己看不见，所以摔倒了，后来医生说，我在天黑的时候就会什么都看不见了。"

"那你还来找我。"小裴听颂不理解，"你腿也断了，天又这么黑，还来找我。"

谁知，那个漂亮的哥哥转过脸对他笑："我要来的。

"我答应过你，要来补偿你的。"

04

裴听颂醒了，意外发现自己掉了点眼泪，觉得很丢人。

下了床，看见自己枕头上湿乎乎的一小块，裴听颂拿手擦了擦，后来干脆直接翻过来藏住，假装无事发生。

他很饿，在飞机上一点东西都吃不下，可这个公寓和他的胃一样空，于是他换了衣服，戴上帽子和口罩，自己下了趟楼。睡了两三个小时，从黄昏到夜晚，超市都关门了，他只能去便利店买点东西。

裴听颂从小到大，几乎没有照顾人的念头，都是别人照顾他。有人是因为爱他照顾他，例如外公，也有人是因为工作照顾他。

可他一踏进便利店，满脑子想的都是别人。走到零食区域，他就想，方觉夏喜欢吃什么呢？好像爱吃糖，所以他买了好多种糖，特别是那种贴了一张写有 Hot（热销）小纸片的热销糖果，他都搬进篮子里。

还有他以前拿起来都觉得腻的旺仔牛奶，现在看几乎是首选。

便利店里没有新鲜蔬果，裴听颂只能买沙拉，还有关东煮。结账的时候店员说："可以看看我们的夏季限量哦，咖啡冰沙，很好喝的。"

"晚上喝会睡不着吧。"裴听颂随口说。

"啊……也是。"店员尴尬地笑了笑，继续结账。可裴听颂突然说："我要两杯，麻烦帮我装一下。"

醒了也不知道几点，肯定是睡不着的。

从便利店拎着大包零食出来，旁边是一家花店，他从没发现这里有家花店，明明住了这么久。

老板娘在里面整理着花束，小心翼翼又认真的样子又让他想到了方觉夏，每天蹲在小阳台上，有时候能待上一下午。明明那么爱干净，为了他的小花经常一手泥，洗手也会洗十几分钟。

看见门口站着一个身材高大的男孩子，站了老半天，老板娘忍不住问："是想买花儿吗？"

裴听颂一开始没这个念头，但是看见老板娘手边的花束，其中似乎有一朵洋桔梗，所以他又点头。

"你想买什么？需要推荐吗？"老板娘是个说话细声细气的中年女人，边问他问题边整理自己手头的插花，"是送人吗？"

她看起来不像是会认出他的人，又或许是裴听颂实在裹得严实。

"嗯。"裴听颂走进来，盯着那束花。

"玫瑰花怎么样？这个季节的玫瑰和粉色大丽花都很好看的，哦，还有晚香玉。"

裴听颂摇头，拿手一指："就要这个，白色洋桔梗，要一大束。"

"喜欢这个啊。"老板娘欣然拿出新鲜的洋桔梗，多到都快拿不住时，裴听颂才说够。

"这花很好的，漂亮，生命力还顽强，往水里一插能开十几天，一点都不娇气。"

还真是，漂亮又不娇气，就是方觉夏了。

"我给你弄个蝴蝶结，你朋友肯定喜欢。"

付完款的裴听颂阻止了老板娘的行动："不用，就这样吧，回去我朋友会弄的。"

说完他抱着一大束能把他埋起来的洋桔梗直接走了。

街边还有老奶奶卖菜，坐在地上，菜不多了，只剩下几个西红柿、丝瓜和一些生菜，裴听颂本来走过去了，可没走两步又转过来，把老奶奶的菜全买了，还催她快些回家。

等上了电梯，裴听颂快累死了，他把所有东西都搁电梯地板上，除了那束花，老老实实抱着。

回到家里，把所有东西都放下，他换了拖鞋就直奔卧室。果不其然，方觉夏还在睡，但听见动静似乎是醒了，抬了抬头，眼睛半眯着，跟落在云里的幼雏似的，迷迷糊糊。

恍惚间，他都忘了自己和方觉夏是一个男团的成员，忘了耀眼的舞台和闪光灯。他们就像是城市里最普通的人，平凡地生活，平凡地相处，烟火气浸泡着日常。

"醒了？"裴听颂走过去趴在他跟前。方觉夏"哼"了一声，懒洋洋伸了伸手臂，在空中划了小半圈，最后把手搭在裴听颂的肩上。裴听颂带回来一点雨水的味道，和他衣服上的鼠尾草香气混在一起，很夏天。

"你出去了。"他揉揉眼睛，"去哪儿了？"

"就下了趟楼，买了点东西。"裴听颂答。

方觉夏不习惯赖床，说着话就起来了，一出去就看到桌上的花，还有他买的一大堆东西。他明知道裴听颂是个小少爷，还是忍不住笑对方："买这么多花干什么？都没有那么多的花瓶给你放。"

"哪里没地方放了？"裴听颂拉开厨房的一个酒柜，里面全都是干净漂亮的玻璃杯，他赌气似的一个个拿出来，"这些都可以放，我有的是杯子放花。"

方觉夏笑他幼稚，裴听颂还说个没完："不行还有水池。"

"还有游泳池是吗？"方觉夏想到了睡前裴听颂讲的泳池杀鱼案。

"反正我养得起这些花，都是我的花。"

"好。"方觉夏把这个字的尾音拖长，格外温柔。他看到裴听颂买回来的一些蔬菜，都不是很漂亮，有的已经打蔫儿，也不知道他为什么买，但没再数落，反而把它们都洗出来："做个蔬菜汤喝吧。"

"好呀。"裴听颂开始摆弄他的花，一枝一枝把它们分出来，抖几下，一整个枝条的花苞都在颤动，水灵灵的，没什么香气，漂亮得很纯粹。

方觉夏本来就会做饭，手脚麻利，把番茄和丝瓜都切成薄片，放进锅里，加上一勺盐，最后把洗干净的生菜放进去，可惜没有鸡蛋，不然放进去会更香。

热汤、冰沙、关东煮和沙拉，他们吃得古怪又随便，但两个人居然都吃得很香。方觉夏把冰沙留在了最后，吸了一口半化的冰沙，冰得牙齿打战。

"这个好好喝。"他笑开，冻红了嘴唇。

饭吃完，裴听颂主动提出洗碗，手忙脚乱得差点打碎一个，不过又救了回来。方觉夏坐在大大的餐桌前修剪洋桔梗，几乎用光了所有能用的杯子。

他把花摆在可以摆放的所有地方，餐桌、沙发角下、玄关柜上、书房里、卧室的床头柜，甚至是浴室。满屋子都是洋桔梗，空荡的房子有了生机。

裴听颂告诉他自己谎称生病的事，想让他一起休息两天。方觉夏同意了，想想又觉得很有趣："那我们哪儿也不能去，外面的眼睛太多，房子里最安全。"

裴听颂喜欢这个方案。

本来想吃完饭看一看路远的综艺，可家里没有电视机，裴听颂从书房里翻找出一个投影仪："看电影好不好？"

方觉夏说好，只是他怀疑自己能不能看清。他猫着腰从袋子里找出一个树莓味棒棒糖，撕了包装纸塞进嘴里，盘腿坐在沙发上，看着裴听颂摆弄那台一看就没怎么用过的投影仪。

裴听颂终于弄好，空空的一大片白墙上投射出影像："这个能看见吗？"

投影效果还挺好，很亮，方觉夏含着糖点头："可以。这是什么电影？"

裴听颂说了一个英文名字，他每次说英文，尾音都特别好听。

这部电影的名字听起来像文艺片，又像某种谋杀主题的悬疑片。方觉夏朝着裴听颂招了招手，又拍了两下沙发，示意让他快过来。

"马上，我去弄点喝的。"

他用掉了公寓里最后两个玻璃杯，从酒柜里拿出一瓶百利甜酒，和旺仔对半倒进杯子里，抿了一口，甜上加甜，方觉夏肯定喜欢。

不过他给自己倒了半杯朗姆酒，加了半杯可乐。裴听颂不是酒量好的人，但偶尔会喝一点，半醉的时候写东西脑子里会钻出更多天马行空的幻想。

回到沙发上，他们肩并着肩。看电影的时候方觉夏反而不安静了，这是一部关于文学、诗歌和"垮掉的一代"的电影，有很多方觉夏不了解的东西，每当那个有着漂亮脸蛋的男主角念出一首诗，他就会侧头看向裴听颂。

"这是亨利·米勒的《北回归线》，"裴听颂说，"他也是'垮掉的一代'代表人物之一。我书房里还放着他的'殉色三部曲'。"

方觉夏和裴听颂受到的教育和生长的环境完全不同，所以他总是不能像对方一样，随意说出有关词汇，语气发虚，没有底气："难怪他写的诗里面会有这些……"

　　裴听颂听见就笑起来，揶揄意味十足。

　　方觉夏的脸登时红了，本来半个身子都歪着，现在一下子就坐正了。

　　裴听颂没有继续逗他，他们再次沉浸剧情之中。方觉夏默默看着，偶尔会发出一句没什么语气的感叹。

05

　　方觉夏和裴听颂像品尝限量冰激凌那样，小心又珍惜地度过这几天。

　　尽管不能像普通人那样，在漂亮的林荫路漫步，也不能去很难订位的餐厅吃晚餐，但他们可以做饭。

　　他们困在高层公寓，享受限时三天的有限假期。

　　但假期总有结束的时候，回公司的当天是小文开车来接的，听说裴听颂得了流感，小文还傻乎乎带了好多药，裴听颂和方觉夏对视一眼，差点没藏住笑。方觉夏替他接了药，两人上车，裴听颂好久没上网，一刷微博就下意识骂出了声。

　　"怎么了？"方觉夏凑过去看。

　　"火哥在热门上，说他谈恋爱，这都什么鬼？"

　　小文吓得安全带都扣不上："什么？！"

　　"我点进去看看先。"裴听颂点开"贺子炎恋爱"的热门，热度很高。贺子炎的男友力算是全团最高的，女友粉众多，看到这热门肯定会炸。

　　热门里第一条就是一个营销号发的微博——人气男团 Kaleido 成员贺子炎疑似被拍到与女友约会的照片，两人在某 KTV 门口上演甜蜜"摸头杀"。刚发没有几分钟。

　　配了四张图片，晚上拍的，都挺模糊。

　　"这是他吗？"方觉夏替裴听颂点开图片，上面还真有一个女孩儿，黑色长发，穿着一件蓝色法式小连衣裙，戴了口罩。贺子炎很好认，虽然是侧脸也戴着帽子，但是天天相处一下子就能认出来。前两张图是他伸手摸女孩儿的头，后两张两人并肩站着。

　　评论区有不少粉丝的正面发言，但实时搜索还是有很多网友讨论，很多人已经带了情绪指责贺子炎上升期恋爱，还被人拍到。

　　偶像恋爱的事一直是一个很有争议的话题，Kaleido 是最近讨论度相当高的偶像团体，几乎每个成员的人气都在上升期，现在也有各自的在播综艺，这种恋爱新闻一闹出来，引发了极大的网络舆论，几乎人人觉得这就是实锤了，只是态度不同。很多粉丝认为这是很严重的行为，也有不少人称 Kaleido 本就不是靠粉丝的团体，好几次出圈都是靠着自己的实力，凭本事圈的粉，不应该被这么指责。

一时间众说纷纭，"塌房论"很快传开，影响颇大。

裴听颂是不太相信的，给贺子炎边发消息边说："不是吧？火哥肯定不至于偷偷谈恋爱啊。"

"我要给羡哥打电话。"小文没有发动车子。

方觉夏越看越觉得不对："这裙子怎么这么眼熟？"他仔细想了想，终于想到点什么，"等会儿，这是上次森哥他妹妹过生日，我送她的礼物。"

"啊？"裴听颂再仔细瞅了几眼，"好像真是江垚。"他看向方觉夏，"火哥不可能跟小垚谈恋爱吧，她是不是刚成年？"

方觉夏直觉不可能。

他们的手机很快振动起来，是 Kaleido 的群聊。

性感圆老师在线翻花手：怎么回事儿啊？我看见街舞导师群里吃瓜，兴冲冲跑过去一看，塌的居然是我家房子？？[图片][图片]

你火哥：是有人要搞我吧？这是小垚高考结束那天庆祝来着啊，三水和——也在，怎么就变成我密会女友了？

破折号本号：对啊，明明我也在啊！我不配吗？！

性感圆老师在线翻花手：明明是四个人的绯闻现场，你却始终不能有姓名。

水水水：这些造谣的人也太过分了，高中生都不放过。

"森哥肯定很生气，"方觉夏叹了口气，"亲妹妹被人拉去黑队友。"

裴听颂骂了一句："要我就暴躁开麦了。"

小文立刻叫停："别别别，小祖宗，我们先回公司。这种莫须有的事一件接着一件，说明你们是真的火了。我卡实红！"

好在聚会当晚他们几个人拍了好几张合照留念，当时还想着不能发出去，这下子反倒成了证据。星图的反应速度一如既往地快，拟好澄清文案之后就立刻发了微博，澄清了照片中女生的身份。

贺子炎也立刻发了条微博。

Kaleido 贺子炎：四人聚会，庆祝森哥的亲妹高考结束。现在不满足于编造我的身世了，还要给我安排个女朋友是吗？那我可就顺杆爬在线征婚了啊。

他微博配上了四个人当晚的几张合照，妹妹江垚都用贴纸遮了脸。江森几乎是第一时间转的微博。

Kaleido江淼：抱歉占用公众资源，合照和流传的偷拍照上的女孩是我的亲妹妹，熟悉我的朋友应该都知道我有一个比我小几岁的妹妹，因为还是学生，所以我一直很注重保护妹妹的隐私，也希望媒体人能给她一点空间。小孩子考完试很开心，庆祝一下没想到会惹出这么大的风波，非常抱歉。

江淼的话说得不卑不亢，又晒出考完的那天白天和妹妹在学校拍的合影，衣服也是一样的。跟了多年的老粉没有人不知道这个妹妹的存在，江淼甚至还有"妹控""唯一的弱点是妹妹"这样的外号和标签。得知所谓"女友"是队长妹妹之后，粉丝发言开始有底气了。

这下子网友才知道原来他们吃到的是个假瓜，作鸟兽散的居多，还有很多人阴谋论是对家作怪，骂狗仔，也骂现在娱乐圈假料遍野的风气。

但几乎没有多少因"恋爱论"开麦骂人的网友为自己的行为道歉，大家打了脸也当没有，甚至还有人狡辩，说和队友妹妹恋爱也不是没可能，再扣上一顶自炒和营销的帽子。

这些八卦分子不需要澄清和解释，只热衷于看高楼倒塌，看大厦倾颓，如果没倒，他们反倒要喝一声倒彩。

即便如此，虚假的事也要澄清。当事人之一的凌一几乎也是第一时间转发了贺子炎的微博。

Kaleido凌一：KTV是我订的，为什么我不配传绯闻？

下面一群粉丝开始疯狂嘲笑被忽略的凌一。

糊卡小可爱凌一：反思一下你为什么不配有女友吧，哈哈哈！

路远也跟着转发了凌一的微博。

Kaleido路远：人在节目组，刚下飞机，谢邀……等等，怎么没有邀请我？我可以不去录节目的！//@Kaleido凌一：KTV是我订的，为什么我不配传绯闻？

身为一个"相声男团"，Kaleido的团魂总是来得非常莫名其妙，平时都是撑来撑去，在公开场合也毫不客气地相互斗嘴，但一发生什么事，全都自发起来护短。

方觉夏一到公司就去了琴房练琴、写歌，又收到程羌的微信，听说公司公关发了澄清微博，于是也拿出手机查看最新的状况。明明自己都好久没有发微博了，可一刷到贺子炎的微博，他就立刻在下面留言。

kaleido方觉夏：聚会怎么不带我？妹妹的裙子还是我送的。

他一本正经的评论很快就被粉丝顶上去。

卡莱多今天拿奖了吗：奶奶，你关注的广告博主发评论了！！！

6A级绝美风景线：啊啊啊啊，觉夏哥哥！你怎么这么可爱啊，一本正经地说人家不带你。

方觉夏今天发微博了吗：这条裙子居然是方觉夏送的，我酸了。

耳聋粉退散：我要买同款小裙子，四舍五入漂亮宝贝送我裙子了！

TJ女孩头顶青天：啊啊啊啊，是新鲜热乎的觉夏哥哥！语气也太可爱了吧。

方觉夏刷新了一下，没想到看到了裴听颂的评论，这么短的时间就被顶到了他的下面。

Kaleido裴听颂：聚会怎么不带我？妹妹也没穿我送她的鞋。

方觉夏看到之后笑出了声。

这人真是奇怪，连发评论都要学他的，学人精吗？

都不用等方觉夏说，他的粉丝先开了口。

葡萄树下你和我：你是学人树吗？你怎么什么都跟你哥学？

仙人掌上开桔梗：你们一个送裙子一个送鞋，我要酸死了！这个女生真的投胎王者，亲哥哥是江森，还有五个大帅哥当她的干哥哥，又是送礼物又是开派对，人生中的第一个绯闻男友还是贺子炎，什么玛丽苏言情剧女主……

是真的：我就纳了闷了，高考时候圆老师人在外地录节目，没带他很正常，裴听颂和方觉夏应该都在的啊，怎么就没带你们俩……

我不敢说是真的回复是真的：姐妹你小心他骂你，哈哈哈。

普陀寺风景线回复是真的：别问，问就是卡团队内不和。

晚上的时候公司特意开了个会，最近的是非实在不少，虽然对于一个处在人气大涨阶段的男团来说，这些纷纷扰扰也很正常，但程羌还是一一对他们提醒。

"这次的乌龙一定是有人刻意搞的，这种事圈内也不少了。前段时间还有一个小花被爆隐婚，也是圈内人故意放出去的消息。"

凌一啧了几声："真坏。"

"火就是这样的，没办法。咱们星图本身也是搞音乐为主的公司，其实气氛相当宽松了，你们师兄除了商思睿也都基本谈过恋爱。公司对恋爱没有禁令，但有一点你们要清楚。"程羌敲了一下会议室的桌子，"要让我知道，最迟最迟感情稳定了要通知我，这样我才能有个准备。"

"知道了——"

路远问："公司包分配吗？我现在连个女的都见不着。"

凌一握了握他的手："我也是，我最近就见了小垚，再这样下去我要出家了啊！"

程羌又交代了夏日专辑的一些事，安排他们选曲和录音，方觉夏一直在发呆，到了会议快结束的时候他被程羌点名，才回过神。

"嗯？"方觉夏看向他。

"我说上次你给我们听的 demo，如果可以这次放到夏日专辑里就好了。"程羌说。

原来是这个。

方觉夏点点头："我会加快制作的，但不一定能做得很好，我也是第一次尝试作曲。"

"行，反正公司的原则是优先采用你们的原创。"

会议结束，好不容易凑齐的六个人找了间空的声乐室讨论夏日专辑，到了晚上十一点才结束回宿舍。路上江淼关心裴听颂的感冒，裴听颂正巧来了电话，打了个马虎眼就接通电话。方觉夏感觉他好像是有什么事，一接电话表情都严肃了，也不说话，只"嗯"了几声，最后说了句："你把东西发给我看看。"

又发生了什么吗？方觉夏有些怀疑。

小裴没空，话题转移到一天之内大起大落的贺子炎身上。

"其实现在想想还挺有意思的。"贺子炎说，"也算是提前试了试恋爱的水，没想到网友反应这么大，连我前两任女友都扒出来了。"

"对啊，"路远逗他，"你不是说连你都没有你初恋女友的微信吗？网友真可怕。"

听着他们讨论，方觉夏心里也隐隐有些不安。

在客厅里闹够了，大家各自回房。

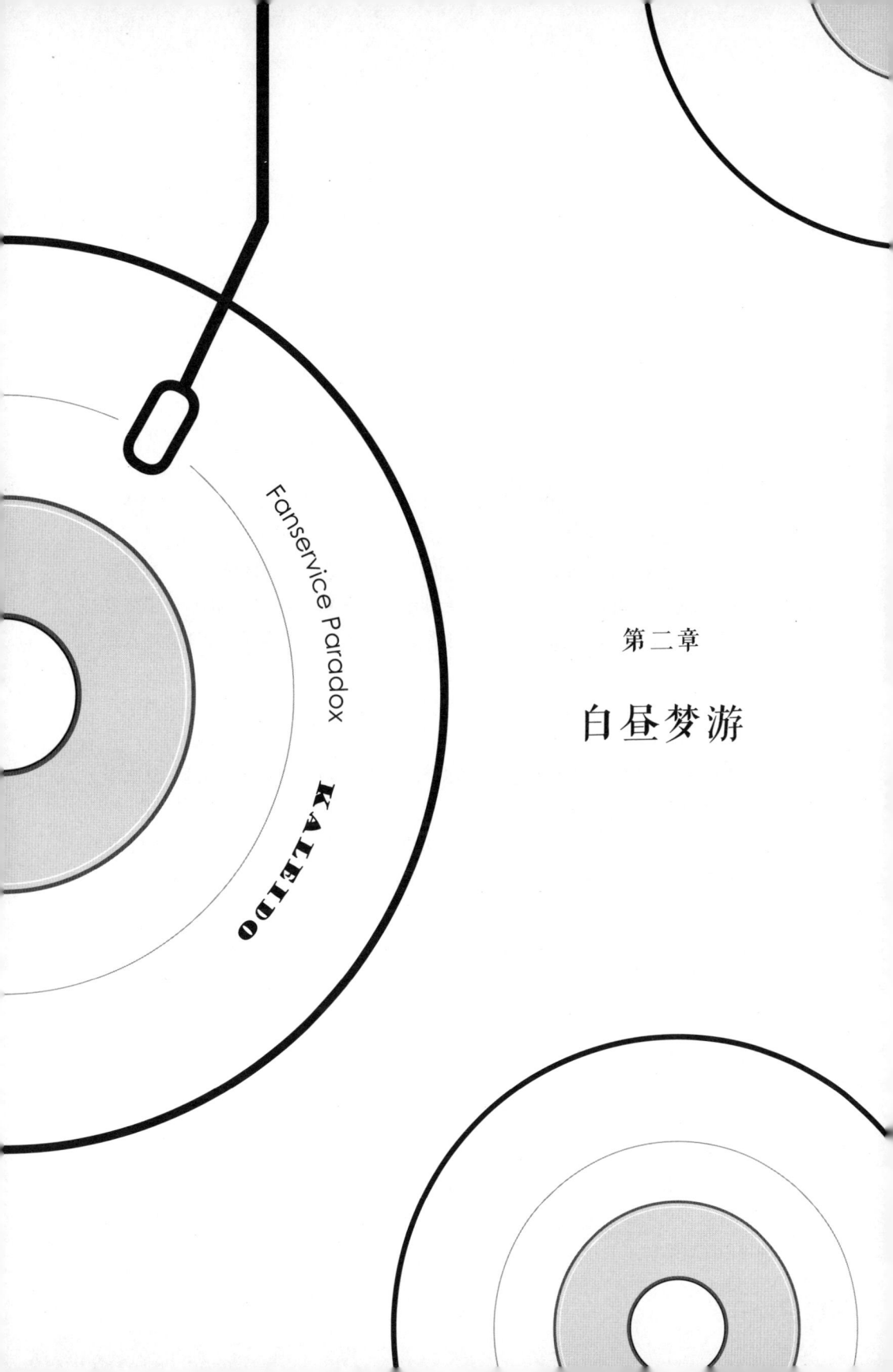

Fanservice Paradox

KALEIDO

第二章

白昼梦游

01

  定下了七月发布夏日专辑的时间之后，卡莱多每天都在公司里忙着迷你专辑的制作。

  相比于正规专辑，迷你专辑的策划中只包含一首主打歌和三首非主打歌，其中主打歌是公司从国外买的曲，三首非主打歌里有一首是方觉夏之前的创作。

  毕竟是后续迷你专辑，没有那么大的压力，大家也相对轻松很多，抱着玩音乐的心态参与制作。夏天是充满阳光和浪漫的季节，所以这次的音乐风格也是这样定位的，比起之前的几张充满强烈感的专辑来说，这张专辑需要加入更多有关爱情的元素。

  所以制作人兼老板陈正云并不像过去那样，放心大胆地让裴听颂去写所有歌曲的歌词。

  "小裴写词的风格太激烈了，不够温柔。"陈正云开会的时候讨论，"这次需要有那种夏日恋曲的感觉。"

  "我怎么不温柔了？"裴听颂听到这评价非常不服气，直接在会议室拍了桌子，一如既往跟老板叫板。

  所有人顿时大笑："你这样叫温柔吗？"

  贺子炎笑着说："人家写情歌可能是我爱你你爱我什么的，到了小裴这儿直接是'提你人头踏碎灵霄'。"

  凌一："兄弟们把害怕打在公屏上！"

  路远摸着下巴："猛汉温柔，哈哈哈哈！"

  一向不参与"撑团霸"活动的江淼这时候也瞟向裴听颂："可能等小裴谈个恋爱之后才能写出比较有情歌氛围的歌词。"

  裴听颂极度想要反驳："不是，你们……"

  方觉夏抿着嘴清了清嗓子，表情像个鼓着嘴的小仓鼠似的。

  行吧。裴听颂放弃了，他决定不做语言上的巨人，他要用行动证明自己的确可以写情歌。

"你们等着，我肯定能行。"

"行，"贺子炎逗他，"小裴还有不行的时候吗？"

裴听颂懒得搭理他们，手指握着笔灵巧地转着。陈正云将选好的曲子都一一放给他们听，大家讨论合适的编曲风格。

方觉夏认认真真抬头听着，突然感觉有什么碰到他，疑惑间低了头，竟然有一只穿着紫色AJ的脚伸到他腿前轻碰了两下。

一抬头，方觉夏看见裴听颂对他歪了歪头，眼神颇有深意，手里还转着那支钢笔。

大约是在怪自己没有替他说话，方觉夏心想。

他往后收了收自己的腿，不接受裴听颂变相的责难。

"我们也有和今年暑期档的一些剧谈合作，有可能其中一首非主打歌会作为电视剧的插曲。"

程羌还在说话，方觉夏尝试集中注意力仔细听，但总难免走神，因为他一退，裴听颂便再进一分。

"所以我们最近得加快时间，做出 demo 之后还要送到剧方去选曲。"

不过方觉夏也从来都不是任人欺负的小白兔，对待裴听颂，脾气尤其大。

啪嗒一声，方觉夏手肘边的笔掉到地上，他轻声说了句"抱歉"，弓腰去捡。手够到本来就没有盖上盖子的记号笔，直接握住朝裴听颂伸过来的腿那边去，在他露出的脚踝飞快地画了一个"×"。

然后他不动声色地坐起来，将笔搁在桌子上。

没有任何人发现桌台之下的暗流，除了那个小小的错误标志，没有任何证据。

虽然开会时候大家把裴听颂调侃了一遍，但主题曲的 demo 给下来，裴听颂只花了两天的时间就填完了词，比同期安排的作词家快了太多。两份歌词拿到手，陈正云仔细比较一番，还是裴听颂的更有灵气，也更诗意，不是一抓一大把的流水线歌词，唱来唱去不过是你爱我我爱你。

主打歌定下来，Kaleido 六人进录音棚录音，吸取之前的经验，这次星图在保管 demo 和成曲上都非常上心，生怕再出之前的纰漏。

其间，星图和 Kaleido 的官博也释出预告微博，尽管连张宣传图都没有，只是一句"coming soon"，但粉丝激动的心情难以言表，转发数和评论数眼看着飞涨。

大家之前就猜像《破阵》这样的热度和后劲，星图一定会趁热打铁推出后续专辑，没想到来得这么快。

中途方觉夏和裴听颂还去录《逃出生天》，节目的热度一期比一期高，每到周六播出的时候，听觉组合都会稳上热门。

节目组的成本也越来越高，新一期直接建了一个小型天文馆，录完之后几个嘉宾照例聚会吃饭，吃完周自珩和夏习清有事先行离开，商思睿非要去KTV，于是他们又续了个夜场活动。

"哎，这次我们得拍个合影先发制人啊。"商思睿拿上次贺子炎的绯闻开玩笑，"不然给我搞什么女友出来。"

翟缨笑着说："你想得美。"

裴听颂揶揄："火哥现在都接到好多个偶像剧的剧本了，因祸得福。"

玩着玩着，他们开始聊天，这几个人都是谈得来的，每次聚会多少要说点自己的事。方觉夏每次都是听众，没想到这次听见翟缨说起他们Astar的事情来。

她先是提了句组合回归延迟，商思睿问了句为什么，才知道原来Astar现在高层发生了不小的矛盾，两派力量在拉扯。

方觉夏虽然现在已经不在Astar，但当时练习的时候多少也听说过。Astar本来就是靠着早期的几个大热歌手和组合发了家，其中一个元老级别的国民歌手李落也成为Astar股东之一。当时的老板退居高位后扶持了金向成，但金向成手段下作，虽说也靠着自己的手段推起来不少热门团体，但树敌不少。

他想到之前听凌一随口提到的Astar的股票下跌，除了裴听颂的姐姐从中作梗，和高层内斗一定也不无关系。

裴听颂随口问道："高层内斗，为什么要推迟你们回归？"

翟缨喝了一口啤酒："因为我们是李总策划的团。"

方觉夏问："李落？"

"没错。还有一个比较关键的问题。"她耸了耸肩，"我是李落的小姨子，换句话说，他是我姐夫。"

商思睿恍然大悟："哦！怪不得你练习时间这么短就可以出道！"

"我自己也很有实力好吗？不然你以为女团ACE这么好当？"

方觉夏这才明白，原来翟缨是空降，难怪他走的时候都没有见过她，而且她明知他和Astar的前情旧恨也毫不介意，现在一切都合理了。

她想必也不怎么看得惯金向成。

方觉夏分析说："以金向成的作风，在他稳固地位之前，应该都不会放你们回归的，如果你们成绩好，等同于助长了李总的威风。何况你们团人气这么高，成绩应该不会差。"

"所以我倒希望不回归，怕他故意给我们烂歌，之前就已经做过一次这样的事了，搞得我们团元气大伤。"翟缨叹口气，"毕竟我们不像你们，可以自己做歌。"

方觉夏笑了笑："我们是公司小，没有办法。"

聚会结束之后他们分头离开，回去的路上方觉夏还在想 Astar 的事，当初他进 Astar 的时候，面试官之一就是李落，可以说，李落是把他领进 Astar 的人。准出道期间，李落也给了他不少的帮助，以至于所有人都以为他一定可以从新男团出道。

直到金向成从李落手里抢走了"七曜"的策划权和执行权。

世事难料，他现在已经不再是 Astar 的一员，但这样的明争暗斗依旧没有停歇。

方觉夏总有一种不太好的预感，他甚至有些担心梁若，虽然已经说好了以后再无瓜葛，但他始终不愿意梁若成为利益斗争的牺牲品。

或者说，他不希望任何人成为牺牲品。

除了完成自己的个人行程，他们每天的工作就是来公司准备专辑。虽说不用打歌，但之后的见面会和一些综艺上应该都需要有舞台，所以方觉夏和路远还是进行了编舞，这次的风格就更加随性自然。磨了一下午的编舞细节，路远饿得半死，拖着方觉夏去吃饭。

想到裴听颂还在他的小工作室里写着歌词，方觉夏吃饭的时候有些担心，羌哥一个电话把路远叫走。

"你慢慢吃啊，我先过去。"

"嗯。"看着路远离开，方觉夏放下筷子，打包了一份虾籽捞面和绿豆沙冰，直接去找裴听颂。

他平常写歌的工作室就在琴房的隔壁，对面是声乐室。这里原本是一个小练习间，当初星图只占这栋大写字楼的一层，资源稀缺，所以就连这样的小房间都安上了镜子。后来慢慢发展，星图盘下五层，练习室越来越多，这里几乎没有人用，渐渐地就荒废成一个储藏间了。

小魔王死活吵着陈正云，说他必须有一个自己写东西的地方，这才给他安排出来。

方觉夏拎着自己打包的食物从电梯里出来，说起来这还是他第一次来裴听颂的小小工作室。

等走到门口的时候，方觉夏又有几分犹豫。他敲了敲门，没有回应，但里面分明有电子钢琴的声音。

听不到吗？方觉夏又抬手准备敲门，谁知门忽然间开了，他的手悬着，落了空。

/037/

"你来了？"裴听颂把他拉进来，表情变得很快，本来还有种被打扰的不耐烦，可一看到来的是方觉夏，立刻露出一个孩子气的笑容，变脸比翻书还快。

"让你去吃东西你不去。"方觉夏推了一把身后的门，把手里提着的吃食递给他，"我正好去吃饭，给你带一点上来。"

这间房的确不大，不过里面倒是什么都有，进门靠左的墙壁前是一整排工作台和乐器，右边还是原本的大镜子，靠里铺着地毯，还有好几个懒人沙发。这种环境就非常符合裴听颂这种美式休闲作风。

见方觉夏还记得给他带吃的，裴听颂开心接过："对我真好。"他穿了件奶白色短袖，戴了副眼镜，头发乖顺，看起来还真有点大学生的感觉。

方觉夏一不小心从桌上带下来不少手稿，雪花似的飘到地上。

裴听颂见方觉夏蹲下来捡，想拽他："不用管，都是一些废稿，本来就是不要了的。你来坐着，陪我吃饭。"

方觉夏不肯："你先吃，我看着这些散在地上很难受。"

行吧，谁让方觉夏有强迫症呢。不过裴听颂也没听他的，蹲下来和他一起捡。方觉夏收好所有的废稿，又怕裴听颂不肯好好吃饭，自己攥着那一沓纸就去了角落的懒人沙发上，问道："这是你写歌词的废稿吗？"

"不全是吧，有的就是发呆练字随便写的。"他其实也没什么胃口，于是拿着吸管戳进绿豆冰沙，左手拿着杯子喝了一口，右手在电子钢琴上随便弹了几个音。

方觉夏本来也没有翻看别人手稿的习惯，只是单纯觉得上面那张的字很好看，一行一行写得漂亮，字迹飞扬连贯，一看就是灵感充沛的产物，完全不像是什么歌词废稿，反而像是一首现代诗。

他在心里默默念上一遍。

爱情把人变成愚蠢的矛盾体
头脑冲昏，自甘堕落，譬如我
想用世上最安全的拥抱
裹住你脆弱的骨骼和梦
安睡吧，我是忠诚的守夜人
你平缓跳动的心脏在我手中
全世界在我手中
可成风想，在毫无防备的深夜
在你柔软的海岸线上

打响最危险的战役

烧足一整夜的硝烟

…………

02

"喝吗?"裴听颂走过来蹲下,把另一杯绿豆冰沙递到方觉夏面前。

方觉夏这才回神,哗的一声将手里的纸拿到一边,一双漂亮眼睛瞪得大大的,望着裴听颂。

见他这样,裴听颂笑起来:"你怎么了?刚刚看到什么了?"

方觉夏摇头:"没有。"说着否认的话,可满脑子都是他洒脱的字,每一行,每一个字。

记忆力太好也是件坏事。

裴听颂嘴角勾着,放下冰沙。

"看了我写的东西?"裴听颂问。

方觉夏点头,又说:"就一张。"

"本来也就那一张,其他都是废稿。"裴听颂坦荡自然。

裴听颂说:"我宿舍的书桌里还有好多,想起来的时候就会写点什么,尤其是晚上。"

就在裴听颂说话的时候,口袋里的手机振动起来。被打断的他皱起了眉,拿出来一看,是程羌,也只好接通。

"喂,羌哥。"裴听颂戴好耳机,"是吗?已经定下来了,你跟觉夏说了吗?"

听到自己的名字,方觉夏睁大了眼睛,歪头看他。

"那我跟他说吧,一会儿我让他来我工作间找我。"

听见裴听颂撒谎,方觉夏忍不住想笑,故意凑到他跟前,表示自己已经在工作间了,裴听颂也忍不住笑,躲着他。

电话那头的程羌听见他话说一半便问他怎么了,裴听颂道:"没有,我喝了口水。"

喝水?方觉夏挑了挑眉。裴听颂一边应付着电话那头的经纪人,一边拍着方觉夏的肩膀让他乖一点。

"知道了,我写歌呢,不跟你说了啊。一会儿人来了。"

草草挂断电话。方觉夏自知整蛊时间结束,想赶快溜走,但被裴听颂摁到了地毯上,装凶威胁:"你真是越来越厉害了。"

方觉夏憋着笑，义正词严："是你先撒谎的，你不是 keep real 吗？"

裴听颂立刻松开他："好啊，那我现在就去和羌哥说。"

"哎哎哎。"方觉夏服了软，拽着他胳膊起来，"刚刚羌哥找我干什么？有什么事吗？"

裴听颂这才坐好，拿起刚才放在地上的绿豆冰沙喝了一口，冰全化了，喉咙里甜丝丝的。

"他刚刚说，有一个班底非常好的剧组来找我们合作了，去年冬天的爆剧也是他们公司的，今年夏天上的一部剧是校园题材，制作人拿到我们四首歌的 demo 之后很快就相中了你的。"

方觉夏有点不敢相信："我的曲子？"

"对，就是你的。"裴听颂揉了把他的头，"你可真厉害，一下子就被热门剧组看中了。"

"可是还没有歌词呢，"方觉夏怎么想都觉得不可思议，"主打歌好歹是有歌词的。"

"说喜欢这个曲风，很特别，旋律抓耳，一定会火。对电视剧主题曲来说，符合剧本风格才是最好的。"这边说着，裴听颂就收到了程羌发过来的剧情梗概和风格说明，还有一些电视剧的资料。他打开电脑查看。

方觉夏凑过去，看到了电视剧的名字：《绿色海浪》，这个名字好像文艺片，竟然是一部校园剧。"

这部剧带有一丝悬疑色彩，由发生在某高中的跳楼自杀事件展开的一系列故事，女主角是自杀女孩的好朋友，在女孩死后转学到了这所高中，遇到了好朋友日记中的暗恋对象——男主角。两人在寻找当初死亡真相的过程中，一点点揭开好朋友在过去两年的校园生活中遭受的霸凌和痛苦。

故事的最后才发现，原来女主角就是自杀女孩本人，她在死后成了一个本不存在于世界上的人——她无比期望得到的"完美朋友"。

"这故事好棒。"方觉夏莫名多了期待，想到自己的歌可以成为插曲之一，心中不免有种受到鼓励的感觉。

"对，据说是金牌编剧写的剧本。"裴听颂打开另一个文档，"这里还有一些剧本片段。剧组说电视剧的片头主题曲已经有了，你这首曲子他们想配在恋爱部分，男女主的感情线比较淡，这种不太甜又很有感情的旋律很适合。"

方觉夏看了看风格关键词："夏天""初恋""若即若离""青涩""干净"。

"感觉歌词有点难写。"

裴听颂表示认同："如果让我自己写，可能还简单点，现在突然给了个命题作文。"他想到些什么，"你当时写这首歌的时候，心里想的是什么？"

突然的发问让方觉夏有些措手不及，他仔细思考："好像……也没有想什么。"

"没想什么就写出来了？怎么可能？"

"真的，我当时就是想写点旋律，脑子里本来也有一些。"方觉夏自己也觉得不太有说服力，索性说，"莱布尼茨都说过，音乐是数学在灵魂中无意识的运算。"

裴听颂被他逗笑了："行吧，我就不指望从你这儿得到什么灵感了，我自己琢磨琢磨吧。"

见他又开始看那些资料，方觉夏也挨着他看，嘴里重复着这几个词："初恋……夏天，夏天的歌。"

裴听颂忽然注意到梗概中的一句话，说男主角事实上也是暗恋女主的。他想，或许可以从男主的视角出发写。

他趴在桌上，问方觉夏："你看到'夏天''青涩'这些词，脑子里有什么画面？"

方觉夏对这些词的认知并不是很清晰。中学时光对他来说已经有些遥远，何况他的生活总是三点一线，回想青春时光，更多的也是练习。

"夏天……"方觉夏露出一个微笑，想到了自己最难过的那些日子，想到裴听颂风尘仆仆地赶回来。

"夏天是你没有让我淋到的那场雨。"

忽然间有了灵感，裴听颂飞快地道："我知道了，我有想法了。"

"这么快？"方觉夏心里很开心，想到裴听颂马上要工作，"那我不打扰你，我回去跳舞。"

"别。"裴听颂抓住他，硬是要把他留下，"你陪着我，我有很多书，你可以看书，陪我一下，很快的。"

方觉夏觉得奇怪，但裴听颂一向都是这么古怪的，尤其是创作的时候。

"那你也不用我帮你？"方觉夏指了指电子钢琴，"我可以帮你弹那个。"

裴听颂拿出纸和笔，把自己舒服的转椅腾出来给方觉夏坐，他又从工作台下面抽出来一把椅子，自己坐下："你留下就是在帮我。"

好吧。方觉夏在心里愉快地回答。

还是怕吵到他，方觉夏静静地坐着，把他桌上的东西都仔细打量了个遍，笔筒里各式各样的笔、形状奇特的台灯，很多很多摞起来的书、笔记本、便笺，还有一堆录音设备，里面竟然还有细微音采样器，方觉夏只记得这很贵，可以拿来录一些很难录到的声音，听贺子炎说过，但谁也没有买。

原来裴听颂有，他回去要告诉贺子炎不用买了。

方觉夏拿起桌上的《茨维塔耶娃诗集》，无声地阅读，就这么静静坐在裴听颂身边，等待他写歌词。

裴听颂跟随着灵感一路写着，每一段旋律都在脑海中填上了文字，变得具象化，像一帧一帧慢镜头构成的影像，像一个故事的片段。

全词写完也不过二十分钟，裴听颂拿着那张纸反复看着，又在心里哼着曲调对了一遍。

"好了。"等到他从歌词的情绪中抽离出来的时候，才发现方觉夏窝在他的转椅上睡着了，诗集摊开盖在他的肚子上，白色衬衫下胸膛轻微起伏，呼吸平稳。

裴听颂终于相信，这世界就是存在那么一类人，他们生来就要成为其他人的缪斯。

过去不断抗争的时光中，他以为愤世嫉俗才是宏大。

可如果他的缪斯在这里，裴听颂就只想做一个小格局的三流艺术家。

迷你专辑的工作量小，加上卡莱多在音乐创作上一向效率高，前期准备工作很快就完成。但《绿色海浪》的制作人却提出一个不情之请，想要方觉夏独唱版的那首《夜游》作为 OST（原声带）。

这也很常见，一般的电视剧主题曲不会选择团体演唱，因为 BGM 的本身是为了让观众更好地代入情境之中，投入情绪，但频繁更换演唱人会让人对影像的情绪出现断层。星图表示理解，所以特意让方觉夏录制了一版独唱版，裴听颂甚至提出，想重新编一下曲。

这样的诚意也被剧组制作方看到，一再表示感激。

录制完歌曲之后，他们特意去了一趟琴岛，拍摄主打歌的 MV。夏天的琴岛是绿色的，很美。六个人奔跑在八大关的林荫路上，一齐回头大笑的那张照片，最后定为专辑 *Last Summer*（《去年夏天》）的封面。

后来又听说七月会有不少歌手和热门团体发专辑，怕撞上，星图公司最后还是选择了提前，6 月 20 日的时候就释出了主打歌。

主打歌 *Last Summer* 曲风轻快，充满夏日感，朗朗上口，首日收听量突破了《破阵》的首日纪录，很多人也是因为上一张专辑的良好口碑，才特意前来收听。

不过 Kaleido 这次回归并不打歌，少了很多的曝光，再加上上一张专辑的成绩太好、后劲实在太大，一下子仅凭一张迷你专辑很难超越。对他们来说这只是给粉丝的夏日回馈，但对于很多盯着他们成绩的人，这无疑就给了嘲点。

收听量和讨论度不如《破阵》，他们便开始大肆渲染"黔驴技穷"论。专辑销量高，就说迷你专辑便宜，十张顶别人一张，没有含金量。

但 Kaleido 和星图倒不是非常在意，为了专辑宣传，他们的行程也多了起来，开始参加一些真人秀和电台节目，每天工作，也顾不上这些。

局势在几天后发生了变化。正如之前裴听颂和方觉夏猜测的那样，《绿色海浪》果然在众多品质平平的偶像剧中脱颖而出，成为暑期档第一大热剧集。

这部剧的画面很有日系的冷色调质感，抽丝剥茧的剧情也勾住大家的心。网络上几乎形成人人追剧的风潮，讨论《绿色海浪》的热帖层出不穷，而收视率的高峰，也正好是男主发现自己对女主心意的那一集：两人骑车寻访证人，返校的路上遇到一群小孩在海边放着线香烟火，很渺小，但很美。

这段场景被拍得很美，少年心事一览无余，BGM 正好是方觉夏独唱版的《夜游》，音乐和影像融合得极为美妙，一跃成为这部剧的名场景。

忽然间，这首由方觉夏作曲演唱、裴听颂作词的《夜游》进入各大音乐平台的热门歌曲搜索栏，收听率直线上升，借着爆剧的东风，成为暑期第一首出圈的爆曲，音源指数爆表。网络上到处都是翻唱，这首歌的片段节选也成了短视频 App 的热门 BGM。

情歌的传唱度总是比舞曲更高，这首歌又有爆红的影视加持，不仅自身人气累积极快，还意外带动了原本的六人版本，影响越来越大，连同 *Last Summer* 整张夏日专辑都一跃上榜，销量再次突破大关。

歌曲实在太火，MLH 的打歌节目因为人气特别邀请 Kaleido 去到现场，录制了一个六人版本的《夜游》作为特别舞台。

对于听觉组合来说，这首歌更是特别，因为这是裴听颂和方觉夏的第一首合作曲目。

为了庆祝歌曲突破各项纪录，很多听觉组合站也衍生出许多相应的周边，春日囚雪组合站更是送出一份很有意义的礼物。

春日囚雪组合站：为了庆祝哥哥们的第一次合作取得成功，我们特意和《绿色海浪》剧组联系，在获得允许后制作了两套电视剧中的夏季校服（图一），包括印有裴听颂和方觉夏姓名的铭牌（图二）。两件白色衬衫的前襟分别用银白丝线绣上了两句歌词，一件一句，拼在一起就是完整的（图三：细节图）。希望哥哥们喜欢这个特殊的礼物。我们永远怀念，年少时的每一次夜游。

上电台节目的那天，听说可以穿私服，方觉夏便穿上了春日囚雪组合站定做的白衬衫，只是没有佩戴铭牌。他以为没有人会发现，因为他的白衬衫实在太多了。

电台节目的氛围很好，主持人和 Kaleido 的六人就像是老朋友叙旧，一边喝着汽水，一边聊着音乐，聊年少时期的过去。

他们在电台演唱了不插电版本的 *Last Summer*，和原版的舞曲风不同，变得

/043/

很温柔。

主打曲过后，主持人开始了听众互动环节，在电台的留言里随机挑选一些问题，向 Kaleido 提问。

"ID 为'永远多米诺'的朋友说——特别特别喜欢卡莱多自己创作歌曲的感觉，这一次的曲风也和之前的专辑有很大不同，我非常喜欢。想问哥哥们有没有什么创作上的故事可以分享一下呢？"

贺子炎先开口："首先谢谢这位粉丝。其实这张专辑的歌曲制作方面比前两辑有了更多创作的空间，除了主打曲的作曲是国外的制作人，其他几首非主打曲目都是我们成员的作品，像觉夏的《夜游》，还有森森的 *Daydream*《白日梦》和我写的《游过这片海》，作词依旧是我们小裴。"

路远点头："小裴这次突破很大，一开始我们都对他是不是可以写情歌表示怀疑。"

裴听颂摊了摊手："要用行动证明自己。"

江森说："《夜游》单人版的编曲也是小裴完成的，据说里面有很多小心思。"

"哦，是吗？"主持人问道，"可不可以具体说一下？"

"具体……"裴听颂看了方觉夏一眼，"《夜游》单人版的鼓组和六人版会有一点区别，大家可以听一听，耳朵尖的小朋友说不定会发现什么小彩蛋。"

凌一起哄："啧啧，开始卖关子了。"

"没事，大家听不出来就去签售会问他。"

"哈哈哈哈。"

裴听颂看他那一眼让方觉夏觉得古怪，不知不觉又陷入沉思，他开始想究竟两个版本有什么不一样。

好像，单人版的鼓点会更简单一些。

可只是这样吗？

主持人继续说："ID 是'二火是我的小宝贝'的听众……"

他还没有念完，凌一先憋不住笑了出来，紧接着大家都开始笑。

"笑什么？我还不能当个小宝贝了。"贺子炎挑了挑眉，"让我听听说的什么。"

主持人继续道："她说——二火哥哥，我是刚高考完的高三学生，现在快要报志愿了，自己心里有很喜欢的专业，但是家人有别的想法，认为另一个专业更有前途，现在好迷茫啊，想听听哥哥的想法。"

方觉夏笑了笑："这个问题好棘手啊。"

"对啊，我还以为让我给讲个笑话呢。"贺子炎打趣完认真说，"其实我猜，你心里迷茫并不是你做不出选择，而是你不愿意放弃自己心里想的那个决定。"

对他的说法，方觉夏表示认同，很多时候说着很难很犹豫，其实心里早已有了决定。

"如果你心里已经有答案了，一定要努力去尝试，哪怕最后失败了，也不会后悔。如果你听从别人的，选了自己并不喜欢的方向，很难坚持下来，回头一想，这可能是你一辈子最遗憾的事。"

说完贺子炎又笑起来："这是我非常随便且不负责任的建议啊，这段时间谁都会迷茫的，我这二十多年一直是迷茫的，而且也没有家人替我做决定，但我也走过来了。不要害怕，勇敢去做是唯一的办法。"

没有家人。

听到他轻描淡写自己的过往，方觉夏有些心疼。他并不比这些粉丝知道更多关于贺子炎的少年时代，对方不常说，平日里总是在开玩笑，像没有烦恼一样。

但他也知道，没有人会真的毫无烦恼。

主持人感叹道："每个人的少年时代，每个少年的夏天，或许都有很多的故事吧。只要向前走，一定会有美好的未来。"

他继续说："ID叫'绿夏光年'的听众说——你们好，我是卡莱多的粉丝，也是《绿色海浪》的剧粉，今天是我的生日，想请觉夏哥哥唱一下《夜游》，可以吗？"

方觉夏听到之后问："我自己吗？"

江淼侧头对他示意："你去吧，上次凌一也唱了他的主题歌。"

"对啊。"凌一看见一旁的吉他，提议说，"要不小裴伴奏吧，弹吉他。"

于是他们非常轻率地来了一个电台吉他独唱版本的《夜游》。裴听颂接过吉他，拨了拨弦，视线望向方觉夏。

方觉夏点了点头，吉他的音色非常沉郁，忽然变成几人围坐在草地上听着弹唱的气氛。

守过，烈日下你的窗
单车盘旋林荫路上
等你的时间，后座擦得发亮
黄昏也没什么不同
光洒在你身上
就变得不一样

他的声线很特别，冷冷的，可唱这样的情歌，又比别人多了一种幽微的、难以言喻的情绪。

原本有些悲伤的旋律，填上青涩又浪漫的词，又温柔了许多。

裴听颂弹着吉他，偶尔抬头看他，两人相视一笑。

躲开，众人的目光
游荡，废弃游乐场
你颧骨的晒伤
吻痕一样漂亮
喜欢烟火吗
希望是这样

当初创作这首曲子的时候，方觉夏还只是凭借着纯粹的音乐天赋和本能进行的，旋律是很不错，但始终都没有灵魂支撑，直到裴听颂写出歌词，一切才得以完整。

暑热烧毁月亮
闪亮碎片堕入海浪
汗水总是透明，沾湿白日臆想
蝉鸣掩盖欲望
花吃掉七月的阳光
你颈间的香气，编织梦里的网

唱着唱着，方觉夏不由得想起自己在那个小工作间醒来，拿到这份歌词的时候，那种激动的心情。

是吗？今晚会下雨吗？
我开始讨厌雨了
骑车回家会淋湿你衬衫吧
海岸线绿藻疯长，像不像我对你的妄想
花火忽然间盛放，想吻你的心无处可藏

裴听颂一边弹着吉他，一边低声为他和声，完美地融入歌曲当中。在 OST 独唱版本里，那个和声也是他。

等吗？天再暗一暗吧。
我开始喜欢夜了
黑暗会让你试着依赖我吗
不想结束这热浪，七月为什么不能延长
牵手时胸口发烫，我握住一段纯白光芒

倘若，被问起约会对象
笑着回答，是一枚月亮
你怪我擅长说谎
我说夏天好长

03

一曲唱完，方觉夏轻声说了一句"生日快乐"，其他的队友也跟着说，祝贺这个点歌的朋友。

裴听颂将手中的吉他放了下来，拧开手边的水递给方觉夏。方觉夏也自然而然地接过去，喝了很小一口之后又递给他。裴听颂拿手腕挡了一下，低声催他再喝一口。

方觉夏这才又勉为其难喝了一口，然后把水瓶搁在桌上。

主持人继续念着听众发送过来的信息："一位 ID 为'花生味冰沙'的听众提问——想问小队，对夏天最深刻的记忆是什么？"

裴听颂拿过水瓶，自己喝了一大口之后拧好盖子。

被点到名的江淼对着话筒说："谢谢提问。"

夏天最深刻的记忆。

他想了想，眼神变得柔软："最深刻的记忆应该就是和妹妹一起吃西瓜的画面。我们在叔叔家长大，和别的小孩子不太一样……"

他犹豫了一下，又笑了笑："我记得我上初一，下晚自习回家，学校离住的地方有点远，到家的时候已经挺晚了，结果发现妹妹居然还没有睡，她抱着一个碗悄悄从她的床上下来，溜到我的房间。

"那是她吃晚饭时给我留的，她自己没有吃。因为她太小了，不知道天气热要放冰箱才可以，所以其实西瓜已经有点不新鲜了，但是为了让她开心，我还是吃了。我们俩就这么面对面坐在床上，她对我笑，说她把子儿都抠出来了，埋在花盆里。然后我又吃出来一颗子儿，她就很生气，说西瓜很阴险。"

方觉夏望着江淼。他很少有情绪化的时候，和自己的冷淡内向不同，江淼时时刻刻都是稳重自持的，顾全大局，保护每一个成员，这已经是刻在他骨子里的天性了。

但其实，他的少年时代也受过很多苦吧。

说着说着，江淼笑起来，看向主持人："我觉得那是我吃过最好吃的西瓜。"

一向不爱说话的方觉夏却忽然开口说："如果我和森哥上学时候就认识，应该会成为好朋友。"

江淼望着他笑："没错，一定是关系最好的同学。"

这话不是假的。

刚组队的时候，江淼和他是最早被定下来出道的成员，那时候他们经常一起吃饭，言语间他知道了很多江淼过去的故事，如果不是被迫，江淼或许根本不会在偶像组合里出道。

当时方觉夏就知道，他为了抚养妹妹，做过很多事，打工、当主播、在直播间给人弹古筝，也遭受了不少白眼和恶评。生长环境让他不得不比别人更早地成长起来，成为一个可以保护别人的人。

但他那时候也是少年啊。

贺子炎拍了拍江淼的肩："作为垚妹的绯闻男友，我要澄清一下，这个妹妹确实从小就傻傻的，某方面和他哥哥很像。"

凌一笑说："垚妹现在是叛逆期，小心她打你。"

贺子炎又回撑："怕什么，我身边可太多叛逆期了，我还和叛逆期小朋友住一个宿舍呢。"

裴听颂拿手里的小玩偶砸他："你欠我多少出场费了？"

大家都笑起来，和平常一样说说闹闹。

主持人又把问题抛给坐在他身边的路远："路远有没有什么印象深刻的事，关于夏天的？"

"夏天……"路远抬头看了看天花板，"几年前的夏天我获了奖。那个时候还很小，不太懂事，后续的发展都像是脱了缰的马一样，根本不受我控制。"

说着他笑了一下："当你觉得自己获得了一切的时候，同时也失去了一切，变成孤身一人，那种感觉是非常难以接受的。我消沉了很久，阴错阳差加入卡莱多，才发现上天其实是公平的，他拿走你的东西，只要你不放弃，就会给你更好的回报。"

这番话说得很坦诚，路远没有为了话题去讨伐当初把他一脚踢出舞团的那些曾经的兄弟，也不再沉溺于过往的荣誉。他早已可以很平和地去回忆自己的年少时光。

"现在想想,其实还是很怀念比赛的那个夏天的。那么多人,一起努力,一起追逐梦想。我现在成了评审,去看选手们比赛的时候就像是在看当年的自己,所以我对他们说,结果并不重要,重要的是你身在其中的每个瞬间。"

他很难得没有讲段子,也没有故意搞笑,反而是很认真地在缅怀。

"所以那个夏天教会我的是,人和人真的非常容易失散,有时候双方都没有做错什么,但走着走着就散了。一定要珍惜还在身边的每一个人。"

命运是巨大浪潮,人类比浪花还要渺小,只能被推着走,结成团或是散开。

他们六个性格各异的人,就是推着聚到一起的那一类。

主持人非常认同他的观点:"好感慨啊这一期节目。"

凌一也笑着说:"怎么今天的节目一点都不卡莱多?"

裴听颂道:"每次不小心陷入煽情环节之后飞快往回拉,这很卡莱多。"

"哈哈哈哈。"

主持人继续念:"ID叫'葡萄成熟还早得很'的这一位听众……"

凌一笑了出来:"这位听众的ID我可以唱出来。"

方觉夏看向身边的裴听颂:"肯定是找你的。"

裴听颂耸了耸肩:"我是外号之王。"

主持人也被逗笑:"这位听众是这样说的——小裴当时加入卡莱多出道的时候只有十七岁,之前一直在国外,想知道是以怎样的初衷加入卡莱多的?"

这个问题听完,方觉夏先捏了一把汗。裴听颂进入男团并非自愿,其实说真的,这个团里从始至终真正想要成为偶像的只有方觉夏自己罢了。

裴听颂是意外中的意外。

"我刚进来的时候,其实卡莱多已经成团了。"裴听颂直接开口,没有怎么思考,"所有的计划都是按照五人团来做的,配置也很齐全,主舞、主唱、rapper、门面都有。我的加入在当时其实挺突然的,也给大家添了不少的麻烦。编好的舞要重排队形,出道主打歌也意外流产,换了新的歌。"

这是第一次听到裴听颂就当初的空降说出抱歉的话,大家都有些意外。

"没有,不是的,"凌一开口,"我们听说有新的弟弟来,很开心的。就是没想到这个弟弟这么高……"

"哈哈哈。"

裴听颂也笑了:"我的初衷其实并不好,我有很多偏见,用'年少轻狂'几个字去形容我当时的状态都是抬举。在那个时候我对梦想的定义非常狭隘,自以为是地做出了很多反抗。最爱我的亲人离开之后,我就觉得自己像一只被关在笼子里的孤鸟，很想飞出去，但飞不出去。"

"我十几岁就去混地下，你们知道那种环境是很混乱、很疯狂的。"他轻微地摇摇头，"所以后来我姐来找我了，她把我骂了一顿。"

贺子炎惊道："还有人敢骂你啊！"

路远："哈哈哈哈，怎么回事，还能不能让人抒情了？"

方觉夏看向裴听颂："她说什么？"

"她说，对我这样的人来说，梦想已经不算奢侈品了，是我自己的傲慢把自己困了起来。她让我去见一见真实的世界。"

去试着像个普通人一样追求梦想。

江淼语气温和："这话虽然听起来有点刺耳，但是是真的为你好的。"

娱乐圈就是世界的一个极端缩影，是放大善与恶的培养皿。裴听颂是个愤世嫉俗的理想主义者，怀抱着自己奉为真理的反抗主义，从天上掉下去，掉入这沉浮难定的小世界。

"可能吧。"裴听颂耸耸肩，"但她可能都想不到，我会这么走运。"

本来是一场见一见人间的试炼，却让他坠落到这群善良又勇敢的人身边。

坠落到方觉夏的面前。

方觉夏扭头，问他："真实的世界好吗？"

裴听颂微笑，点头："很好。"

真实的世界才可以遇到你们，所以再艰难，都是好的。

电台节目是实时播出的，节目组也会剪辑出一个包含视频的特别版放在网站上。当天晚上，卡莱多几名成员的相关词条就登上了热门，有"江淼 家庭"，也有"路远 冠军"，还有"吉他版《夜游》"。

在大部分网友的眼里，Kaleido这个团有很多固有标签，例如"实力强""不像男团""群口相声"之类的，他们总是被说美强惨，被说没气运，但很少真的自己出来说过去的事。如果不是这期节目的主题是"夏天与少年"，他们可能不会当众回忆自己的过往。

这一期节目也让更多的人了解到成员们的经历和过去，不仅仅是舞台上的他们，而且是真实的Kaleido。

要做一个正直的人：听了他们的一些片段再去听歌，感触很多。我们每个人都有回不去的某个夏天，年少的时候总是以为自己就是世界，但当我们不断往前走的时候才发现，原来世界那么大，自己那么渺小。

7788不是6：这个团真的好走心。P.S.《夜游》真的太好听了，方觉夏声音绝了。

今天下雨了吗：之前说卡莱多只能想到方觉夏和裴听颂，听了电台突然爱上这个团的队长了，好温柔啊。

在线等一个男朋友：我以前还看过路远的比赛呢，不过比赛完发生了很多事，没了后续。后来在卡莱多看到他，觉得特别惊喜，果然有些人是注定会成功的。

藏着秘密：之前的《破阵》有种背水一战的悲壮感，但是看见几个男孩子在电台一边聊天一边唱歌，温柔地安慰听众，分享自己的故事，又有种他们就是身边朋友的感觉，亲近了很多。不得不承认我是先听过《夜游》之后才去了解这个团体的，一开始没想到这是男团成员的歌，但现在看了这期节目，有了很多改观，希望他们越来越好，有更多好的作品。

《夜游》的热曲效应非常成功地带动了 Last Summer 整张专辑，吸引了很多对男团常见风格不太感冒的音乐爱好者。原本他们是抱着一个做小众音乐的心态创作的这张夏日迷你专辑，初衷不是为了热单，所以也尝试了很多新的编曲风格和类型，有点实验品的意味。

但这种新的尝试却广受乐评人的赞誉，打破了他们对于男团的固有印象。

V小鱼聊音乐：听了一下 Kaleido 的 Last Summer，整张专辑就只有四首歌，但内容非常丰富。歌词都不错，裴听颂这次终于突破了他之前的创作，从一个反叛少年变成了一个温柔的讲述者，很惊喜。

主打歌的编曲层次很丰富，drum set（架子鼓）的氛围感很强，特别是有一个音色，很像扬琴的音色，特别清新，副歌部分的钢琴铺垫很有夏天雨季的感觉。看到编曲部分是贺亡炎独立完成的，不得不夸一下，进步很大。

欧陆电子风的 Daydream，迷幻编曲和歌词体现的那种白日幻想的意境非常贴合，loop（循环）部分尤其优秀。还有《游过这片海》，带有那么一点点乡村音乐的风格，很难得，一个男团会去尝试这种曲风。吉他不错，把夏天那种燥热感带出来了。整首歌都比较有画面感，乡村，海洋，晒不完的太阳，褪皮的肩膀。

最后就是我已经夸过的《夜游》，方觉夏的作曲天赋是很多人求不来的，这种在旋律方面的敏感性和创造力，非常有生命力。比起六人版本，个人觉得单人版更有灵魂，编曲很沉郁，有种沉溺感，不过这是两个很好的版本下做出的权衡。

总的来说，这是一张你完全可以抛开偏见去听的专辑，可以说是 Kaleido 继交出《破阵》标准男团优秀作业之后，给出的一张属于他们自己的高水平答卷。我很欣赏他们对原创音乐的态度，相信以后还会有更好的作品。

从专业的音乐评论人那里得到了许多不错的评价，这张专辑成为夏日黑马。从大众视角来看，男团最难得的就是有一首具有国民度的出圈曲目，算上《破阵》，Kaleido 已经有两首代表作了。之前的爆红现在有了稳稳的后续铺垫，昙花一现的说法不攻自破。

更何况，卡莱多这种凭作品说话的创作型男团，只要有歌曲，就不怕人气回落。

程羌走进化妆室，拍了几下手："一会儿新专辑见面会结束，我们直接开庆功宴。"

"耶！"

"吃什么，吃什么？"

"凌一你就知道吃。"

"吃烤肉吧羌哥。"贺子炎仰靠在椅子上朝程羌投射出求采纳的眼神。

"可以啊。"程羌两手环胸，"他们可以，你少吃，你要进组拍戏了得做好体重管理。"

"哈哈哈！"

裴听颂已经做好了妆发，歪在沙发上刷了好一会儿微博。方觉夏也吹完头发腾了位子，坐到裴听颂的身边。沙发上就他们俩，方觉夏拿脚碰了碰裴听颂。

裴听颂低头瞥了瞥，又抬了抬眼，望向方觉夏，夸奖道："今天的发型好看。"

又不是过来求你表扬的，方觉夏在心里说。

"你在刷微博吗？"

裴听颂点点头，想到了什么，还特意凑到他身边告诉他："你穿春日囚雪站衬衫的事，被她们扒出来了。"

"什么？"方觉夏眼睛都瞪大了，"怎么会？"

"你以为呢。"裴听颂憋不住笑了，"粉丝可都是戴着显微镜看节目的。"

方觉夏还是不能理解自己的翻车："可是我都没有戴铭牌啊，那件衣服就和我的白衬衫差不多，我还拿出来比过。她们怎么发现的？"

"给你看。"裴听颂把手机递给他，屏幕上是一个粉丝发的微博。

每天都被卡莱多帅到：姐妹们！漂亮宝贝在电台穿的绝对绝对是春日囚雪组合站送的衣服！你们看我截的这个图，是宝贝唱歌的时候切的一个特写，这个前襟的绣纹分明是字！我用 PS 处理了一下，看第二张图可以看到清晰的字，有"夏天"两个字！［图片］［图片］

方觉夏点开那张图，还特意放大看了一下。

天，居然还真的是，他还以为看不清的。

/ 052 /

忍不住翻了翻评论。

我聋我快乐：我天，万万没想到这个惊喜是漂亮洋桔梗给的，谁敢信……

为什么不敢信？方觉夏疑惑。

平平无奇小女孩：真的是绣了"我说夏天好长"那一句的白衬衫！天哪，我永远爱方觉夏，漂亮宝贝太可爱了！

有、有这么明显吗？

方觉夏有种被人发现的心虚感，他把手机往裴听颂手里一塞："不看了。"

"看够了啊。"

方觉夏心想，自己的想法这么容易就被看出来了，可裴听颂却不会。

因为他太狡猾。

等等。方觉夏忽然想到什么："你怎么会知道她们发现衣服的事情？"

突然被质问，裴听颂愣了愣："这个……"

最后一个人的造型完成，程羌催着他们准备去会场，裴听颂借机想躲过去，被同时站起来的方觉夏抓住胳膊："说。"

"我，我就是关注了一些粉丝网站而已。"

"关注？"方觉夏不敢相信自己的耳朵。

"不是，"裴听颂立刻解释，"我小号关注的。"

方觉夏更觉难以置信了："你还有小号？你不怕被人扒出来吗？"

"怕什么？"裴听颂耸耸肩，拉着他走过化妆室外有些昏暗的通道，"我小号从来不骂人，只有大号骂人的。"

哪有这样的。

方觉夏面无表情地提出了一个无理的要求："给我看看你的小号。"

"那不行。"说着裴听颂就叫了一下小文，以马上要开始见面会为由把自己的手机转移到助理身上。

狡猾。实在狡猾。

这次见面会的场地和之前有点不太一样，星图包下了一个有着很多绿色植物的大咖啡馆，舞台中心有一块大的投影幕布，布置成音乐沙龙的感觉，邀请的粉丝不多，但也开了全程多机位直播让其他的粉丝都可以看到。

他们六个的造型都是非常简单的夏日私服装扮，从二楼下来，和粉丝打着招呼。粉丝努力地克制着尖叫声，对他们挥手。

在投影前的六个高脚凳上按照官方站位坐下，拿到话筒的凌一先开了口："今天没有主持人欸。"

贺子炎说："可能公司终于意识到给我们请主持人是一件非常浪费钱的事了。"

"哈哈哈！"

江淼看了看左右的成员："我们先给粉丝打个招呼吧，一、二、三……"

"大家好！我们是 Kaleido！"

间隔了几米的粉丝也跟着他们一起做"K"的手势。

江淼作为官方发言人，打完招呼后继续说："首先非常感谢大家对 Last Summer 的支持，我们也收到很多很棒的评价。"

一名粉丝大声说："你们已经被 BMA 提名了！" BMA 是目前权威的一个音乐颁奖礼，包含众多类别的奖项。

"是吗？"凌一没头没脑地问了一句。

"哈哈哈哈，你们怎么回事？"

路远也有点莫名："不是，我们真不知道。羌哥没说啊。"

不远处的程羌摊了摊手，表示自己也不知道。

"是刚刚出的名单！"那个粉丝笑着举起了自己的手机。

他们这才恍然点头，然后凌一突然转头握住方觉夏的手："恭喜恭喜。"他又转到另一边握了握路远的手："恭喜恭喜。"

"同喜同喜。"场面一下子变成六个人彼此道喜的奇怪画面。

"行了，搞得跟真的拿奖了似的。"裴听颂嫌弃道，"别一会儿网上黑粉嘲我们贷款领奖。"

粉丝大笑："裴听颂你怎么这么熟练！"

"熟练得让人心疼！"

"哈哈哈哈！"

闹了一番，江淼又拉回正题："那我们今天第一首歌还是主打歌 Last Summer。"他转过去向身后的乐队老师说："老师们可以开始了。"

音乐声响起，他们六个坐在高脚凳上，在这间充满夏日气息的咖啡馆里唱完了主打歌。紧接着，屏幕上播放了配有《夜游》的《绿色海浪》名场景，六个人看得津津有味。

方觉夏看着画面，穿着校服的男女主角停下单车，走过草坪时沙沙作响，伴奏声就在耳边，勾勒出年少悸动的氛围。他不由得想到在电台节目上，裴听颂说过的编曲问题。

这个鼓组和六人版本的的确不同，没有那么复杂，但节奏又有些特别。

隐约感觉到什么，方觉夏没有拿话筒，凑到了裴听颂耳边："这个鼓点的音色好特殊。"

裴听颂转了转椅子，侧过脸对他笑了笑："你听出来了。"

方觉夏望着他的眼睛:"是什么鼓?"

屏幕里,两个手背相互靠近,擦了擦又分开,指尖蠢蠢欲动,想抓住彼此,想在月光下牵手。

"我写歌词的那个下午,你睡着了。"他的声音很轻,很缓慢,落下每一个字都与伴奏的鼓点契合。

"我采样了你的心跳。"

04

方觉夏忽然间愣住了。

心跳。

他被拉回工作间里的那个下午,桌子上放着的采样器,他还留心多看了一眼,没想到竟然被用在自己的身上。

《夜游》的背景音乐仍在耳边,每一个被裴听颂进行编排过的"鼓点"都和胸膛里那颗躁动的心的跳动一一对应,好神奇。这是他的旋律,他的心跳节奏。

心跳和鼓点同步,充满生命力地跳动着。

方觉夏第一次觉得不知如何是好,无所适从。

歌曲结束,围坐的粉丝鼓起掌来,将方觉夏从沉溺的情绪中唤醒。

凌一拿着话筒问:"好听吧?你们都追剧了吗?"

"追了!"

"我们的成员也有开始尝试戏剧路线的了。"路远接过话茬,"森哥还有火哥,都开始踏入新领域了。"

江森笑着摆手。贺子炎耿直接道:"那还是不配的。"

"配!"粉丝大喊。

裴听颂拿起话筒:"怎么这么像骂人呢?"

"哈哈哈哈!"

方觉夏也拿起话筒,不过是很认真地在跟大家说话:"森哥这次是第一次参与到电影拍摄之中,听说试镜的时候要求不少,但他都顺利通过了,让我们给森哥一点掌声。"

粉丝非常配合地鼓掌。

江森立刻解释:"其实也没有,因为是跟音乐有关的题材,需要一个会弹古筝的。"

路远又补充说:"不是也需要外形出色、气质干净的吗?三水特别适合演那种男大学生，清纯男大学生。"

"哈哈哈！"

方觉夏又很认真地说："子炎后天也要进组了，给子炎一点掌声吧。"

贺子炎笑起来："觉夏今天就是一个无情的掌声提示机器。"

"哈哈哈！"

可方觉夏还是很认真："第一次就是要好好鼓励，而且一开始就演大制作的都市剧。"

裴听颂也被他这副全心全意为队友打气的样子逗笑，所以拿起话筒故意问他："觉夏哥怎么不去演戏？长得这么好看不演戏有点浪费。"

粉丝的意愿甚至比他本人还强烈，纷纷激动地附和着："对啊！"

"想看觉夏哥哥演戏！"

"这张脸不演偶像剧太浪费了！"

方觉夏一向不太擅长面对突如其来的热情："嗯……我觉得我可能不是很擅长，而且我脸上……"

"打住。"裴听颂直接截断他要说的话，自己先问："你们觉得觉夏脸上的胎记好看吗？"

说完他把话筒伸出去，不远处的粉丝齐声大喊："好看——"

其他几个成员也跟着说："多好看啊。"

"像花瓣一样。"

"这是画龙点睛之笔，好吗？"

凌一也点头："对啊，我刚见到觉夏的第一眼，我的妈呀，当时就惊呆了，怎么会有长得这么好看的男孩子啊。"

江淼笑着说："所以你就提出要和觉夏一间宿舍。"

"对。"凌一毫不掩饰，"我就是这么看重颜值。我知道要分宿舍的时候立马跟羌哥说了，我的第一顺位是觉夏，紧接着就是江淼。"

路远先故意"嘁"了一声，贺子炎也跟着有样学样："嘁！"

方觉夏都不知道当年的分宿舍内幕，有点惊讶："是你主动的？我还以为是随机分配的。"

裴听颂突然伸手拉他："哎，这不公平，有人走非正常流程啊，我要申请重新分配宿舍，抽签也行。"

"得了吧你。"贺子炎毫不留情地吐槽，"你不记得自己的手气有多背了啊？老老实实跟着哥吧，哥哥不会亏待你的。"

"哼。"

方觉夏忽然想起刚刚演戏的话题，于是又反过来问裴听颂："你怎么不去演戏？"

"我不。"裴听颂拒绝得干脆。这让贺子炎想起一个特别搞笑的往事："我要开始翻旧账了啊。"

凌一吸了一口冰摩卡咖啡，反应过来贺子炎要说什么，于是抢着说："我知道！小裴的黑历史！"

怎么大家都知道？方觉夏还有点莫名其妙。

不过也是，过去的时间都避着他，自然也不会知道他的黑历史了。

裴听颂自己也反应过来："哎，你们别这样，这种话不能乱说。"

"没事，反正我们团早就没有形象了。"贺子炎开始跟粉丝说："你们可能不知道，小裴其实早就已经有荧屏处女作了。"

粉丝确实也很惊讶："真的吗？"

"是什么？"

凌一抢着说："去年的时候就有偶像剧剧组来找羌哥，说想让小裴去演戏。"

裴听颂不想让他继续说下去，就想着越过方觉夏捂住凌一的嘴。可方觉夏想听，所以捉住了裴听颂的手，不让他对凌一动手。

凌一往队长那头躲："然后当时小裴好像是刚和网上的黑粉大战了三百回合，心情很差，好像还发生了什么事，反正正好处在易燃易爆炸的状态，收到羌哥的消息直接回绝了。不行这太经典了——"说着他跟贺子炎示意："我俩演一下，我是羌哥你是小裴。"

裴听颂还执着地阻止着："我要骂人了啊。"

凌一抹了把脸，瞬间程羌上身，压低声音："小裴，去演戏。"

贺子炎拉着脸："演你……马。"他立刻解释，"是emoji里的那个小马表情。"

台下的粉丝纷纷大笑起来："暴躁葡萄树！"

方觉夏对这句回复非常意外，两手捉住裴听颂，还用那种非常震惊的表情瞪着裴听颂。

"都说了当时很生气。"裴听颂没有话筒，只小声跟他解释。

"这不是最要紧的朋友们，关键是——"路远插了个嘴，"羌哥最后真的完成了小裴的心愿。"

江森说出了故事的结局："他押着小裴去给一部叫《奇幻动物王国》的动画电影配音，配了一匹马。"

"哈哈哈哈！"

"今晚就去看！"

方觉夏扑哧一下笑出声，笑得都松开了手，整个人弯下去，坐都坐不稳。

黑历史被揭露出来，裴听颂又气又无奈，手还下意识护住方觉夏，生怕他笑得栽倒过去。

贺子炎总结："所以演戏这块其实我们小裴是前辈。"

裴听颂学着方觉夏的口头禅："闭嘴。"

轻松的气氛中，他们和乐队老师合作，唱了《游过这片海》，又和直播屏幕前的粉丝互动，聊了聊创作和写歌的故事。

对揭发黑历史怀恨在心的裴听颂开启爆料模式，说室友贺子炎经常洗澡的时候有灵感，然后裹了条浴巾就跑出来。贺子炎又说裴听颂初始版本的《夜游》被他吐槽完全看不懂。

"哈哈哈哈，互相伤害！"

"凌一侥幸闪避危机。"

时间过得很快，抽了轮奖，和粉丝一起看过早先录制的夏日专辑幕后花絮，见面会的活动基本上就要临近尾声。

江淼拿起话筒走流程："时间过得好快啊，还有十分钟就要结束了。我们要给大家唱 *Last Summer* 里的最后一首歌了。"

"好快啊，舍不得。"

"最后一首了吗？"

"这首歌也是我参与创作的，很适合在这样的夏日午后去听。"他习惯性看向话少的方觉夏："觉夏，这首歌是？"

方觉夏有些慢半拍，看了看手里的小卡之后才抬头，像一个主持人那样伸直胳膊："*Daydream*！"

粉丝欢呼："是我的白日梦宝！"

路远转了转椅子，语气轻快："希望大家的 daydream 都可以实现！"

身后的乐队老师开始演奏，大家拿着话筒坐在高脚凳上开始唱歌，不插电版本少了迷幻感，显得更加温柔和清新。

"第一次吻你的时候，眩晕白昼，全宇宙陪我梦游。"第二段副歌唱完，方觉夏的手麦突然间有了点问题，没了声音，他低头用手拍了拍，然后扭头看向斜后方不远处的程羌。

本来马上就该轮到裴听颂的 rap，结果他的注意力全被用手麦鼓掌的方觉夏吸引，想都没有想，直接把手里的话筒塞给对方，自己把坏掉的手麦拿过来查看。

方觉夏被他这举动吓了一跳，瞪了他一下，把手麦塞回到他手中小声说："你马上要唱了。"

节奏已经空了一拍，裴听颂这才突然间反应过来，他赶紧拿起话筒，周围几个成员都在憋笑，粉丝也发现他进错了。

没想到的是裴听颂直接玩了个 lay back[1] 的技巧，但他唱的歌词却和 CD 版本不同，更像是即兴说唱。

因为他忘词了。

"全世界差不多都快要知道我的心意，为什么你还没回应是觉得我没脾气。忘词卡壳的心，错拍混乱头绪，dreamy dreamy baby，why you make me crazy（梦中朦胧的你，为何让我疯狂）。"

方觉夏本来还悬着一颗心，听到他毫无痕迹的救场松了口气，不得不在心里佩服他临场即兴的强大实力，连 flow 都和原本的不同。

感觉到后背被拍了拍，方觉夏回头，是给他新话筒的程羌，他点头接过来，拿着话筒给裴听颂和声："You are my daydream, daydream（你是我的白日梦）。"

声音清冷的哼唱和裴听颂低沉的 rap 结合在一起，听感变得更有层次，裴听颂也越来越自如。

"保证戒掉幼稚恶习，换独一无二的你。夏天午后日光氤氲，咖啡馆荷尔蒙飞行。想把你，变星星，就藏到我的掌心。等天晴，又落雨，百利甜治好心情。别介意流言蜚语，三二一来我怀里。

"You are my daydream, daydream。"

唱着唱着，他听见方觉夏的和声带了点难以察觉的笑意，裴听颂嘴角也微微勾起，唱出最后一句。

"你是我梦中早已，公布千万次的秘密。"

05

咖啡馆的音乐沙龙在下午五点半结束，Kaleido 返回二楼，等待着粉丝在工作人员的安排下离开。几个大男孩扒在玻璃窗户上，给回家的粉丝招手，凌一还拉开窗户，对着他们喊："回去的路上小心一点。"仿佛他们并不是偶像，是普通朋友，只是请大家来做客唱歌，谈心闲聊。

天黑了他们才顺利离开。程羌履行诺言，带着六个小崽子去一家价格不菲的日式烧肉店吃烤肉。

---

[1] 一种说唱技巧，指唱的节奏比音乐节拍慢一拍或半拍，给人一种悠闲自得的感觉。

"哇，今天羌哥下血本了。"

"太好了，我今天要吃超级多和牛！"

去到早早就订好的包间里坐下，一个长桌子、七个榻榻米，江淼、路远、贺子炎坐在一排，裴听颂、方觉夏、凌一坐他们对面，小文坐在里面那头，程羌拿了个垫子往靠外面这头一坐："这个王座就留给我了。你们点吧，本来老板也要来的，临时要给你们师兄开会，估计得晚点儿。我们就先内部自己庆祝庆祝。"

"羌哥我会给你省钱的。"说完凌一拿着菜单，就跟几百年没吃肉一样疯狂点单，看得程羌眼睛都瞪大了。

"点点儿酒吧。"路远嚷嚷着，"我好久没喝酒了，有点馋。"

"点点点，今天开心，都喝点。"

菜慢慢送上来，程羌给自己倒了一杯酒，也让他们六个都满上："来来来，我们也很久没有聚餐了，先喝一杯。"

方觉夏的酒量裴听颂实在担心，所以只给他倒了一杯草莓酒，看着度数并不高，应该没事。他也知道自己不太行，所以也没喝高度数的酒。

"这个好好喝。"干杯过后，方觉夏拿着小杯了扭头跟裴听颂说。

裴听颂给他夹了一个煎饺："少喝点，一会儿吃不下东西了。"

程羌感慨地拍了一下桌子："我们这半年呢，真的是经历了很多。不过慢慢地也就越来越好了，所以说，努力是一定会有结果的。"

"对！"小文最捧场。

路远又说："我们不光努力吧。"

贺子炎笑道："我们还帅啊！"

"哈哈哈，不要脸。"凌一一边笑一边吃肉。

程羌把话题拽回来："今天我们这个庆功宴，虽然很小，就咱们自家人，但是好事儿很多，第一个就是我们 Last Summer 本月销量第一！鼓掌！"

大家放下筷子，跟着一起鼓掌。

方觉夏还有点慢半拍："第一了吗？"

裴听颂笑起来："你还断着网呢。"

"还有第二件好事，你们也已经知道了，恭喜卡莱多被 BMA 提名！我看了一下名单，有四项提名，已经破男团的历史了！"

"哇！"这个消息显然比刚刚那个还要让 Kaleido 开心，虽然只是提名而已，但这对一个偶像男团来说，已经是非常非常大的肯定。

尤其对这群热爱音乐的男孩来说。

"天哪，那我们年底是不是可以参加颁奖了？"

"好激动，我现在就要开始写获奖感言。"

"你小子给我记住啊，第一个要感谢经纪人。"程羌指着自己说。

江淼给程羌又倒了一杯酒，像是故意提醒他一样，把话题往回拽："羌哥，第三件呢？"

"第三件就是——"程羌对着门外拍了拍手，一脸尽在掌握的表情端坐在榻榻米上，结果七个人陪他一起等，气氛忽然尴尬。

"欸？"程羌站起来拉开门，"你们怎么没有听到我的信号啊？"

"哦哦哦，不好意思。"服务生从门外进来，手里端着一个十分精致的蛋糕。

"第三件好事就是我们觉夏要过生日啦。"程羌又坐下来，"虽然说还没有转钟，但是明天晚上呢，凌一和路远有别的行程，我也得跟过去，明晚凑不齐，咱们就今天一起过了。"

他一说完，凌一就拍手带着大家一起唱《生日快乐歌》。裴听颂从服务生的手上拿过生日帽，折好戴在方觉夏的头上，像小皇冠一样。

方觉夏完全没有想到。最近的时间一直都在忙着新专辑，忙着宣传各种活动，他早就忘记了自己的生日。

原来所有人都记得。

"提前祝觉夏生日快乐！"

凌一赶紧趁机说："我送你的生日礼物已经放在你床头柜上啦！"

路远也点头："我也是，提前给你都准备好了。"

"谢谢。"方觉夏一向沉静的面孔带了些愉悦的表情，他不太擅长表达，于是又给自己倒了一杯粉色的草莓酒，给大家敬酒，不断地说着谢谢。

大家一边吃一边聊天，从私人生活聊到娱乐圈八卦，吃瓜吃得不亦乐乎，一会儿是哪两个明星在剧组因戏生情，一会儿又是大公司的权力斗争。

江淼是个操心的命，拿着小夹子给所有人烤肉，吃得差不多了，又新点了一拨。后来他们开始划拳，玩行酒令。

肉都吃完了，程羌喝得有点上头，脸涨得通红，开始了虽迟但到的鸡汤环节，每个人都被他关心了一遍，最后他晃晃荡荡地拿着酒杯就去撞方觉夏的杯子，像个老父亲一样对对方说："觉夏啊，你以后要记得，有什么事要多依赖我们知道吗？别什么事都一个人扛着，多难受啊。"

草莓酒一杯杯累积下来，方觉夏也有点晕乎乎的。他一点头，脑子就更晕："嗯……"

"对啊觉夏。"贺子炎说，"虽然我们也不是特别靠谱吧……"

凌一抢先："谁说的，我可靠谱了。"

江淼微笑看着方觉夏："但我们是你的队友。所以如果你有很难的时候，可以依赖我们每一个人。"

裴听颂非常赞同，歪头倒在方觉夏的肩膀上："没错。"

方觉夏被他这么一靠，整个人都歪倒过去，手里还捧着半杯草莓酒，全洒在了凌一身上。

"哎哎哎！"

贺子炎抻长脖子："他好像喝醉了……"

路远皱眉："这也太快了。"

裴听颂赶忙把方觉夏拽起来，一看桌子，那瓶草莓酒他几乎喝了三分之二："不是，你怎么喝得这么猛啊？"

方觉夏已经出现了傻笑症状："烤肉，有点咸……这个，甜的。"

完了。

裴听颂一下子就回到上次酒店里商思睿攒局喝酒的那一天了，现在一想虎口都隐隐作痛。

方觉夏一喝酒就变成小孩子，什么都说什么都敢做，得想个办法把他带走，免得说出什么让他明天起来就后悔的话。

"羌哥，你电话。"江淼抓了一把程羌的胳膊。

"哦，哦电话。"程羌坐正了把手机拿起来，一看是陈正云，就高高兴兴接了："老板，我们还在呢，吃得差不多了。"

"啊！你订了，行、行，我这就带他们过去。"

挂了电话，程羌又吃了一颗醋酿花生米："那什么，老板那边刚刚才结束，给你们订了KTV一间豪华包厢，你们师兄也去，大家一起玩，今晚就不回宿舍了。"

"耶！我要和三三玩！"

"这次终于有我的份了！"

方觉夏迷迷糊糊的，听见"KTV"有点激动："唱歌吗？要唱歌吗？"他舌头都有点打结，说话含糊得像个孩子，"我、我会唱歌。"

"知道你会唱歌。"裴听颂扶着他，"你头晕吗？难不难受？"

方觉夏想说不晕，可他摇了头又觉得好晕，所以他也不知道自己究竟晕不晕了，就哼哼了两声。

哼是什么意思啊？裴听颂哭笑不得。

"走吧我们。"

收拾了一下，他们叫了车准备下楼，裴听颂一路挽着方觉夏，就跟扶着一条没长脚的小白蛇一样，他每一步都走得歪歪扭扭、颤颤巍巍。

"羌哥，他醉得太厉害了，过去了也够呛，没准儿一会儿还难受。"

程羌喝得也有点大，摸了摸新理的圆寸："是吗？啊，那、那……"

裴听颂揽着方觉夏："我带他回去吧。"

江淼问他："那你也不去了？"

"我正好也有点不舒服。"裴听颂随口扯了个理由。谁知这理由被喝醉了的方觉夏听见："不舒服？你哪里不舒服，让我看看……嗝。"

他喝了酒就变得奶声奶气的，跟只小猫似的。

"你消停会儿吧祖宗。"裴听颂拽了拽他。

"你好凶。"方觉夏突然生气，红着脸表情委屈。

裴听颂立刻道歉："我错了，我错了。"

站在一边的凌一都有点惊到了："原来觉夏喝醉了会变成这样啊……"

路远"哼"了一声："你喝醉酒还亲人呢，好到哪儿去了？"

提前叫好的车姗姗来迟，程羌大着舌头跟裴听颂交代了几句就坐进去，裴听颂扶着方觉夏点头，这个傻乎乎的家伙还伸长胳膊跟他们乖乖地说拜拜。没一会儿他们的车也来了，裴听颂费了好大工夫才把方觉夏拽上去，一路上他都在叽里咕噜，又是想吐，又是要哄。

幸好出租车司机是一个中年大叔，根本不认识也没怀疑过他们的身份。

照顾一个喝醉的人实在辛苦，裴听颂费尽千辛万苦终于把他拖回家。宿舍里只剩下他们两个。方觉夏坐在玄关的小凳子上，嚷嚷着头晕，裴听颂半蹲着，给他脱了帆布鞋放好。每次方觉夏喝醉酒，他们的身份就好像对调了一样，裴听颂成了哥哥，方觉夏变成了幼稚的弟弟。

裴听颂偶尔也很享受这种对换。

"困了，我想睡觉了。"方觉夏揉了揉眼睛。

"现在就睡觉啊？"

"我要睡！"

"好好好。"裴听颂拗不过他，知道这家伙喝醉了的脾气，扶他进了房间，把他放在那张永远干干净净、铺得一丝褶皱都没有的床上。

"睡觉，我们觉夏要睡觉咯。"他一边哄着，一边给方觉夏把被子铺好。

06

突然裴听颂的手机响了起来,是他定好的闹钟,凌晨十二点差一分钟,为了提醒他不要忘记在生日的第一秒给方觉夏送上祝福。

本来计划得很好,他会掐点给方觉夏送上祝福。

可现在方觉夏喝得烂醉,还昏昏欲睡,裴听颂哄他:"生日快乐,你又长大一岁了。"

方觉夏眼皮都有些抬不起来,但还是抬眼看他:"生、生日,我过生日了。"

"对,你的生日。谢谢你来到这个世界。"

"谢谢你。"方觉夏认真点头,"我很开心。"

方觉夏太困了,才被哄了一会儿就酣然睡去。

辛苦了一天,裴听颂实在太累,回到自己的房间,也很快沉入梦乡。

裴听颂醒过来的时候,宿舍里都还没有人,猜想他们大概是喝得走不动了,直接睡在了豪华包厢。

早上八点,正是睡回笼觉的好时候,但裴听颂起来了。

他有比睡觉更要紧的事要准备。

到了晌午,累极了的方觉夏才迷迷糊糊醒过来,下床趿着拖鞋往外走。

"裴听颂?"

没有人回应他,宿舍里好像空荡荡的,其他人就算了,裴听颂怎么也不在。他又叫了一声,还是无人应答。

猜想这个点他或许去买东西,也有可能是被羌哥叫走,方觉夏决定先洗漱。

于是方觉夏回到房间,一推门,阳台的帘就被风鼓动,像块巨大的白色幕布,草本的气息灌进来,扑了方觉夏满面。

手机振动了几下,方觉夏走过去,看到了很多的生日祝福,熟悉的人,不熟悉的人,他们的名字一下子齐齐涌进这块小小的屏幕。

方觉夏一一回了谢谢,最后看到小文的微信。

小文:觉夏!生日快乐!对了,羌哥让你发条微博,谢一下大家就好!

他回了个"好",就登录上微博,说让谢一下,他就真的发了一句"谢谢大家",发完之后本来想退出来,但手指下意识滑了一下,刷新了首页。

意外地看到之前关注的一个媒体发了一条纪念日的信息。

一闻平台:今天是6月26日,国际禁毒日。珍爱生命,远离毒品。

方觉夏盯着这一行简短的字,仔仔细细看了好久,又点开看了看附在下面的图片，再关掉图片。

这样的巧合仿佛是上天注定的。

但至少，他已经不会再像过去那样，觉得"毒品"这两个字那么刺眼，那么令人胆寒，讽刺总还是会有几分，但也不是无法面对。

Kaleido 方觉夏：转发微博。

这是他第一次在没有经纪人催促的情况下，转发了自己想转发的东西。

他要永远记得。

房间沉闷，感觉有些透不过气。方觉夏习惯在白天拉开帘透透气，所以这次也是，可当他唰的一下子拉开帘，就愣在了原地。

他的小花园里开满了雪白的洋桔梗。茉莉枝丫上是，栀子和吊兰上是，天竺葵和三色堇上也是，满目望去，雪堆一样。

连那株笔挺的仙人掌上，都开出一朵洋桔梗。

方觉夏一枝一枝把它们拾起来，最后收获了一整捧雪色的花，最后一枝倚靠在仙人掌上，他蹲了下来，看见仙人掌的花盆里多了一个蝴蝶结，像是一件小礼物。

这时候他才发现，原来仙人掌的背后放着一个深蓝色的大盒子，很大，藏在花花草草中。他挪开仙人掌又打开盖子，上面放的是一个白色的本子。

方觉夏翻开来，看见第一页写着"生日快乐"四个字，是最熟悉的字迹，漂亮又张扬，再往后翻，原来里面的每一页都是裴听颂的手迹，一篇一篇，都是他写过的诗。

本子的下面放着一个小盒子，里面装了一个小小的 U 盘，方觉夏认出来，这是他自己的 U 盘，是他当时存放 demo 的那个，被裴听颂夺走了。

觉得有些奇怪，方觉夏将它拿出来，走到桌子边，把捧花和诗集搁在桌上，打开了电脑，将 U 盘里的东西打开来。

文件名是"to:fjx"。

这是一段视频，视频里面的素材似乎有些年头了，一开头是一个两三岁的小孩子，坐在花园里，阳光很好，照得他眯起小眼睛。

方觉夏听到一个上了年纪的声音唤他"小颂"，那孩子回头，举起稚嫩的小拳头，叫了一声"grandpa（外公）"，眼睛笑起来弯弯的，月牙一样可爱。

原来是小时候的裴听颂。看到这一幕，方觉夏的心都要化了，不自觉凑得更近，目不转睛地看着那个孩子。

仿佛这样他就参与了裴听颂的过去。

背景音是一段轻柔的音乐，方觉夏看到了裴听颂小时候住的房子，很漂亮，看到他说的曾经淹死虹鳟鱼的游泳池,还眼看着裹得厚实的他在冬天的枯枝上踩踏,发出孩子气的笑声,还有仲夏的时候骑在外公的脖子上,伸长了小手去采摘杏子。

　　手一抓,全是阳光。

　　那些他觉得错过的时光,全都被裴听颂整理好,放在了这里。

　　恍惚间,他竟然听见自己的心跳,不是从胸膛里传来,而是耳畔。背景音乐变了,加入了他被采样的心跳。

　　他看到画面里的裴听颂一点点长大,从很小的小孩逐渐变成少年,每一个变化的瞬间都被记录下来剪进这个视频里,但被剪出来放在这里的话都是重复的。

　　"祝你生日快乐。"

第三章

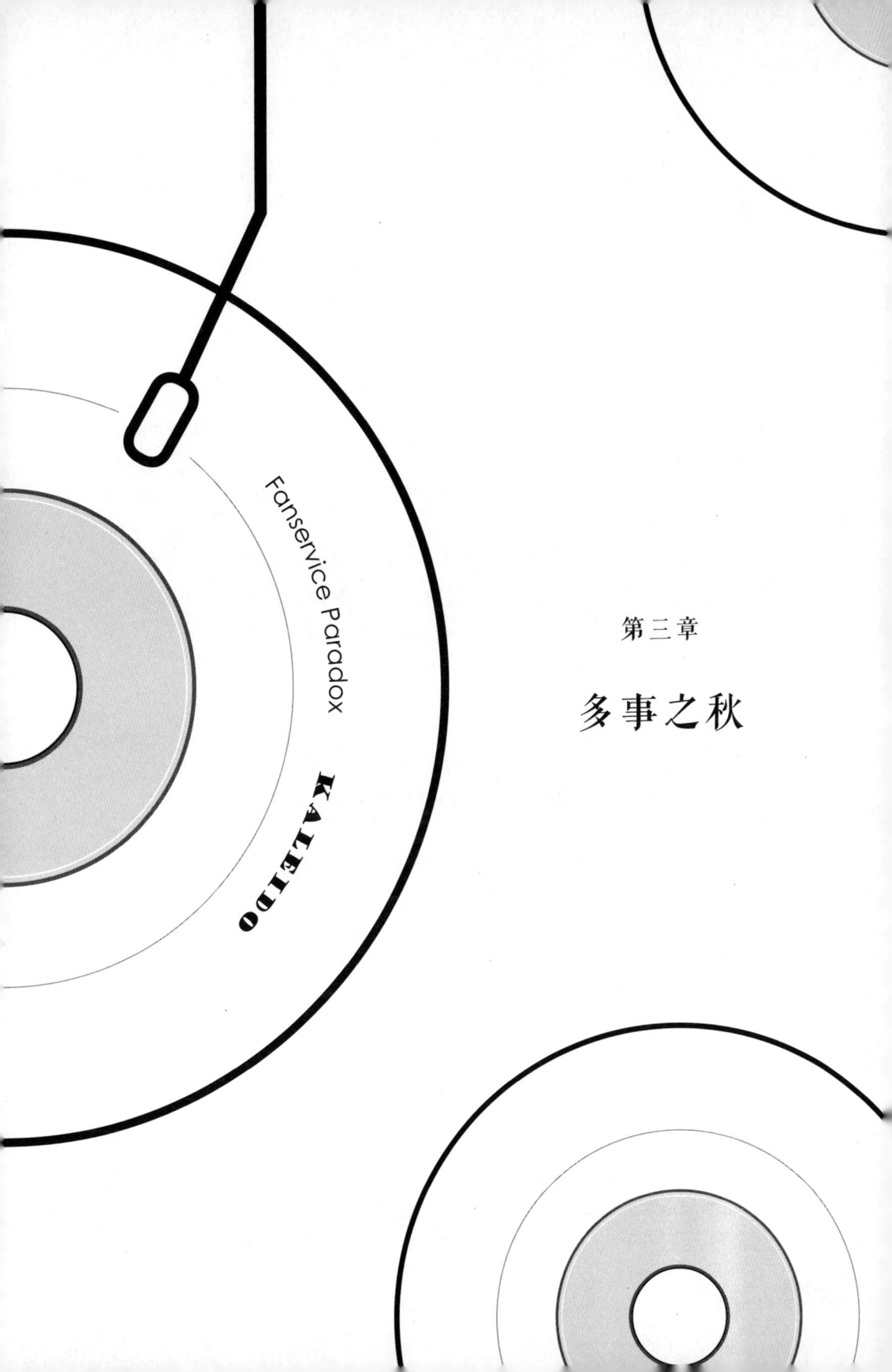

多事之秋

Fanservice Paradox

KALEIDO

01

忽然间听到《生日快乐歌》,方觉夏回头,看见裴听颂单手端着一个餐盘,右手掌挡住风。

方觉夏一下子笑了出来,但眼睛里明明还含着眼泪。他觉得自己这样太滑稽,也不知道怎么回事,明明他以前不爱哭的。

裴听颂唱完了最后一句,把餐盘放在桌上,上面是一份长寿面,还有一个小小的杯子蛋糕,红丝绒草莓奶油的,插了一根小蜡烛,火苗在风里闪烁着。

"这个蛋糕是我烤的,第一次做,做大的戚风蛋糕是真的把我气疯了,只能做cupcake(杯子蛋糕),不过一大盘就这一个好看点,你可不能嫌弃。"说完裴听颂又指了一下那碗面,"这个面也是,你随便吃吃,反正也是讨个喜气。"

方觉夏忍不住笑出来。

这话说得,半点也不像个学哲学的人。

什么时候煮的面,难不成就是自己进房间这段时间?

真是煞费苦心。

"快吃,一会儿坨了更难吃了。"裴听颂拿起筷子,递给方觉夏。

"谢谢。"他听见方觉夏轻声说。

"在我面前你完全不需要做什么情绪管理,想哭就哭,想笑就笑。"裴听颂拍了拍他的肩膀。

方觉夏点了点头,吸着鼻子对他又说了一遍"谢谢"。

"不要对我说谢谢。"裴听颂说。

他的蛋糕的确烤得一般,面也没什么味道,但方觉夏吃得很香。

裴听颂看着他吃东西:"你这么饿啊,我那儿还有一堆小蛋糕呢。我再给你拿两个?"

方觉夏却说:"我还是第一次吃这么小的生日蛋糕,一口就可以吃完。"

裴听颂越来越觉得自己把方觉夏的脾气给惯出来了:"你还不满意是吧?再不满意我下次……"

方觉夏抬了抬眼皮："下次怎么？再也不给我做了？"

裴听颂笑起来："我下次做个大的，超级大的，行了吧哥哥？"

方觉夏心满意足地点头。

他们一起又将那个视频看了一遍，方觉夏不停地点着暂停键，每一个画面都要追问，这是在哪里，谁拍的，当时发生了什么事，为什么笑得这么开心，像这样的问题他不厌其烦地问，裴听颂也不厌其烦地为他解答。

好像这样子，方觉夏就真的参与了裴听颂的过去。

这是他收到过最好的礼物。

他感觉自己回到了很容易被满足的小时候，很小的时候。生活中不是只有追着跑的压力和孤身一人的恐惧，不是日复一日机械的练习，不是对风险和错误的规避。

他不再是那个在黑暗中咬着牙一味往前闯的人，有人陪他一起，让他可以享受当下，而不是被时间逼着前行。

人非草木。

方觉夏也非枯枝。

他终归是要为了春天而复苏，而盛放。

七月是绿色的，整个七月最大的赢家也是《绿色海浪》，两位主演皆因出演了这部剧而获得了超高人气，"《绿色海浪》大结局"的热门直接爆了。

最后一集，女主找到了埋在蓝花楹树下的日记，得知了自己原来是精神崩溃后幻想出来的一个"完美朋友"，记忆回溯，她对男主沉默而深沉的爱像海浪一样淹没了她，当她再次醒过来的时候，发现自己躺在了病床上，她回到了自杀前。原本以为一切都只是梦，可男主捧着蓝花楹前来探望，叫的却是虚幻中的女主名字，而非自杀的她原本的名字，女主终于流下眼泪。

他们经历过的一切都没有被遗忘，结局戛然而止。

最后一集的两个高潮，BGM也都是《夜游》，尤其是结尾病房相认的时候，配合主角们精湛的演技，效果非凡。

结局后网络上的热议不断，《夜游》也再次登上热门，广受好评。

weareyoung：结尾《夜游》的前奏一出来的时候，我眼泪直接掉下来了，这不是梦啊，你们经历过的一切都是真实存在的。

橘子与香蕉：挖日记的那一段看得我鸡皮疙瘩都起来了，太强了，《夜游》一出必是名场景，真的很绝。

实名安利绿色海浪：方觉夏那种冷冷的声音太有感染力了，满满的年少遗憾啊，听到歌词里的"夏天好长"配上男主最后说"你说夏天结束前再陪我看一次海，还去吗？"，我直接泪奔。

《绿色海浪》剧组上综艺的时候，特意邀请了方觉夏，但是方觉夏因为行程冲突没有办法到场，于是和歌曲的另一个主创裴听颂录制了一个视频，在节目录制时用大屏幕播放的方式出现。

两人出现简直引爆现场，尖叫声几乎要盖住主持人说话的声音，人气高低一览无余。

不过看了节目方觉夏才知道，原来《绿色海浪》的编剧就是他们《逃出生天》的许编，这还真是意外的惊喜。

凭借着《夜游》这样的神曲，方觉夏和裴听颂顺利跻身乐坛创作新秀，本身就是高人气男团的两个ACE，又有大热综艺《逃出生天》加身，他们现在的人气已经是年轻男艺人中的top级别，向他们伸出橄榄枝的品牌商数不胜数，众多音乐类节目也纷纷提出邀请。

不过方觉夏始终认为，这一次的成功大多是因为幸运，所以他拒绝了很多商业活动，专心学习作曲，也几次三番到美国学习，和裴听颂一起。

Kaleido的夏日专辑 Last Summer 虽然没有参加打歌舞台的录制，但因为碾压式的音源数据和超高的专辑销售量，在没有现场投票的情况下，也拿到了7次第一位。半年内连着大爆两张专辑，在男团范围来说，几乎可以称得上是一个奇迹。

贺子炎进了组，凌一参加了新的音乐竞演节目，路远也一直在街舞节目里当着导师，每个成员的个人活动都开展得如火如荼，以前总是挤得满满当当的宿舍如今空了下来。

夏天对Kaleido来说，似乎是丰收的季节，或许正因如此，时间就过得更快。忙碌的人总是感觉不到时间流逝，猛然某一天发觉暑热退去，空气贴上手臂时带着一丝凉意，才知道已经入了秋。

系统地学习了作曲之后，方觉夏的进步也很快，手头上已经有好些不错的小样，他对音乐创作也越来越得心应手，开始享受玩音乐的乐趣，有时候和裴听颂在小工作间里可以待足一整天。

原本所有的事都在往好的方向发展，可没承想，一起录制《逃出生天》的翟缨却深陷负面新闻，先是背景户空降传闻，又是没有实锤的恋情传闻。原本她所在的女团就一直久久不能回归，多次传出回归的消息，又一次次破灭，粉丝内部已经有很多猜测，现在又出现负面新闻，影响了路人观感。

可这么多期节目录下来，他们已经成了很好的朋友，翟缨的为人方觉夏再清楚不过。只是互联网的看客中鲜有思维独立者，大部分只是吃一吃瓜，跟风喊打喊杀，事情是否真的如此，并不重要，只要情绪有所发泄，便自觉获益。

几天下来，传闻已经发展到"翟缨退出《逃出生天》"的地步。之前这么长时间的谣言纠缠，翟缨都没有出声，但这次她发了一条微博，附了一张照片，是第一期录制结束后，她和最终出口的那扇大门的合影。很多人都猜测，这是说明她不会退出节目。

这条微博还是裴听颂告诉方觉夏的。

当下的他，不知是出于和翟缨的友情，还是想起最初李落对他的知遇之恩，竟然萌生了站出来支持翟缨的念头。这或许对很多人来说不算什么，但对曾因网络暴力远离互联网的方觉夏来说，是一件他过去几乎不会去做的事。

但他还是做了。

方觉夏自己主动登录了账号，转发了翟缨的微博。

Kaleido 方觉夏：世界上最可怕的事物——《逃生》的大门（下期合影请带上我）。

他是第一个转发微博的圈内人，事前甚至没有告诉翟缨。在他之后，裴听颂也转发了方觉夏的微博。

Kaleido 裴听颂：还有我，顺便反驳，最可怕的是右边的"心算式暴力破解"。//@Kaleido 方觉夏：世界上最可怕的东西——《逃生》的大门（下期合影请带上我）。

发现微博被转发之后，翟缨立刻给方觉夏发来微信，说他明明可以不参与进来的。

方觉夏只回了一句"有必要"。

在他们之后，《逃生》全组都转发了翟缨的微博，一个接一个排队似的，最后连编剧许其琛都出现了。

许其琛：开心，原来你们心目中最可怕的不是我啊。

一场节目退出论就这样不攻自破，《逃出生天》节目组的团魂也被许多人称赞。

队友知道这件事，还开玩笑说方觉夏越来越像裴听颂。

但裴听颂知道，方觉夏做这件事，应该还有别的考量，毕竟他不是冲动的人。

太阳底下没有新鲜事，只是方觉夏没有想到，这次竟然落到自家队友贺子炎的头上。爆出消息的当天，正好贺子炎从剧组杀青回到首都。

他们正在餐厅庆祝贺子炎杀青，吃得开开心心，程羌出去接了个电话，所有人才知道网上的事。

网络谣传贺子炎的家世，从匿名区到实名区，辗转流传，来源已经不可考。爆料声称他的母亲贪污赃款，之前网友扒不出他的身世，都是因为背后有人的关系。

爆料说得有鼻子有眼，说他和家人关系不好，小时候很是叛逆，打架闹事，甚至因为与家人关系不和而辍学，离家出走，几经辗转最后来到了娱乐圈。

字里行间不断强调贺子炎有污点的家世，说得含糊，捕风捉影，买的水军也放大"贪污"这一点，掀起舆论的恶意。

"这都写的什么乱七八糟？毫无根据。"路远看了气得摔筷子，"这种连一张图没有的东西都有人信，只要说一句我认识谁谁谁的朋友，是不是就可以爆料了？"

裴听颂看了新闻，想想也是可笑："嘴皮子一张，什么都有人信。"

方觉夏却觉得对方用心歹毒，早不造谣晚不造谣，偏偏在贺子炎杀青之后爆出来。

凌一气到不行："该不会又是Astar吧？"

之前的泄曲事件，加上几次三番的矛盾，Astar是他们最忌惮的对象。

和Astar有旧仇的方觉夏却摇了摇头："应该不是，这个时间点很蹊跷。子炎最近的热度高，但最高的应该是官宣参演的时候，那时候他们没有放出谣言，也没有在剧要开播的时候趁宣传热度放出，而是故意等到剧拍完才放出谣言……"

说着，他看向贺子炎："我能够想到的目的，大概就是将演员污名化，毕竟这次造谣的说法也很敏感特殊，很容易出圈，还很有可能会让不知真相的网友跟风抵制。真的到了那地步，如果片方为了保剧，可能会换掉子炎，但舆论依旧会大大影响电视剧的收视率；如果保子炎，基本上剧就会废掉。"

裴听颂点头："一旦'罪名'真的成立，无论怎样，都是演员和剧方两败俱伤。所以要说造谣的源头，照我看，估计是和剧方有竞争关系的资本。"

这一番分析，听得人胆寒。

程羔的脑子飞快转着，联系了圈子里几个靠谱的公关，可他又觉得挺难受，为了莫须有到这种地步的谣言，他们竟然都要动用公关手段。

饭桌上，从头到尾没有说话的贺子炎此刻却突然笑了一下："这手段是真狠。"

他说得没错，的确狠。方觉夏心想，贪污这样的事并不是普通网友可以查清楚真相的，这种事件的敏感性为网络谣言提供了太多方便，查不清楚的，便推在"敏感"二字之上。

加上之前很多人对贺子炎的身世好奇，他从不提及父母，又经历过很多事，神神秘秘,现在身后的大背景"母亲"倒牌,一切大曝于天下,也很符合逻辑。这些巧合套用在这个造谣者的剧本里也格外适用。

事实上,成员也并不知道贺子炎的家庭,他们虽然关系亲密,但也为彼此留足了空间。人人都有保有秘密的权利,不过问有时候更是一种关心。

只是到了这时候,方觉夏又忍不住想,无论贺子炎究竟是哪种家庭环境,除非像裴听颂这样的出身,他几乎想不到可以和平处理这种谣言的可能。

因为只是单纯说出自己的家庭情况,再牵扯出父母家人,也会有不相信的人。

"不过这件事,他们也算是百密一疏了。"

贺子炎突然间开口,令众人都有些疑惑。

方觉夏抬头看他,只见他拿起杯子仰头喝了口酒,然后十分坦荡地笑了笑:"大家不用担心,这件事我有办法澄清。"

他说得这样肯定,反倒叫方觉夏更奇怪了。虽然他不清楚贺子炎的家庭,但相处了这么久,他多少也能感觉到贺子炎亲情淡漠,或许和自己一样,又或许和裴听颂一样,和家人几乎没了往来。

方觉夏忍不住说:"子炎,你先等等,如果澄清的话你家里人……"

"我没有家里人。"贺子炎笑着说,"我是孤儿。"

这句话,让包间里的所有人都愣住了。

队友闭口不谈家庭的事,说他们没有暗自猜想那是不可能的,但谁都没有想过,真相竟然是这样的。

他云淡风轻地说自己没有家人帮他选择,不是亲情淡漠,是真的没有家人。

大抵是有相似之处,父母早亡的江淼看着他,神情复杂。

凌一忍不住开口:"火哥,那你以前……"

贺子炎脸色轻松如常,仿佛在说一件和自己不太相关的事:"我以前就是在福利院长大的,其实就是孤儿院啦。我有记忆以来就在那里,没有父亲也没有母亲,只有福利院的阿姨和院长。其实一开始还是很好的,我们还能在福利院里上学,有年轻的志愿者支教,有人领养也可以走,但我舍不得院长,一直没有走。

"后来院长病了,福利院资金周转不过来,就倒闭了,我那时候十四岁,被一户人家领养走了,但是因为那户人家的父亲经常打我,我就跑了。"

方觉夏没法想象他当时的生活,无父无母,赖以生存的福利院消失,又遭受养父的虐待,最后不得不逃走,早早地就独自一人生活。

路远坐在贺子炎的身边,他的手抓住贺子炎的肩膀,却没有说话。

贺子炎的手指在桌子上轻轻地、缓慢地画着圈,眼帘垂着,但他的声音还是很平静："后来，我去偷偷打工，在餐厅、酒吧做了很多工作，喜欢音乐所以每天挣钱攒钱，买想买的乐器，有时候我能连着一星期在酒吧唱歌，一唱一晚上。"

说完他抬头笑了笑："时间太久了，你现在让我回想一下，好多事儿还真想不起来了。"

看到他脸上的笑容，方觉夏心里有些发酸，一向插科打诨的贺子炎原来也会这样笑。

"都过去了。"程羌想到当初挖他进公司的时候，贺子炎没问是不是能出道，只是问公司会安排上声乐和编曲的课程吗。

程羌说会，他就来了。

"对啊，都过去多久的事了，你们别担心。"贺子炎挑了挑眉，"幸好我当时因为舍不得，一直留着福利院的证。这些都可以作为澄清的证明。是，他们拿准了澄清难这一点来整我，就是觉得不管我是什么家庭，只要没背景，都很难从这烂摊子里择出去，不过也真是不好意思。"

贺子炎微笑："我还真就没有家。"

02

"火哥。"凌一跑过去从后面抱住贺子炎的脖子，"你不要这么说，我好难过。"

"哎哎，你箍太紧了。"贺子炎笑起来，一回头看见凌一在掉眼泪，又觉得好笑又可怜，"你真是哭包，遇到什么都哭，别把鼻涕弄我身上。"

"我就是很难过嘛。"凌一噘着嘴，眼泪还是大颗大颗地往下掉。路远也是一样，听完之后一杯酒接着一杯酒，恼火又难受："肯定是觉得你这部戏出来之后就要爆了，要防爆你，上次传绯闻，这次又是扯家庭，太恶心了。"

方觉夏理解这样的心情。路远和凌一家庭幸福，凌一更是从小到大被宠坏的小孩，想到贺子炎的际遇一定会拿来和自己比较，就会产生同情。

反倒是他、江淼和裴听颂，显得格外沉默，想安慰，又说不出什么安慰的话。方觉夏不由得瞟了瞟裴听颂，只见对方垂着眼睛，两丛睫毛在包厢的光下投射出很长的影子，让他想到仲夏时云朵浮在天上，地面也会露出云的阴影。

江淼从一开始就很沉默，他向来冷静，但也是最会安慰人的。方觉夏看着他瘦削的肩膀，演戏后太辛苦，好像更窄了几分。

想想也是奇怪，他们这个团竟然有好几个家庭不太幸福的孩子，看起来像是巧合，可又那么真实。

方觉夏忍不住去想，小时候老师总说，家庭前面的形容词应该是"美满"，是"幸福"，于是他期待过，也误以为大家都是合家欢乐的。

现在看来，每个人都只知自身冷暖，大家的身边又真实存在着多少个破碎的家庭呢。

庆祝杀青的饭局没能继续下去，程羌安排人把成员送回宿舍，又托江淼让成员们宽慰一下贺子炎，自己赶回公司加班。

从小区停车场往宿舍电梯走的那段路上，前面几个热热闹闹地说着话，方觉夏和江淼走在后面。

"淼哥，"方觉夏主动开口询问，"你是不是早就知道了？"事实上他的语气并不像疑问，只是求证自己的答案。江淼笑了笑："对。"

他的眼睛望向前面的贺子炎："刚进公司的时候，公司安排我们住一起。他问我为什么这么照顾妹妹，我就跟他坦白，飞机失事父母一起去世，只留下我们俩在亲戚家长大，我没办法不照顾她。"他吸了口气，"后来他就告诉我他的事，大家一起比惨，相互照应，就好像没那么惨了。"

和方觉夏猜的差不多。

听到江淼自己说出来，方觉夏恍惚间也萌生出一个念头，他或许也应该向他们坦白，说出自己经历过的种种，他噩梦一样的父亲，还有和父亲相处多年的黑夜。

但看着江淼脸上的沉重表情，他又觉得并非好的时机，他不想让自己的经历覆盖掉别人的关心。

他们是类似的，身上都罩着一个成熟的壳子，摘下来，里面躲着的，可能还是一个小孩，长不大，也逃不开。无论时间怎么流逝，他永远藏在里面。

谁都不能抹去这孩子的存在，最好的方式就是和平共生。

不远处，凌一朝落在后面的他们挥手喊着："你们快点呀，电梯要关门了。"

"家人的定义有时候被狭隘化了。"方觉夏突然又开口，仿佛在做某种数理的猜想或论断。

江淼本来都已经快步朝前走了，听见他的声音又回头，眼神复杂地看向方觉夏，看他那瘦削的肩膀，还有总是冷淡的眼里难得的火。

"我们也是家人。"他认真说。

程羌回到公司，忍着怒火解决这件事。上一次的绯闻乌龙还可以说是圈内常见的套路，这次简直就是下作至极。

本来闹出这种谣言，星图和公关团队都觉得很难降低影响，因为无论如何解释澄清，"贪污"这种敏感的事谁都说不清。有人传是公安系统，又有人说是

/075/

企业财务，总之谣言先发布出来，之后无论怎么样，都可以说是不让公开，借题发挥。

哪怕把真的父母拉出来，也保不齐对方会带节奏，把真的说成是假的。多数人只愿意相信他们想看到的剧本。

谁能想到贺子炎一直藏着掖着，是因为真的没有父母。

程羌觉得很无力，为了澄清谣言，他们不得不揭开自己的伤疤，但不澄清，贺子炎的付出就会付诸东流。

这大概是爬向顶峰的必经之路。

星图的澄清来得很快，相关文件一一摆上去，包括所有贺子炎给他们的证明：孤儿院的陈旧证件，还有他成年工作后的集体户口。种种文件都证明，贺子炎不属于任何一个家庭。

发布声明的时候，星图第一次用了非常严重的字眼，以表达他们的愤怒。粉丝和很多被欺骗的网友也对这次造谣表示气愤。

melody：这也太过分了，逼着人把孤儿的身份拿出来澄清。

今天也在喜欢 Kaleido：造谣的人太过分了，我好心疼我火哥，呜呜呜，他每天都那么开开心心的，完全看不出来！

pinkoh：啊……竟然是这样……之前看他们团综大家都有提自己家人，只有贺子炎没有，当时还以为他和家人关系不好，没有想到是被遗弃的孩子。造谣的人太该死了。

尽管是自揭伤疤，但这件事最终得到了处理，剧组也在和星图沟通之后发微博维护演员，并且喊话"不怀好意者"公平竞争。

谁都没有想到，一场恶意传谣竟然以这样唏嘘的方式收尾，事情的热度延续了三四天，很多人都表示要抵制娱乐圈传谣的不良风气，水花很大，好像真的会抵制一样。

但方觉夏比谁都清楚，下一个谣言出现的时候，很多人依旧会再踏进去，吃自己觉得香甜的瓜，做谣言的不具名帮凶。

大约是时间太久了，又或许是贺子炎实在不擅长示弱，即便是成员们一起喝酒聊天，他也还是习惯性笑着，拿他以前的破事开玩笑。

"这些事如果是发生在别人身上，可能早就在真人秀里声泪俱下地说好几轮了。"裴听颂语气尖锐。

贺子炎摇头："那不行，我的'吐槽役傻瓜霸总'形象不可以崩。"

路远："哈哈哈！这是什么好名声吗？"

裴听颂不服气："前面我认可，但你不是霸总。"

方觉夏瞟了他一眼，平静发问："这个霸总是按照幼稚程度排的吗？"
　　凌一笑得肚子疼："哈哈哈！你们怎么回事？"
　　"别说了。"江淼叫停，"幸好没有摄像头拍，不然大家都知道你们私底下看什么小说了。"
　　在公司和节目组的安排下，贺子炎去到凌一参加的音乐节目中作为帮唱嘉宾，人一忙起来，事情就翻篇得很快。
　　只有方觉夏隐隐觉得有些不安，过去他以为，造谣不过是牵扯到自身，没想到还有家人。工作在继续，娱乐圈的是是非非也在继续，今天是队友，明天是所谓对家。也不知是不是在这圈子待久了，方觉夏每每看着别人的遭遇，总想到自身。
　　那感觉就像是被人逼着吞咽下一碗碗掺着鱼骨的白米饭，本就不愿去吃，还得提防着里面的刺，是不是哪一天就会刮伤自己的喉咙。
　　但没有办法，不红的时候还能风平浪静，一旦走红，什么都挡不住。
　　Kaleido 的上升速度快得超出了他们所有人的想象，之前两年的蛰伏统统在这一年爆发，"实力"和"原创"两块金字招牌让他们在男团中独树一帜，甚至省去了很多偶像团体转型的过程，也在乐坛留下了自己的位置和姓名。
　　男团最怕的是人气不平均，现在卡团除了两个 top 队员，其他成员也在其他领域各自开花，有非常稳固的人气，长久发展不是问题。
　　找方觉夏的本子多到不行，全是男一号，可他无心演戏，也不太爱上综艺，裴听颂更是个难安排的，即便两人曝光率不比队友，人气仍是一天高过一天。
　　星图并不逼着他们工作，但两人广告代言邀约不断，时尚圈青睐有加，杂志封面也是一本接着一本，后来更是有蓝血高奢的橄榄枝抛过来，安排他们去秀场看秀。方觉夏都听公司安排，也就同意了。一来二去，他们的造型也和之前有了变化，拍摄单人封面的服装都是品牌特别赞助。
　　网络上的风声往往传得更快，自从造型换成高奢品牌，很多八卦区就开始了讨论，论坛一连开了许多帖，说方觉夏找到了新的靠山，背景雄厚、实力强大，保他登顶绝对没有问题。造谣帖封了又开，气得小文每天在车上都发脾气。
　　"哪儿有什么靠山？有靠山还用这么辛苦吗？"
　　方觉夏听见他说这些，只觉得是家常便饭。他这段时间红得太快，之前又有很多谣传，风波不断，烦恼也无益："这样的事还少吗？这种消息也闹不出什么大风波，别放心上。"
　　程羌找他们开会，其他几个人还没到，只有方觉夏和裴听颂来得早，他就先把最近品牌代言的事跟他们俩交代了一下："品牌方目前确实是看中了你们的热度和口碑，不过为了稳妥点，还是打算先给形象大使的头衔，等到新年的时候正式升到代言人，那时候你们的杂志封面应该也拍得比较齐全了。"

方觉夏没说话，点了点头。

裴听颂仰头靠在椅子上，语气懒洋洋的："不就给个new face（新人），这么磨叽。"

"得了便宜还卖乖，也不想想你们才红了多久？"程羌吩咐着助理们把文件放好，又开始念叨，"最近千万小心点，尤其是小裴，别在网上吵架，老实点少惹事。一转眼要到年末，到时候冬日专辑、各大晚会和各大颁奖礼，那简直是忙都忙不完，现在就给我好好收起锋芒，知道了吗？"

方觉夏乖巧地点头，还按着裴听颂的脑袋，陪着一起点头。

正巧这时候其他人也都到了，人一到齐，会议就进入正题，程羌把他们年前的所有工作集合交代了一遍，一大堆的活儿，听得众人昏昏欲睡，就在凌一已经无聊到偷偷摸摸在桌子底下玩消消乐的时候，程羌终于换了话题。

"还有一件比较重要的事，就是你们的一巡。"

六个人一下子就活了过来。

"一巡？"

"我们要有演唱会了吗？"

"什么时候？首场在哪儿？首都吗？"

程羌拿手压了压："冷静点，OK？弄得跟没开过演唱会似的。"

"本来就没开过啊！"

方觉夏忍不住笑起来，他原以为要过很久他们才能有自己的演唱会，没想到这一天比他预料中来得还要快。

程羌解释说："演唱会要准备的东西很多，确定概念、场地挑选和报备、赞助协商，还有舞美设计、重新编舞排练……估计也得大半年的时间，你们的粉丝大部分还是学生，所以我们初步确定是在明年暑假期间。"

"好久啊。"凌一扯了扯怀里的抱枕，"还有大半年呢。"

江淼笑着说："挺好的，这样冬日专辑也发布了，两张正规专辑加三张迷你专，再加上成员们的solo，演唱会的曲目肯定是够的。"

"没错。"程羌坐下来，"到时候你们也可以请师兄来当你们的嘉宾。"

裴听颂开会的时候一般也不太上心，这次却主动举手："提问，演唱会场地会在花城吗？"

方觉夏愣了一下，立马看向他。

路远先接过来："肯定得有吧，一线城市肯定有啊。"

"我也想去花城，"凌一开心得摇头晃脑，像路边小摊买的那种电动向日葵玩偶，"吃的超级好吃。"

程羌点头："不出意外应该是有的，公司现在的想法是国内先办十场，国外待定。"

贺子炎忍不住吐槽："小糊卡现在居然可以办国外的巡演了？"

"哈哈哈！"

会开完已经是晚上，程羌催他们回去，自己还要在公司处理一些邮件。天气越发冷了，首都的天气总是难测，白天还秋高气爽，天一黑，风就刮得呜呜响。方觉夏只在衬衣外套了件针织衫，从背后看过去，瘦削的肩很单薄，牛仔裤腿露出的脚腕也细白。

走了没两步，裴听颂就拽住他："陪我去工作间拿个东西。"

方觉夏还觉得莫名："现在吗？"

"嗯。"

他说要拿，方觉夏当然陪他去。开了门，方觉夏站在外面等，只见裴听颂灯都没有开，直接从转椅的靠背上取下来一件深棕色的风衣外套，又过来把方觉夏拽进去，关上了门，把风衣搭在他肩膀上帮他穿好，扣好袖子扣子。

方觉夏看他没有要停下的意思，便问道："你要拿的东西呢？"

裴听颂拉着他出去："在你身上穿着呢，小东西。"

听到这个称呼，他就跟被猫爪子挠了似的，故意严肃道："如果你算不好年纪，我告诉你。我比你大三岁，是你哥。"

"严谨一点，是两岁半。"

两人拌着嘴走过走廊，竟然撞上从办公室着急出来的程羌，对方正把手机从耳边拿下来，想必是刚打完电话。

裴听颂觉得奇怪，喊了一声"羌哥"。程羌这才回头："你们怎么还在？正好，觉夏，出事了。"

又是什么事？

方觉夏预感不妙，没说话，抬头看他。

程羌走过来，看到裴听颂也在，面露犹豫。方觉夏却神色淡然，镇定说："没事的哥，你直接说吧。"

"是你爸爸的事。"程羌原本只知道方觉夏是单亲家庭，并不清楚他父亲的具体情况，所以说的时候还抱着一点可能是传闻的侥幸，"不知道是不是真的，有匿名邮件联系我们，说他们有你父亲吸毒的证据，现在向我们索要公关费，如果不打给他，他们会找下家把东西放出去。"

裴听颂的脸色瞬间冷下来："多少钱？"

"七位数。"程羌眉头拧起，看向真正的当事人，"公司倒也可以出这笔……"

方觉夏的嘴角浮现一丝笑意，声音很轻，没什么情绪，但是他第一次打断程羌的话。

"做梦。"

03

方觉夏的拳头握得很紧，在听闻这件事的瞬间情绪便翻涌而上，差一点将他淹没。

但他很快便冷静下来，抬眼看向程羌的时候，心中升腾起一丝歉意。

"对不起，羌哥，我一直准备跟你们坦白这件事，但一直没有找到合适的机会。"

程羌第一时间看到这条消息的确惊讶，但最近的大风大浪已经训练出他的承受力了。他把两人拉到办公室里，让他们坐下，然后才开口："让你把这种隐私说出来也很为难，而且现在也不是直接曝光，还有缓和的余地。我们先稳住那边，这么大一笔公关费公司也要商议，对方应该不会立刻公布出去。"

"羌哥，"裴听颂开口，"把那封匿名信发给我，我让人去调查一下。"

程羌点了点头："行，那我去联系一下公关团队。"

"我来，"裴听颂一边说着，一边低头发送消息，"要请就请最贵最好的公关，最近的烂事一桩接着一桩，我早就想收拾人了。"

程羌叹了口气，看向方觉夏："觉夏，现在事情已经到了这一步，所有的事我希望你原原本本地说出来。"

方觉夏内心挣扎，并不是他不愿意说，而是直面自己父亲的丑恶实在太过煎熬，但他已别无选择。

他深吸一口气，看向程羌，试图用最平静、最客观的字眼去复述自己的过往。

"他之前是一个前途大好的舞蹈演员，但是因为舞台事故残疾，生涯断送，后来酗酒家暴，又染上毒品，在十年前抛弃我和我妈妈，带着家里所有钱离开了。不久前，我再次见到他，他已经吸毒多年，见到我的第一面是想打晕绑架我，换取毒资。后来我们把他送到了戒毒所，原以为事情会就此结束，没想到……"

整个过程他说得条理清晰，省略细节，也不带任何感情色彩，仿佛只是在复述一件与他毫无关系的事，可程羌听来只觉得字字泣血，完全无法想象这些竟然是一个父亲可以对自己的亲生儿子做出的事。

打晕，绑架，换取金钱。

这些都是在他们所不知道的时候，方觉夏真实经历的事。从程羌接手卡莱多的第一天起，他最心疼的就是面前这个孩子，明明什么都是最好的，却沉默寡言，害怕犯错，每一天都生活在钢索上。

他忍不住握住方觉夏的肩膀，可方觉夏也只是摇了摇头："没事，我只是很抱歉，没有在他出现的当下就把这件事告诉你们，现在事情发生，这么紧急。"

程羌苦笑："说了也没太大用，如果真的有人要将父亲的罪连坐到儿子身上，我们哪怕是从出道开始准备，也没办法真的止损。"

"出道"。

听到这两个字，方觉夏只觉得喉咙干哑，脸上仿佛有千万根冰冷的针密密麻麻地扎着。

他生来脸上就有胎记，又有根本不适合在昏暗舞台表演的夜盲症，还背负着一个瘾君子生父的定时炸弹。

这样的一个人，这样的他。

"对不起。"方觉夏抬头，眼圈发红，喃喃道，"我其实根本，不应该出道……"

裴听颂立刻握住他的手腕："你在说什么？方觉夏我再说一遍，你天生就是属于舞台的。如果连你都不配，那谁都不配。"

程羌知道是他刚才的话对方觉夏造成了情绪上的变化，他满是愧疚："不是的觉夏，这件事你根本没有错。如果没有你，卡莱多不会有今天，你明白吗？其实这件事也不是无解，实在不行就给公关费堵住嘴，大事化小……"

"不行。"

方觉夏努力让自己再冷静一点，把这件事分析给程羌看："他们既然敢勒索，就会有第二次。粉饰太平终归还是有隐患，这么大的一个料，他们不会只为了区区七百万元就收手。如果我以后的热度比现在更高，他们只会一再要挟，将这件事当成我的一个软肋。"

方觉夏眼神坚定："但我没有做错，我也是受害者。所以关于我父亲吸毒的事，一定要说，而且是由我亲自来说。"

这条路简直是铤而走险。

程羌第一反应是完全不同意："这怎么行，真的说出来，你知道会有多少黑子和对家下场借题发挥吗？他们甚至会污蔑你也是瘾君子。"

"我知道。"在方觉夏知晓这件事的第一时间，他的脑子里就出现了所有可能出现的污蔑，被泼脏水的滋味他比任何人都熟悉。

这些年的污蔑就像是他身上的污渍，无论怎么擦，都擦不掉。这些充满恶意的谣言几乎成了他身上的疮疤，一碰就痛。哪怕再怎么解释，如何费尽心力去澄清，换来的是更多的唾沫和骂名。

最初的时候他不太懂为什么，为什么大家不愿意相信真相。慢慢地，他习惯了，他感觉恶意多数时候没有理由，真相是最不值钱的东西。

所以方觉夏的心也一点点冷下来，他不再作无谓的争辩，只能给出最好的舞台来回应。

这些面目可憎的疮疤，就这样与他共生至今。

"没有别的办法，我唯一能做的就是刮骨疗毒。"

他不想再这样下去了，他要彻底剜去这些蛰伏的疮。

方觉夏对他们说，也在对自己说："一直瞒下去，未来会发生什么，谁都不知道，我不能让这个定时炸弹发展得更加不可控。至于对我吸毒的指控，我们可以去做鉴定，放上证明。"

程羌思考着，听到裴听颂说："已经安排好公关团队了，是圈里最有名的一家。"

"多少钱？"方觉夏问。

"这你们就不用管了。"裴听颂继续说，"他们现在随时准备好视频会议，提出策划和应对方案。不过，对方给我们的建议和觉夏说的一样。"他看向程羌，"他们也认为，这件事需要先发制人。"

Kaleido 是程羌真正带的第一个团，所有的风浪都是和他们一起度过的，所以在遇到这样的事情时，他第一反应总是会相对保守些。

"我明白了，那现在就加班开会，我也召集公司的公关部过来，再通知一下成员。"

"嗯。"

贺子炎的事才过去没有多久，现在轮到了团里真正的 top，公司很是重视，连刚出差回来的陈正云也赶回了公司。公关团队和方觉夏谈了足足一个小时，将事情经过全部了解之后，给出了一个大概的思路。

视频那边的总负责人说："其实方先生的想法是对的。首先我们要赶在对方曝光之前把真相公开，避免对方在爆料时带节奏，这样非常吃亏。如果我们主动出击，由方先生公开，再安排文章和舆论引导，将事件的重点从'明星的父亲吸毒'转移到'原生家庭悲惨，频频被曝隐私，受二次伤害'上，这样子处理，可以最大化减少损失。"

事件的当事人就坐在桌子边，凌晨的月光惨白地打在他背上，整个人都笼在阴影之中。裴听颂只觉得难受，换作过去，他可能早就在网上撑了回去，但现在已经知道，这不是成熟的做法，他也要成长起来，保护身边的人。

所有人都在议论这件事，在发表各自的观点和做法，旋涡中心的方觉夏却沉默不语，只听不说话，似乎在思考什么。

过了很久，等到公关团队开始联络写手和其他舆论力量的时候，他才开口："还有一件事。"

程羌疑惑地看向他，陈正云直接叫停了会议："你说。"

"从刚刚开始，我就在想，这件事会不会是我父亲做的，因为他有勒索的前科。"说到这里，方觉夏摇了摇头，"但我觉得可能性很低，因为他现在在戒毒所，和外界隔绝。可是这件事，除了我、我母亲，还有前段时间帮我处理这件事的小裴，应该没有其他人知道了。那这件事究竟是怎么被人知晓的？这一点我觉得很困惑。"

这也是裴听颂反复思考的一点，明明他把方平送进了管控最严的戒毒所，并且派人全天盯着，与外界完全隔离，方平不可能再有机会出来兴风作浪。

"在遭遇他勒索的时候，我问过他，他并不承认接触过任何公司或媒体，不过这句话我现在存疑。"方觉夏的眼睛微微眯起，"他说他为了来找我，用光了身上所有的钱。这很奇怪，因为在绑架未遂的那一天之前，我已经被跟踪了将近一周的时间。这一周里，他是靠什么维持生活的？尤其是一个长期吸毒的人，怎么可能维持这么长的时间？"

裴听颂之前也思考过这个问题："你是不是怀疑，在你之前，他就已经遇到过其他人？这些人从他这里获取了一部分信息，也给了他维持生活的钱。"

方觉夏点头："我猜是这样。他毒瘾发作的时候，已经几乎不能算是人了，只要谁能给他一点钱去换毒品，他什么都做得出来。无论是出卖我和他的关系信息，还是出卖别的，都是有可能的。"

一直沉默听着他说话的陈正云忽然间抓住了重点："别的？"

"对。"方觉夏看向他，"这就是我要补充的一点。老板，有一件事我一直隐瞒了大家。"

会议桌下，他的手攥得很紧，骨节青白，但表面上依旧是那个镇定自若的方觉夏："我有先天的夜盲症，光线昏暗的场景下，我的视力会变得非常低下，甚至接近全盲。"

裴听颂愣住了，他没想到这件事方觉夏也会一并说出来。这等于是将他这么多年来独自背负着的最大秘密摊开来。他的隐忍谨慎，还有这么多年的苦心练习，都将化作泡沫。

程羌难以置信："夜盲？那你在舞台上……"

方觉夏淡淡说："光线不够明亮的时候，我都是看不到的，只能凭自己练习出来的直觉去跳舞。但大部分的舞台，光线是充足的。"说完，他看向他们，眼神黯淡，再一次道歉："对不起，我隐瞒了大家。"

陈正云的手搁在桌面上，神色凝重。他的确惊讶，但将所有事再想一遍，过去所有不合理的细节此刻都分明了。他回想到第一次见到这孩子的模样，明明天分极高，天生就是吃这碗饭的料，可整个人却充满了负担感，瘦削的肩膀上总是沉甸甸的，不说话，每天都在练习，甚至在出道前，连续好多天他都睡在练习室的地板上。

他终于知道了为什么。

"这不是你的错。"陈正云笑了笑，"幸好你隐瞒下来，否则我们会错过一个天才。"

方觉夏从没有为自己的事委屈过分毫，但陈正云的这句话却让他一瞬间鼻酸。

出道以来的每一天，每一场演出之前，方觉夏都寝食难安，就连做梦，都会梦见自己在昏暗的舞台上失误甚至跌落，连累整个团队。梦里的自己饱受所有人的指责。

"你为什么要出道？你根本就不配在舞台上跳舞，你明白吗！"

"方觉夏，看看你自己，你生下来就是会在舞台上犯错的人。"

"练习有什么用！你再怎么练习也不可能不犯错！"

"你想拖所有人下水，对吗？"

"对，"程羌说，"现在他们几个不在这里，如果他们在，一定都是感谢你的。觉夏，你才是卡莱多的主心骨，明白吗？"

方觉夏努力让自己笑出来，努力地点头接受他们的认可："这一点，或许也会成为别人攻击我的点。我猜他已经告诉别人了，所以恐怕，这一点我也要公开。"

公关团队的人沉默片刻："没关系，这一点不是大问题，遗传病本身也是隐私，又不会对他人造成伤害，何况这些年，你从没因此犯过错。"

从没有。

方觉夏咬着牙，点了点头。

裴听颂觉得无力又无奈，他明明极力地想要避免方觉夏承受这些痛苦，但它们根本无法规避，这些萦绕了这么多年的噩梦，一瞬间爆发，长成几乎要吞噬掉方觉夏的巨兽，让他无处可躲。

就在他公开这件事之后，公关团队负责收集舆情的一个人说："方先生，你的担心没有错，确实已经有人开始拿这件事造谣了。"

他们将爆料的截图发出来，含糊其词。

最近人气偶像方觉夏又有大瓜，保真。一个和他关系非常亲近的人爆料的，之后你们就知道是谁了。他有隐瞒了很久的病，而且是会影响他前途的那种，我等着你们回头来翻这条微博。

下面的留言很明显也是带节奏的，将这件事往更加恶意的方向去描述。

病？什么病还能影响他前途？

怕不是什么传染病……

这么一说还真没准儿，之前传了那么久的负面新闻看来终于要等到锤了，这锤来得太生猛了。

传染病，那他们全团的人……啧啧啧，贵圈真乱。

就知道之前的传闻不是空穴来风，不然怎么都说你方觉夏不说别人呢？就你漂亮你矜贵？

"这些人是不是真的有病？真的不怕我们把他们一个个拎出来告？"程羌气愤不已，"现在就联系版主！"

裴听颂望向方觉夏，只见他冷漠地看着投影上的恶言，没有任何情绪波澜。

习惯是一件很恐怖的事。

但他的确已经习惯了。

哪怕今天有人谣传方觉夏在自己的宿舍自杀，他都不会有太大的情绪波动。

公关团队解释说："不打紧，现在我们知道是夜盲症，只要出示相关病历和证明，是可以澄清的。这些相信方先生都有。"

方觉夏点了点头，他将自己能找到的所有的证据都交给他们，甚至主动问道："需要我做一次全面的体检吗？"

听到这句话，裴听颂的心狠狠地抽痛了一下。

公关团队的人心情也格外复杂，他们经历过太多事，出轨的娱乐圈情侣，貌合神离的夫妻，还有更夸张、更狗血的八卦。专业素养让他们将这些事抹平，还雇主一个体面。

但现在，站在他们面前的明明是一个干干净净的男孩，却不得不把自己亲手扒个干净，恨不能连皮肤也扒下，给他们看看里面的血肉——是不是像世人所说的那样，是黑的，是脏的。

众口铄金，他连骨头都要被一根根销毁，都要熔化。

"在发布微博之前，我得和我妈妈沟通一下。"方觉夏平复了一下心情，起身离开会议室。前脚刚走，裴听颂就站了起来，对程羌交代说："我陪陪他。"

程羌点点头，看着裴听颂追出去。

方觉夏的背影很瘦，在光线昏暗的走廊里像片枯萎的落叶。他走到楼梯转角，停下脚步，拨电话的手都在无意识地颤抖。

跟上来的裴听颂来到他的面前，稳住他发抖的手腕："觉夏，别怕，我在这儿。"他没有意识到的是，自己的声音都不由自主地打着战。

已经快凌晨两点半了，电话一直无人接通，方觉夏低着头，在一次次拨打失败之后再去点击拨打。透明的眼泪落在他的手上、他的屏幕上，视线越来越模糊。

忍了一夜的泪水，最后还是为了自己的母亲而流。

"怎么办……"无论在什么时候都保持极端镇定的方觉夏，终于在队友的面前示弱，"裴听颂，我怎么办……我还是要告诉她，但我……"

裴听颂的心被狠狠地攥住，他仿佛又一次回到了夏天的那个雨夜，眼睁睁看着早已遍体鳞伤的人再一次靠近深渊。

无论如何，这一次，他要先抓住他。

裴听颂看着眼前的方觉夏，声音温柔："觉夏，来。"

他忽然感觉，方觉夏又瘦了。这个明明比自己还要大几岁的人，在他眼里就像是一个孩子，那么小，那么让人心疼。"你不是说过，不愿意让妈妈再枯等一辈子了吗？

"长痛不如短痛。即便你瞒过这一时，那以后要怎么办？"

方觉夏听着裴听颂的发问，每一句都叩问着他紧闭的心。

"难道要她独自一人走到人生的尽头，还守着这个不会回来的人吗？"

明明手握着这个童话故事的坏结局，他却始终不敢对妈妈说。

他太害怕让妈妈失望了。

方觉夏在裴听颂的面前无声地痛哭着，所有的酸楚、委屈还有恐惧，他统统给了裴听颂。他知道这不公平，他应该再坚强一些，应该自己承担所有。

但此时此刻，他只想要一个依靠。

哪怕一分钟也好。

"你要知道，"裴听颂温柔地抚摸着他的后背，"对你的妈妈来说，最重要的一定不是她死去的爱情，是你。"

握着的手机振动起来，是妈妈凌晨两点半的回复。方觉夏强撑着擦掉眼泪，忍住所有的情绪，才敢接通。

电话那头，母亲的声音焦急而担忧，方觉夏在外闯荡多年，无论发生什么事都是自己咬着牙扛下来，从来没有在这么晚的时候给她打过电话。

"怎么了宝贝？觉夏，你是生病了吗？妈妈现在已经醒过来了。"

方觉夏忍着哭腔："妈，发生了很多事，我现在要公关处理。有一件事，我必须得告诉你。"他拧着眉继续说，"六月份，爸爸来找我了。"

"什么……"方妈妈的声音都发虚，"你、你之前怎么不说呢？"

"因为……因为我们见面的那天，他毒瘾犯了。"方觉夏拼命地忍住情绪，可事实就是这么血淋淋，"他拿着钢棍，准备砸晕我，然后绑架我，因为他当时没有钱继续吸毒了。但幸好有保镖挡住了他，没能得逞。后来我们把他送去了强制戒毒所。"

对面忽然间安静下来，方觉夏的胸口好痛。

"现在，有人要拿这件事勒索我们，我必须，自己公开。"每一个字说出去，他知道都是在往自己母亲的心上钻，但别无选择，他也希望这是一场噩梦而已。

他多么希望自己没有那样的父亲，没有这折磨了自己十几年的病，没有一身洗不净、晒不干的脏水。

"我怕你看到新闻，所以……所以我只能提前告诉你。"

"妈，对不起。"

对不起，我最后还是……

亲手打碎了你的梦。

04

方觉夏感觉妈妈仿佛就在他面前，坐在那张熟悉的椅子上。

那扇从没有被叩响的大门，一瞬间坍塌。

电话那头一直没有声音，方觉夏开始后悔，或许他不应该这么直接说出一切，起码应该等到他回家，在她身边。他只是坦白一切，可妈妈要花多久的时间才能真的接受这一切，她今晚又该如何入睡。

"妈……"方觉夏又唤了一次。

对面终于传来声音，叹息似的，没有力气。

"我知道了。"方妈妈在努力地伪装，一如这么多年的时光，伪装已经成为她生活的一部分。哪怕他们母子真的被抛弃，她必须独自一人将儿子抚养长大。可她从不在方觉夏的面前表现出痛苦，永远是笑着的。

但在这一刻，当她知道自己的丈夫对儿子造成的伤害后，她的眼泪也终于决堤："是妈妈错了，觉夏，是妈妈对不起你。"

听到妈妈哭，方觉夏更难过了："不是的，妈，你是世界上最好的妈妈。你没有做错任何事。我只是，不想连这件事都是由别人被迫告诉你的。"

"我知道。别担心我。"方母努力地忍住眼泪，"妈妈知道了，你记住，你永远是妈妈最重要的人。无论发生什么，一定要保护好你自己。妈妈老了，已经没有能力再继续保护你了。"

方觉夏握着手机，顺着墙壁蹲了下来。他从不是一个习惯表达爱意的小孩，"近情情怯"，心里越在意，越没有办法轻易说出口。

裴听颂也蹲下，温柔地拍着他的肩。

"我爱你，妈妈。"

"你还有我。"

他终于说出口，啜泣着，孩子一样。

"你以后……等我回家，好吗？"

裴听颂旁观着，仿佛亲身经历了这一切。他不懂母爱，也不懂父爱。他看过许多歌颂这种感情的文学作品，了解人类成长过程中对母体天然的依赖，但这些对他而言，只是记录的文字和可供思考的课题。

但方觉夏那么拼尽全力地守护着自己的亲情。

他比所有文字都深刻。

通宵达旦之后，所有人都开始了行动。这是一场难打的硬仗，父亲污点确凿，还是网友最厌恶的瘾君子，舆论很容易被发散，必须打起十二分的精神。

方觉夏甚至拿出了之前特意保留的那根钢棍，作为证据之一。

"但是……"程羌隐约有点担心，"这些是不是不足以作为你父亲抛弃妻儿的证据？"

这一点也是方觉夏担心的。

但他没想到的是，凌晨五点半的时候，他收到了来自母亲的邮件。

觉夏，妈妈想了很多，也了解到这件事情的严重性。的确，这些年妈妈一直在自欺欺人，但你永远是妈妈最爱的人，是我无论如何要保护的孩子。这些是当年妈妈被打后在医院治疗的病历，这么多年我办理失踪人口报案的手续和证明，他拿走家里所有钱后我清点的账目，还有当时拍下来的伤情照片，有你的，也有我的。本来想着等他清醒过来，让他看看，但现在恐怕也等不到了。

我不需要你太坚强，妈妈只想等你平安快乐地回家。

方觉夏坐在笔记本电脑前，将妈妈发来的附件一个个打开，过去的点点滴滴瞬间翻涌上来。他觉得自己被解离了，肉体是痛苦的，但灵魂却还在理智地分析。

他甚至指着照片里鲜血淋漓的伤口，对裴听颂说："你看这个，我记得当时我只有桌子这么高，躲在角落，等他走了之后，我把妈妈拉起来，想带她去看病。"他的侧脸并没有多少痛苦的表情，只是入神地盯着屏幕，"她用衣服捂着头，我牵着她，我们在急诊室过的夜。"

"急诊室的护士阿姨后来都认识我了。"方觉夏侧头看向裴听颂，还笑了一下，"她说我长得很好看，是她见过最好看的小男孩。"

"别看了。"裴听颂将屏幕合上，"这些交给他们去做。"

方觉夏点头："没事，我已经可以很平静地去回忆过去了。"

他远比裴听颂想象中坚强。

公关团队没有采取压制消息的做法。为了彻底解决这些事，他们并未删除爆料帖，但也并未任其发展。爆料帖的后期他们也下场，直指"传染病"这类疾病来得蹊跷，一个人猜疑，便人人都觉得是，怀疑是黑子组团下场，于是评论风向开始变了，大家将争论的焦点从究竟是什么病转移到是不是有人恶意中伤。

与此同时，他们通过许多号发布了一些内容非常低劣、逻辑不能自洽的抹黑稿，散布在网络上，严重者甚至说方觉夏得了绝症。进而，他们委托几个爆料的大V，提前走漏风声。

你八卦了吗：保真，人气偶像F的爸爸有极端恶劣的前科，而且被扒出来了，到时候一定会有人下场拿这件事黑他，你们就等着吃瓜吧。

瓜田制造机：一些风声，某颜值天花板偶像的爸爸抛妻弃子，现在儿子红了，回头来要挟，要天价赡养费，又是一出人间真实的狗血大戏。

这些瓜很快被搬运到其他地方，一时间流言四起，尤其是粉丝里的不少人，多多少少知道了一些。

虽然和事实出入并不大，但公关团队有意模糊了焦点。一方面是为了让之后方觉夏的自我揭露更加有冲击力；另一方面，他们暂且没有找出策划这件事的幕后黑手，而且化解风波的不成文规定也是不将对方团队摆到台面上，但第一印象非常重要，方觉夏的受害者形象必须早一步进入大众视野。

所以他们将那个引发这一切的父亲，暂且推到了对立面。

这件事方觉夏挣扎过，如果影响的只有他自己，或许他会放弃这种公关手段，但他不只是方觉夏，还是Kaleido方觉夏，他背后还有五个陪他共患难的队友。

他要肩负的太多。

团队在最快的时间里，安排赶出各大公众号和微博的稿子，保证后续主动权的把握和舆情控制，每一份稿件都由专门的撰稿人来完成，唯独方觉夏的澄清稿是他自己亲手写的，团队只是帮他润色修改。

稿件终于定下来时已经是中午十一点，一夜未眠的方觉夏坐在桌子前，亲手抄写了自己写下的澄清稿，拍好照片，发布在微博上。

Kaleido方觉夏：分享图片。

非常抱歉占用大家一点时间。在这里，我有几件事想要与大家坦白。

首先，我的父亲是一名常年服用违禁品的瘾君子。在我小学时，父亲前途断送，以致性情大变，起初是酗酒，动辄打骂我与母亲，后来染上违禁品，完全变了一个人。我们在家庭暴力和毒品阴霾中煎熬了五年，在我十三岁生日前夕，他卷走家中不多但是我们赖以生活的存款和所有值钱的物品，离开了我们。

十年后的不久前，他再度出现，手持钢棍尾随我，绑架未遂。害怕他做出更多伤害我和家人的行为，我们将他送进戒毒所。他的出现令我意外，也十分惶恐。毒品早已腐蚀了他的人性，我心力交瘁。不久前我司收到天价勒索的邮件，如若不同意，他们将曝光我生父实则是瘾君子的事实。但我想，这本就是事实，也不必劳烦其他人开口，我来就好。他是他，我是我。感激他赐予我生命，但从十年前我回到家，目睹家中几乎被搬空的那一刻，我们之间便再无父子关系可言。

其次，关于网络上流传的所谓"隐疾"一说，在这里我也愿意公开。我患有先天性夜盲症，夜视力低下，治愈的可能性很低。我儿时的梦想是做一名舞蹈演员，但夜盲症让我永远地失去了这个可能。这件事给我留下的心理创伤令我被动性隐瞒，而歌手的舞台有明有暗，又令我燃起一丝希望。只是，一个在舞台上有极大可能失明的人，是没有资格在任何娱乐公司出道的。所以我隐瞒了夜盲症的事实，用无休止的练习让自己尽量不犯错。

而网络上关于其他病症的造谣，包括长期以来的其他谣言，我们也会采取相应的法律手段维护名誉。是我的病，我不否认，这和我脸上的胎记一样，是我与生俱来的一部分。但不属于我的标签，就请不要贴在我的身上。否则，我一定会拿着这些标签和法律传票一起送到你手中。

这封手写信并没有太多的情绪渲染，口吻不卑不亢，字迹力透纸背。但看完的人，无论是真心支持他的粉丝，还是原本漠不关心的路人，无一不感到震惊。

谁能想到，如今高人气男艺人原来出身这样的原生家庭。更想不到的是，他会自己站出来公开这一切。

除了第一张图片的手写信，后面的图片全都是相关的证据，第二张是一张老照片，还是小孩子的方觉夏，眼角是胎记，嘴角是血。照片客观而冷漠，展示着一个失败原生家庭下的孩子会遭遇的所有危险，砸到鲜血淋漓的脚趾、手臂和后背的瘀青，还有母亲头顶缝针的痕迹。所有母亲留给他的证明，医生那里的病历，方觉夏都放了上去。

只要不伤害他身边的人，方觉夏愿意被围观，愿意用自己的伤口满足所有人的窥探欲。

吸毒、家暴、绑架勒索、人气……这些充满尖锐矛盾的字眼在极短的时间内抓住了所有人的眼球。"方觉夏亲笔信"的热门也直接爆了，引得全网讨论。

黑糖珍珠奶茶：我天……跟踪绑架家暴，这是亲爹干的事儿？！

90年代蒸汽波：点开热门之前我没想到会这么劲爆……所以方觉夏他爸吸毒、家暴、抛妻弃子，现在回头找发达了的儿子勒索敲诈？！隔着屏幕被这种渣爹气晕！

brokenheart：我没想到，在热门上看到明星的童年照竟然会是这样的，这么小这么瘦，伤口看得我好难过……

垃圾中转站回复brokenheart：谁知道这些照片是真的假的，没准儿就是找了个"小演员"仿着胎记画了一道红的，再搞点伤口特效妆。这算啥，卖惨洗白也不是没可能，亲爸都吸毒，儿子还能是什么好人？

我今天就鲨了你回复垃圾中转站：您名字都叫垃圾中转站，你还能是什么好垃圾？

今天几点睡觉回复垃圾中转站：过分了，这一看就是方觉夏小时候，哪有这么像的孩子？对他人的遭遇缺乏共情不是什么大错，但如果看到了悲惨遭遇还要吐口水，还要恶意中伤，那就是真的没有心。

银河系第一甜心：看到"不久前我司收到天价勒索……"这一段，真的汗毛都竖起来，所以有人知道这些伤痛之后还企图拿这件事来威胁一个当红明星，都丧尽天良了吧！

漂亮宝贝风景线：我太难过了，大家可能不知道，方觉夏一向不怎么用微博，前段时间过生日，发了一条，然后又转了一条国际禁毒日的微博，当时我们都不知道为什么，现在看到这些……真的不敢想象他是怎么长大的，太难受了。

多米诺绝不认输：天，夜盲。那哥哥之前的好多舞台几乎是看不见的，竟然都没有出错，哥哥是得练习多久才能做到这种程度啊！难怪上节目的时候被蒙眼听觉还这么敏感，是已经习惯了。天哪，现在想想有好多细枝末节都对上了，觉夏太难了。

保持善良：之前的贺子炎是孤儿，现在又是方觉夏，卡真的是史上最惨男团，没有之一了。真的要他们自曝隐私来证明清白吗？

我这个月要看四本书：之前一直不是很喜欢方觉夏，就是觉得他性格太安静了，不讨喜。现在我还觉得挺抱歉的，看到这些之后，这种家庭对孩子的影响真的很大，我爸喝醉酒之后也会发脾气打人。唉，我可能并不是讨厌他，是讨厌和他相似的我自己。

playplayplayyy：最后一句挺硬气的，没说什么虚头巴脑的律师函，是说法律传票。凭这一点我也相信他，至少是真刀真枪利用法律武器了。

蛋炒饭配养乐多：但是隐瞒夜盲症出道也挺无语的，爸爸吸毒的事估计也没有告诉公司吧？瞒着这么多爆炸消息出道，也是够不负责任的。

XUZNWDH2回复蛋炒饭配养乐多：知道个"但是"就瞎用，怎么，亲爹吸毒，儿子就不配做人了？夜盲症是什么烈性传染病？进了公司就嚯嚯所有人？说句不好听的，他既然知道自己夜盲还要上舞台，那就是摔倒、摔下舞台甚至摔死，都是只祸害他自己。而且您也太天真了，这种公开公司不可能不知道，就你懂，人家天生偶像，天生属于舞台，你自助抬杠天生属于停车场。

就在争议不断的时候，星图公司的官方微博也发布消息，声称他们将会采取手段保护所属艺人，并且表示已经起诉了几个传播谣言的账号博主。相关的法律文书摆出来，强硬的态度就已经体现了。

粉丝纷纷转发，支持公司保护艺人。

公关团队通过不同的网络大V或公众号发布了文章，大都是站在理智的角度进行事件分析，其中有针对原生家庭的文章，也有部分科普吸毒后果，还有娱乐向的考古，将方觉夏过去的一些综艺表现和他在晦暗舞台上的表现都剪辑出来。马后炮集合，都是观众爱看的。

到了晚上，虽然谁都知道是方觉夏的瓜，但无论从哪个角度，他都是真正的受害者，所以也会有不同的人从不同角度同情他。

晚十点，裴听颂发了一条微博，但一改他往日暴脾气的风格，只发了一句话。

Kaleido裴听颂：没有所谓家暴，只有故意伤害罪。犯罪就是犯罪。

这条微博很快登上热门，被众多网友转发支持。不久后，Kaleido其他几名成员也纷纷转发裴听颂和方觉夏的微博。

给我一条小鱼干：卡团最好的一点是，每次一个成员有难，剩下的人一定会兄弟发声。不是锦上添花，而是雪中送炭。希望觉夏哥哥能挺过来。

队友们的出现也分化了舆论的中心，除了他们，也有其他的明星出现，例如之前方觉夏挺过的翟缨,还有他们的师兄、他们合作过的朋友,甚至连一面之缘都不曾有的明星同僚。

不论是出于真心还是热度,大家站出来反对家庭暴力、反对吸毒,这些都是正向舆论,也都让事情往好的方向发展。

但同时也存在借此机会拖方觉夏下水的人,又拿当初Astar的事来造谣。

公关团队为了更彻底地解决谣言,找到方觉夏,希望他可以说出当时在Astar发生的事,方觉夏犹豫再三,最后给出的回复是:澄清是谣言就好,不需要复盘。

事到如今,他依旧不想为了撇清关系,将梁若的过往宣之于众。哪怕不指名道姓,大家扒出来也是很简单的事。

毁掉一个人太容易了。

公关团队也别无他法,只能尽可能压制这种不实言论,毕竟采取法律手段过于强硬,周期太长,对明星的伤害已经造成,再加上方觉夏不愿说,他们也不能强迫,至少他们已经占据了绝对的上风。

身处旋涡中心,方觉夏没怎么管言论发展,也没有睡觉,白天的时候还在按照之前的行程安排工作。晚上扛不住了,被裴听颂拉着去小工作间,在懒人沙发上睡了两小时。

醒来是因为裴听颂的手机响了,江淼他们买了吃的过来,等一下还要去拍一个电视台的宣传视频。于是方觉夏也起来,他们找了间空的舞蹈练习室,坐在地板上吃,和没出道的时候一样。

方觉夏整个人看起来有点憔悴,眼窝凹陷些许,薄到几乎透明的眼皮透着青紫的血管,眼下也发着青,眼睛熬出了红血丝。

凌一端了一碗粥,拿勺子搅了搅,递给他:"觉夏,你多吃点,这个虾仁粥特别好吃,里面可多虾仁了。"

方觉夏轻声说了"谢谢",吃了一口:"嗯,好吃。"

队友们没有太多关切的话,大家默契地选择了平时的相处模式,方觉夏很感谢他们,他最害怕的就是突如其来的、压倒性的关心。

"谢谢。"他放下粥,看向大家,"也很抱歉,我瞒了你们这么久。"

路远直接放下筷子:"说什么抱歉,是不是兄弟?"

"觉夏,你记得你生日的时候,大家说,希望你以后多依赖我们一些?"贺子炎看着他,"这些话你要记住。不是什么我会支持你的客套话,我们是早就知道你背负了很多,才会说这种话。"

坐在他身边的江淼给他夹了一个虾饺:"对啊,你忘了?上次你还跟我说,我们是家人呢。"

"是吗！觉夏真的这么说？"凌一放下碗一把抱住他："觉夏，我真的超喜欢你的，把你当亲哥哥那种，我们是家人对吧？"凌一絮絮叨叨好多，又把自己说哭，还要方觉夏给他擦眼泪："是，别哭啊。"

凌一努力地吸了吸鼻子："嗯！"

"你吸鼻涕吸得我面都吃不下了。"裴听颂吐槽。

"觉夏你看他！"

江淼拨了拨方觉夏的刘海，小声嘀咕："头发又长长了，一会儿造型师给修一修吧。"

方觉夏紧紧握着筷子，骨节发白。

他一度认为自己充满不幸，每一步都趋向于失败的惨烈结局，所以他用尽全力去活，哪怕在一片黑暗中，他也想活得"正确"些。

他一度以为自己永远孤身一人，困在逃不出去的黑暗中。

但这才是最大的错误。

世间的一切都保持着相对的平衡，爱与恨，美好与丑恶，成功与失败，不幸与幸运。他的确有过惨烈的人生轨迹，亲手撕裂陈伤，每一步都走得血淋淋，但他获得了更珍贵的宝藏。

抬起头，方觉夏看向还在嬉闹的队友们，脸上浮现出一丝久违的笑意。

他们就是他的人生之大幸。

05

这种程度的事件，很难在短时间内平息。裴听颂请来的公关团队时刻跟进，避免节外生枝。

谁都知道方觉夏目前身上的代言多，许多黑粉组团去品牌方的微博下闹事，要求换掉"污点艺人"，但这样的行为同时也引发了许多路人的不满。在大众的心目中，方觉夏父亲的污点无法转嫁在他身上，这也是他多年来惨痛人生的根源。黑粉虽然多，但总归不可能多过帮理的路人和本就数量庞大的粉丝。

黑粉期待看到的掉代言场面并没有发生。

手写信公布的第二天，方觉夏依旧像没事人一样，按照之前的约定拍摄广告，尽管品牌商表示可以推后拍摄，但他知道，一场广告拍摄是一个团队上下准备多天的结果，他不能就这样拖累其他人。

片场的众人都相当有职业精神，和平日没什么差别。小文时时刻刻跟在方觉夏身边，方觉夏也依旧和平时一样，温和、沉默，但足够敬业。

化妆师在给他卸妆的时候特意宽慰："今天的拍摄还挺顺利的。"

方觉夏露出微笑："对啊，比我想象中要顺利。"

"其他成员呢，今天都有工作吗？"

方觉夏点头："嗯，还有在上学的。"

"那你一会儿回去要早点休息哦。"

"好，会的。"

从拍摄地的大楼出来的时候，方觉夏才发现门外聚集了大量的记者，闪光灯疯狂闪烁。

"方觉夏麻烦可以留步说几句吗？"

"父亲吸毒的事你一直不知情吗？你有没有亲眼见过他吸毒的样子？！"

"最近 Astar 的股票大跌，据传高层易主，其中的事方觉夏你知道吗？你是不是也是被推出来挡这个大瓜的棋子？"

"有人质疑你在亲笔信里写的夜盲症是捏造，请问你怎么看？"

"方觉夏你有看到网上的传染病传闻吗？可以解释一下为什么会有这样的传闻吗？"

戴着口罩和眼镜的方觉夏被保镖几乎是架着围着，从蝗虫一般涌上来的无良记者中挤出，最后来到门外停好的保姆车上。

关上车门的那一刻，方觉夏才终于喘上一口气。

那些贴在车窗上的手和镜头，像怪物的触手，贴得那么近，怎么都甩不掉。

坐在副驾驶座的小文转过来，拧了一瓶水递给他："觉夏，回公司还是回宿舍？"

方觉夏接过水，但没有喝："都可以。"

手机振动一下，打开来看，是翟缨的消息。

翟缨：觉夏，怕你担心，先跟你报备一下，你的准出道时期视频是我放出去的，我托我姐夫调出来的。

准出道时期视频？

方觉夏疑惑地打开微博，正好程羌的电话进来，他接通。

"喂，觉夏？那个 Astar 月评视频是怎么回事？"

"我也不知道，我还在看。"方觉夏点开微博，热门上有一个"方觉夏准出道时期视频"的词条，点进去一看，很多营销号都放了视频，标题是——《方觉夏准出道时期的月评视频，实力超强》！

"好像是……是翟缨搞到的。"方觉夏对程羌说，"具体我还不清楚。"

"翟缨？"程羌那边顿了一会儿，然后恍然大悟，"她在帮你。"

的确是他准出道时期的视频，剪成了一个集合。Astar 以前每个月都会有一次集体评测，给出等级，连续三次被评低等级的准出道艺人可能会离开公司。

而方觉夏是唯一连续两年保持 A 等级的准出道艺人，总排名永远是第一。

视频里的他虽然才十几岁，还是青涩的孩子，但唱功和舞蹈实力已经超过太多偶像和歌手，称一句"天花板"毫不为过。

这个视频就是方觉夏当初会被称为"Astar 王牌"的证明。

由于最近的舆论，视频的评论也非常之多。

摇摇欲坠的流星：我天，一开头的高音就惊到我了……这居然没在 Astar 出道？？

只要 998 只要 998：我终于明白为什么都说方觉夏是偶像天花板了，准出道时期的颜和实力就"吊打"啊，标准美强惨剧本。

今天也吨吨吨了：我天，最后那个图表绝了，全公司唯一连续两年取得 A 的啊，这是真王牌，怎么就成了弃牌呢？

我三今天依旧寡王回复今天也吨吨吨了：谁知道，反正这种程度，要真的还有靠山，早就红翻天了，至于出道就糊吗？

时间不多了：我去，我也想追方觉夏了，本质慕强。

"这个视频放出来之后，现在网上好多人都在骂 Astar 没眼光之类的，也是有意思。"程羌在那边说，"Astar 那边现在正焦头烂额吧，听说最近要变天了。"

"嗯。"方觉夏大概能猜到。

舆论风向总是变来变去，比翻书还快。方觉夏已经没有太多兴趣在上面，但他打心底感谢翟缨在这时候帮他做的事，所以很认真地回了微信，谢谢她的挺身而出。

车子开出好久，路上有点堵，方觉夏太久没有睡觉，可又没有困意，只觉得眼睛酸痛，于是闭上眼，歪头靠在车窗上，恍惚间听到小文接了通电话，说了什么，但他已经无心去管。

"到了，觉夏。"

小文的声音很轻，大概是以为他睡着了。方觉夏睁开眼，可拉开车门的瞬间才发现这里不是公司，也不是宿舍所在的小区。

是裴听颂之前住过的高级公寓停车场。

方觉夏扭头问小文："怎么来这儿？"

"刚刚小裴给我打电话了，说他有事找你，正好你工作结束，我们就直接开车过来了。"

有事？

方觉夏有些疑惑，还说和小文一起上去，没想到小文直接坐回车上："觉夏，刚刚临时通知要开会，我还得回去一趟，晚了羌哥该骂我了。我一会儿再让司机回来接你。"

"不用。"方觉夏摇头，"我可以打车回去。"

等到小文离开，他才一边上楼，一边拨裴听颂的电话。第一次打过去是占线，拨了第二次才接通，不过接通的时候，裴听颂正好也开了门。

"你来了？"裴听颂脸上带着笑，把方觉夏让进来，转身又忙着去鞋柜里给他拿拖鞋，一弯腰，方觉夏就看见他裤子口袋里插着的准考证。

"考完了？"方觉夏问。

"嗯，题简单，我提前半小时出来了。"裴听颂把拖鞋放到他面前，小声对他说，"你先换啊。"

方觉夏觉得怪怪的，又说不出来哪里奇怪，感觉裴听颂慌慌张张、风尘仆仆的，换了鞋跟着他从玄关走到客厅，闻到一股煲汤的香味。

"阿姨，觉夏哥回来了。"

阿姨？

方觉夏一下子没有反应过来，谁知下一秒妈妈就出现在面前。她身上的围裙都还没有摘，直接冲上来抱住了他。

"觉夏，你回来了。"

被妈妈抱住的方觉夏眼睛都睁大了，做梦一样。他茫然地望着站在身边的裴听颂，看着对方朝自己微笑，还牵着他的手臂去回抱妈妈。

"妈……"感觉到母亲的肩膀都有些抖，方觉夏抱紧了她，拍着她后背，"你怎么突然来了，我都不知道。"

方母松开些，抬头抹了抹眼角的眼泪，对着儿子笑道："是小裴专程请我来的，他说了很多。"方妈妈也看向裴听颂，"妈妈也很想你，不想再像以前那样在家等着你了，我要来看看你。"

方觉夏鼻子一酸。

他每天睡不着觉，并非害怕网络上的舆论攻击，也并非担心自己未卜的前途，而是害怕孤身一人待在老家的母亲，只要一想到她坐在家中，亲眼见证自己过去十年的等待化为灰烬，还要看着铺天盖地的关于他的新闻，一篇篇言辞夸张又毫无根据的诽谤，她会怎么想，会有多难过。

她是不是吃不下饭，睡不着觉。

可面对母亲的方觉夏，总是胆怯的，他不知应该如何去关心，去收拾已经残缺成这样的亲情。

裴听颂替他做了。

他永远知道方觉夏最恐惧什么，最需要什么。

"妈妈给你炖了花胶鸡，还加了红花、干贝和海参，很补的。"说到这里，方母又着急去看火，"哎等等，我去看一眼火。你先坐，小裴也刚去机场接我回来，你们休息一下啊。"

方觉夏看着妈妈又一头扎进厨房，还把他丢给裴听颂，心里无奈又有点想笑。他走到沙发边坐下，裴听颂也挨着他坐下，冲他笑，不说话。

"你怎么都不告诉我？"方觉夏扭头盘问。

裴听颂"哼"了一声："不是，谁准备惊喜会提前通知啊，你以为是双十一吗？做活动前商家还疯狂给你发短信，大家快来啊，零点有惊喜。"

这都什么奇奇怪怪的比喻。

"你怎么找到我妈的？你有她的联系方式？"

"没有啊，我找人帮我问的。"裴听颂理所当然地回答。

他其实也有点怕方觉夏怪他多事，毕竟对方什么事都是自己一个人扛的，好像从来都不需要任何人的帮助，可裴听颂实在觉得难受，他每天躺在床上，想到方觉夏那天在楼梯拐角打电话的情形，想到方觉夏在自己面前哭，那么害怕母亲难过。

裴听颂就觉得，自己必须做点什么。

所以他才当机立断，想办法找到方妈妈的联系方式，告诉她方觉夏其实很想她，很需要她来陪。

方妈妈在家也是寝食难安，每天查看网络上的消息但又不敢去找儿子。母子俩明明是一样的心，可谁也不先开口。她一听裴听颂说儿子的情况，几乎没有考虑，就直接坐他安排的航班第一时间飞来了。

的确是一腔热血为了友人，但裴听颂其实也会担心，会不会只是自己的一厢情愿。毕竟他是当机立断，有什么就做什么的性格，可方觉夏不是。

怀疑翻涌上来，裴听颂不想多想，立刻转移话题："我跟你说，今天那道论述题啊……"

说到一半，方觉夏轻声说了一句"谢谢"，眼神温柔，语气也软软的。

裴听颂一下子就愣住了，讲了一半的话都抛在脑后。

"谢谢你。"方觉夏有个习惯，重要的话他总是会再说一次。他脸上的笑容是裴听颂这么多天以来看到过最真实的，不是伪装出来的"我很好"，是真正的方觉夏。

"看到妈妈过来,我好开心。"方觉夏的眼圈又有点发红。

裴听颂小声威胁他:"不许哭。"

听见方妈妈出来的动静,两人立刻回头。

"小裴啊,家里有什么小炉子之类的吗?"

"炉子?"裴听颂不知道她说的是什么,整个人跟无头苍蝇一样四处找。方觉夏比他还清楚他家的情况:"没有,妈,别打边炉了,直接喝汤、吃菜吧。"

裴听颂觉得惊讶:"你怎么知道你妈要干什么?我都听不懂。"

"废话,我是她儿子啊。"方觉夏小声说。

两人帮着方妈妈端菜、摆碗筷,然后坐下来好好地吃了一顿她做的饭。出事之后,方觉夏一直吃不下饭,但妈妈在,他比平时吃得更多了些,还多喝了一碗汤。

这是裴听颂第二次和他们一起,吃饭、聊天,像每个家庭的普通日常。

吃完饭,裴听颂帮着方妈妈把碗收到厨房。站在桌边,方觉夏想起些什么,拿出手机:"妈,我还得给你订酒店。"

"不用!"裴听颂对着外面喊,"我都安排好了,就在隔壁。"

"隔壁?"方觉夏走到厨房,看见更像亲母子的两人并肩洗碗,"怎么你每次都能把这种公寓住成酒店的感觉?"

"啊,那个,租的。"裴听颂扯了个理由。

"小裴可细心了,早就给我准备好了。"方妈妈洗完最后一个碗,扭头对方觉夏说,"他说住在这里方便,还安全,酒店可能会有记者的,妈妈一开始都没有想到,而且在这里你还可以跟妈妈一起住呢。"

方觉夏点点头:"嗯。"

洗完碗,裴听颂从厨房出来,又被方觉夏抓住:"说租就租?还是隔壁?"

裴听颂心虚地笑了笑:"你真聪明。"

方觉夏一动不动地盯着他,也不说话,看得裴听颂没办法,只好凑近了些,小声坦白:"其实……这一栋楼都是我的。"

果然。

方觉夏想到当初第一次来的时候,觉得他和别的富家小少爷不一样,有钱也只是住两居室。

是他太天真。

正好,其他成员近期都有个人行程,回到宿舍也只有他一个人,在这里还可以和妈妈一起多住几天。就在他们吃饭的时候,裴听颂安排好人将隔壁收拾出来。带着妈妈过去,刚走到客厅,方觉夏就看到茶几上一大束雪白的洋桔梗。

嘴角不由自主勾起。

被行程和闪光灯包围的方觉夏已经很久没有过过这样的生活，被妈妈照顾着，听她絮絮说着家长里短，说她怎么都教不会的学生，还有班里的捣蛋鬼。

光是听她说话，方觉夏都觉得好安全。

他闭上眼，感觉自己就在充盈的日光下躺着。

没有黑暗，四处都是温暖。

外面的世界疾风骤雨，风暴中心煎熬的方觉夏，在母亲的陪伴下，于黄昏时分和逃离地平线的橘色夕阳一起沉沉睡去。

梦也放过他，没来打扰。

低潮期像雨季，来临的时候似乎要将人的口鼻通通闷住，令人完全无法呼吸。他的生活都被冷的雨水灌满，透不过气。

但雨后天晴又是那么美好，劫后余生的蓝天和带着青草气息的空气。

他喜欢雨后，为此可以熬过一场大雨。

一觉睡到了晚上十二点半，不知怎的，方觉夏突然醒过来，感觉有些口渴，从床上爬起来，走到隔壁房间看到熟睡的母亲，又悄悄关上门，走去客厅喝水。

后来的两天方觉夏只要结束工作就早早回到公寓陪妈妈，陪她一起做点心，一起煲汤。裴听颂怕她无聊，还趁方觉夏不在的时候陪妈妈去逛P大，反正也是本市旅游必打卡地点。

网络上的舆论还在不断地发酵，但当事人之一的方觉夏已经不再为此而焦虑。他闭着眼也知道那些人会怎样谩骂，会怎样议论，这些都是已知的，所以他不再害怕。

六个人合体拍杂志的那天，刚出现在摄影棚，方觉夏就听见一个女摄影助理和另一个人站在一起，嘴里念念有词说着什么。

"天哪，真的假的？最近的瓜也太多了。"

方觉夏只觉得心累，没想到下一句就让他心跳骤停。

"我刚刚刷到还以为是看错了，梁若居然退出七曜了！"

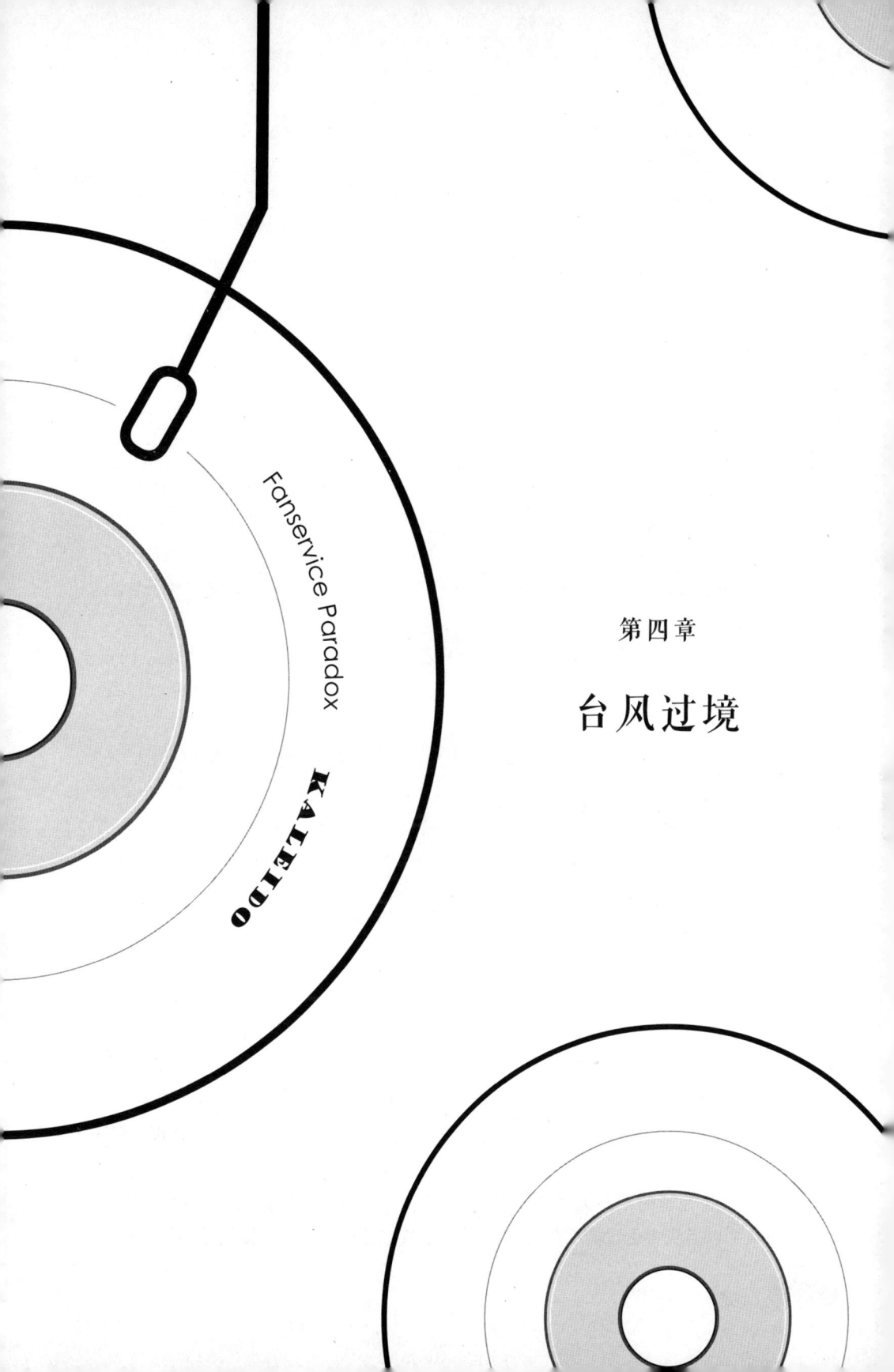

Fanservice Paradox

KALEIDO

第四章

台风过境

01

什么？

退队……

这么多天，方觉夏以为自己的承受力已经很强了，可现在听到这个突如其来的消息，他依旧很震惊。他甚至完全弄不明白梁若这么做的动机。

猜想梁若应该也是发了微博，于是方觉夏没有多想，直接登录上去搜索，没想到被自己占据多天的热门现下已经换了人。排在第一的，就是"梁若退队"的词条。

"怎么了？"站在一旁的裴听颂很快就看出方觉夏不对劲，"发生什么了？"

方觉夏点开热门，果然看到了梁若发布的最新微博，是一条视频，评论已经五万。

"我不知道为什么……"他抬起头，看向裴听颂，"梁若发微博宣布退队了。"

裴听颂也是一脸震惊："他在搞什么？"

趁着等待做造型的间隙，他们点开那个视频看了。梁若素颜出镜，穿了件很简单的白T恤，就坐在一张桌子前，一开场就微笑着打招呼。

"大家好，我是梁若。今天呢，我想说些一直没能说出口的事，可能会对大家造成一定程度上的冲击，我先说一句抱歉。"

见惯了梁若作为天团主捧光鲜亮丽的样子，方觉夏快要忘记他的素颜了。

他现在这样望着镜头的模样，莫名让方觉夏想到了准出道时期的他。

"第一件事就是，我要离开七曜组合了。在此，我要对我的粉丝和队友说一句抱歉，不能和大家继续走下去了。"

他站起来，深深鞠了一躬，然后再次抬起头："或许Astar还会和我继续打官司，没有关系，我做出这个决定，已经考虑了很长一段时间，也有我必须这么做的原因。

"准出道时期，也就是我十八岁的时候，被Astar高层金向成董事长所害，从那以后我再也没能摆脱这位高层的控制。当然，我也因此获得了出道机会，一个本来不属于我的机会。大家应该也都知道，当时 Astar 出道预备役中最强的艺人，是方觉夏。他在知晓这件事之后，帮我向其他高层反映，希望能够讨回公道，但你们都懂的，我们算什么呢？"

他脸上带着苦涩的笑："那是金向成势力最强大的时候，我们什么都做不了。方觉夏无法接受，于是离开 Astar，而我出于种种原因，没能离开。"

梁若的脸色很苍白："不过我当时如果离开，下场肯定更惨。但出道后的每一天，对我来说都是痛苦的折磨。我长期服用抑郁药物，曾经两度自杀，但都被救回，继续被虐待。我一度很害怕被人知道这件事，被人议论，因为我知道会有很多人将其污名化，所以不敢站出来，但现在我想通了。"

视频里的梁若调整了情绪，拿出一台笔记本电脑："我想出来揭发这位娱乐公司巨头的真面目。金向成对我做过的很多事，我都有保留证据。显而易见，我也不是唯一的受害者。"

说完他点击了一下鼠标，笔记本电脑立刻扩音播放出处理过的声音，是其他人的录音，有男生的声音，也有女生的声音。

"这些是公司内遭受过金向成迫害的准出道艺人，在我收集证据的时候，他们主动站出来为我提供录音和其他相关证据。"梁若顿了顿，"感谢他们的勇敢。他们都比我勇敢。

"这些证据我都会提交给警方处理，相信很快会有结果。金向成的犯罪行为远远不止这些，我手中掌握的其他罪证，目前也全部交给警方和检察机关。完成这一切之后，我才录制视频。"

梁若继续解释："为避免无端揣测，我先说明，七曜的其他成员并没有遭受特殊对待，他们每一个人都是凭自己真本事出道。除金向成之外，Astar 依旧是一个非常优秀的大型娱乐公司，是他只手遮天，差点毁了整个 Astar。感谢公司对我的栽培和帮助，希望大家能够继续支持七曜和公司的其他艺人，他们都是很好很努力的人。"

"我这次不仅是退出七曜，也是退出娱乐圈。"梁若一脸轻松地露出一个笑容，"剩下的人生，我想为自己活，做自己想做的事。

"最后，感谢过去的朋友对我的庇护，让你背负了两年的骂名，是我太胆怯。"

梁若低下了头，轻声说了一句"抱歉"。

视频戛然而止。

看完这个视频，方觉夏的心情难以言喻。他知道梁若最后是在对他道歉，但事实上，他真的一点也不需要梁若的道歉。无论这两年方觉夏遭遇了什么，都是他自愿的。

裴听颂尽管一直不喜欢梁若，但看完视频的第一反应却是担心："我现在倒是有点在意他的人身安全。"

可方觉夏却摇了摇头："梁若是个聪明人。如果没有全身而退的可能，他是不会这个时候出来的。"

这句话倒是提醒了裴听颂，他能在被侵害时还收集这么多的证据，录制视频，而且话里话外把金向成和 Astar 分开，还特意保了和他关系并不好的队友。

他并不是一个人，而是倒戈到另一个阵营，成了排头兵。

"李落帮他了。"

方觉夏点头："我猜是这样，否则光是合同的事，就是一场难打的官司，他不可能想走就走。"

就像梁若自己说过的，他不是什么好人，但也绝非十恶不赦。借着李落想要彻底击垮金向成的心，完成自己离开七曜和 Astar 的愿望，这很像是梁若会做出来的事。

但方觉夏依旧有些难过，尤其是看着那么多准出道艺人被金向成迫害的证据。

拍摄结束后，大家都在车上讨论梁若的事。比起之前方觉夏父亲吸毒、家暴，一线男团人气成员长期遭受公司高层侵害，退队甩出各种实锤，这样劲爆的丑闻，很明显更加吸人眼球，何况两个事件的中心人物之间还有着千丝万缕的关系，就更耐人寻味。

一直以来被人诽谤的方觉夏，原来是无辜背锅。身为两年全 A 的准出道艺人，离开 Astar 的原因竟然是无法忍受高层的罪行。

花了两三年时间才真正拼凑出完整的剧情，如今也终于被网络上的人津津乐道地传播。

真相大白，打脸反击，这是大家爱看的剧本。

空白页面：我天……这居然是个连环瓜？方觉夏太惨了，美强惨兼职背锅，金向成浑蛋！

红豆年糕丸子汤：梁若也很惨好吧？被迫害这么久，还自杀两次，我现在好担心梁若的安危，希望他以后能开开心心的。

超现实伪装回复红豆年糕丸子汤：一开始可能是真的，没准儿后面就是借着对方的势力上位了吧，说得清清白白的，事实上什么样谁知道，而且都敢露脸说这种事，怕是金向成本身就要垮台了，梁若自己也找到新靠山了吧。

MemeryL 回复超现实伪装：倒也不必把每个人都想得这么坏，他敢站出来说出当年的事，还收集证据给警方，向大众公开，就已经很难得了。

今天的久久也在打卡：细思极恐，Astar 的高层都这样，下面的人……

meiyou：整件事最无辜的就是方觉夏了吧，因为不想同流合污离开公司，没想到还要被倒打一耙，方觉夏实惨，背锅背了这么多年都一声不吭。

我翘永远闪耀：拜托大家不要连坐其他成员，大家都是无辜的，也希望梁若未来一切都好。

谁说我喜欢你：感觉视频的信息量特别大，还有很多暗示……不过看完我的第一反应是，方觉夏真是条好汉。

冬天留给你的：务必彻查金向成事件！谁知道他迫害了多少艺人，垃圾资本家死不足惜！

星空下的吻：前几天看了一个 Astar 内斗的瓜，现在看来好像是真的……终于打到明面上了。

网络上众说纷纭。

事实被切分成许多碎片，选择性地让大家看到，而大家也选择性地去相信自己想相信的，到最后，一切都和最初的本来面目偏离甚远。

哪怕是处在事件中心的方觉夏，也只能窥见一斑，更何况是远在屏幕对面的普通观众。

他早就做好了一辈子与这个谣言纠缠下去的准备，因为这是他自己选择的路，没有怨过谁。但他着实没有想到，梁若竟然会用这么玉石俱焚的方式还他清白。

队友们倒是开心，完成工作回到宿舍之后，凌一甚至打算庆祝："太好了，我们觉夏终于摆脱谣言了，之前真的每次看到我都能气个半死。"

贺子炎也长叹一口气："苦尽甘来啊。"

"真没想到，居然会有那么多受害者。"江森直摇头，"一定要把他抓起来啊。"

"肯定会抓起来的，闹得这么大，这么恶劣，你们看网上的热门了吗？简直民怨沸腾。"路远跳到沙发上，"还有牵扯出来的瓜，说姓金的背后有个大靠山，不久前倒台了，现在他们有了证据，直接查到姓金的头上，老天爷都救不了。"

"真的假的？"

"所以梁若说的其他证据，也包括这个咯？"

大家讨论得热火朝天，裴听颂倒是没有说太多话，只是默默望着方觉夏。裴听颂比任何人都了解他，知道在这时候，方觉夏是绝对不会因为自己被择开而觉得松一口气的，如果是这样，他一开始就不会帮梁若隐瞒当年的事。

他现在一定充满了负担。

"我去倒点喝的，觉夏你帮我一下。"裴听颂拉着方觉夏去到厨房，打开冰箱门。他一面从冰箱里拿出果汁和啤酒，一面开口："你给他打个电话吧。"

方觉夏刚从他手里接过两听冰啤酒，没料到他会说这些，抬眼满是惊讶："啊？"

裴听颂抬手肘合上冰箱门，转过身，脸上的表情有几分别扭："虽然，出于敌对的立场，我非常不愿意你跟梁若说话，一想到他背叛你，我就特别烦。"

他又开始孩子气地说话，但说到一半，脸上的表情又收敛些。

裴听颂望向方觉夏，眼里传递出真诚的鼓励，低声说："但你还是打一个吧，不然你心里会不舒服的，我不想让你对他有负担。"

"反正呢，他怎么样都是比不过我们几个的。"裴听颂笑着拿出几个杯子，"这点自信我还是有的。"

方觉夏却因为他的坦率而笑了出来，还拿手上的啤酒罐冰了一下裴听颂："你每天都在想什么啊？"

"冰死了。"裴听颂被他冰得直往一边躲，直接从他手里把啤酒拿走，脸上带着笑意。

走过来拿零食的路远听了一耳朵："你们在说什么？"

裴听颂面不改色地顺着他的话接下去："谁知道。哎，帮我拿点过去，我拿不了了。"

看着他的背影，方觉夏的心里轻松了许多。

他不得不承认，裴听颂看得很通透。这两年，他一直觉得自己完全放下了，是因为他可以接受对方亏欠自己的状态，所以才能心安理得地切断联系，但如果对调，他非但不觉得扯平，甚至会有负担。

很奇怪，但他就是这样的人。

看着吵吵闹闹的队友，方觉夏最终还是进入房间，走到他的小阳台，低头拨了梁若的电话。

这是方觉夏离开 Astar 之后，第一次主动联系他。

只响了几声，电话就接通。梁若抢了先，在电话那头叫出他的名字，说话的尾音还带着点讶异和怀疑："觉夏？"

"嗯。"方觉夏语气平静地开口询问，"你真的打算离开七曜？"

梁若沉默了两秒："对啊，我早就想好了。哎，你是不是以为我是为了给你挡风头和辟谣才在这时候出来的？不是啦，我这个视频半个月前就录好了，但是提交证据和谈判花了点时间，没想到你后来出事了。"

他又自顾自说："不过看到你出事的时候，我确实挺难受的，所以就直接发出来了，比计划中提前了一点。"他笑起来，"你会不会觉得我现在在讨好你啊？"

"不会，谢谢你。"方觉夏淡淡说。

电话那头，梁若玩笑的语气收敛几分："是我要谢谢你。快三年了，你一直挡在我前面，我像缩头乌龟一样什么都不敢做，还说自己是你朋友，我真的很狡猾吧？"

他其实希望听到方觉夏说是，希望方觉夏怨他几句，好像这样的话，他们之间的距离会更近。

可方觉夏从未在他面前流露过情绪，这次也是一样："我是自愿的。"

他就知道是这样。

方觉夏怎么会把自己行为的动机和他联系起来呢？

"我这次也是自愿的，觉夏。"梁若维持着语气里的笑意，"你知道吗？我以前还特别天真地想，你都从Astar走了还肯护着我的名声，对我总是有那么一点感情的吧，否则怎么会宁愿让别人黑，也不愿意把我供出来呢？"

他真的这样麻痹过自己。

"但我后来渐渐地就明白了，不是因为你对我还有友情，只是因为你是方觉夏，你不想改变自己。"

方觉夏不知道应该怎么回应，他望着阳台上的吊兰，绿色的叶片蜷缩起来，尖端有些发黄。

"谢谢你没有变，"梁若继续说，"否则我也没有勇气在今天站出来。花了快三年时间，我才从当年的你身上学到一点点东西。"

当初一起准备出道的时候，梁若基础差，也没有认识的人，可他什么时候去练习室，方觉夏都在。有一天他终于鼓足勇气，请方觉夏教一教他。

很多时候，无论方觉夏怎么耐心地去教，他都学不会。

到后来，他也失去了这个唯一的朋友。

方觉夏听见他的话，心里有点泛酸："过去的事就让它过去吧。你之后……怎么打算？"

"你放心啦，我这几年也赚够了退休金，又从李董那儿拿了一大笔钱。话说你应该猜到了吧？"

"嗯，我大概猜到了。"从翟缨可以那么顺利地拿到他的月评视频，方觉夏心里就已经清楚，"李落想彻底剐除金向成，这的确是一个好办法。虽然对Astar也会有影响，但慢慢恢复也比看着它烂掉好。"

"对啊，这是高层之间的斗争。我只是一枚棋罢了，不过反正能还我自由，棋子就棋子。"梁若说得很是轻松，"这个圈子我真是待够了，我也不像你那么有天赋有实力，队友也老是针对我，赖着也没什么意思。等到事情处理完了，我就去环游世界，再移民到没有人认识我的地方，像我以前跟你说过的，开一个小咖啡厅，这样就挺好了。至于金向成……"

梁若在电话那头冷笑一声："他犯的罪比你们想象中的还要重，随便算几笔就够他在监狱里待上一辈子了。也真是不枉我当了这么多年的狗，终于让我找到机会反咬一口。"

方觉夏并不关心金向成的罪名，他知道这人是没有底线的，如今落得这种下场，算是多方势力的合作。

"不管怎样，你要保重自己。"他想了很久，还是只能说出这一句。

但听到这一句，梁若已经足够开心："我会的。你放心，像我这样的小人，往往命更长。我一定会比金向成活得久。"

听到他这么说，方觉夏才算放心。梁若本性不坏，他也知道，世界上并不是每个人、每件事都非黑即白，大家都是被推着走。

至少梁若醒了过来，回了头。

"哎觉夏，你给我打电话，裴听颂知道吗？"梁若故意说，"他不会生气吧？"

想到裴听颂，方觉夏的嘴角就不自觉微微扬起，一五一十道："不会，是他劝我跟你联系的。"

梁若在电话那头长长地叹了口气："好吧、好吧。我早该知道的。"

"知道什么？"方觉夏疑惑。

"没什么。"梁若笑笑，"不耽误你时间了大明星，我得去一趟检察院了。"

"嗯。"方觉夏垂下眼帘，是到了说再见的时候。参与过他疲倦青春的一个人，分道扬镳的旧友，兜兜转转又握手言和，但总归是分别的结局。

一切都是命中注定。

听到敲门声，方觉夏回过头，瞥见站在门口的裴听颂，对方手脚比画着轻声询问他，要不要吃比萨。

方觉夏轻轻点头，在挂断电话之前，对梁若说了最后一句：

"希望以后有一天，能去你的咖啡馆喝咖啡。"

那头突然间沉默了。隔了好几秒钟，梁若才再度开口，声音有些发抖，是明显到无法伪装的哭腔。

"好啊，免费喝，想喝多少喝多少。"他又哭又笑，吸了吸鼻子，补上一句，"不过你要是带裴听颂来，要给我双倍小费才行。"

02

梁若退队的当天晚上，Astar官博发布了一条微博。

内容很长，总的来说就是三点：就高层所涉案件端正态度，承诺将配合调查；和梁若和平解约，给予祝福；整治公司风气，还Astar一个光明的未来。

虽然骂声不少，但好在态度摆得很端正，发声也算及时，之前网友们还在担心梁若的合约问题，看到Astar如今直接解除合约，觉得也算是做了件好事。

发生了这样的事，质疑和谩骂不可避免，但也有许多不愿因一个高层牵连整个公司的声音。除了发声，Astar还专门成立了一个艺人反侵害基金会，有二十四小时咨询电话，为所有需要帮助的人提供金钱和法律援助。这一举动大大拉回了网友的印象分，对公司和同公司的艺人的苛责也少了许多。

也是当晚，方觉夏接到一通来自李落的电话。他并没有想到，在Astar紧急公关的时候，李落还有时间给他来电。

"李董，你好。"

方觉夏依旧是那个方觉夏，和当年在海选的时候一样，冷静到极点，语气毫无波澜。在所有人都胆怯犹豫地试图表现自己才能的时候，方觉夏站在那里，就能发光。

"我这通电话来得很迟，"电话那头，李落的语气带了些许愧疚之意，"说到底，当初是我还没有能力主持公道，让这件事拖了这么久，对你造成的后续伤害，可能永远都没有办法弥补回来。"

听他这样说，方觉夏想到了自己当时一腔热血，跑去敲李落办公室门的情形。

那时候的他太天真，以为犯罪的高层人人得而诛之，一定所有人都知道是非对错。但知道又如何，罪犯只手遮天，意味着没有任何人有惩罚权。哪怕是那个时候的李落，也只能沉默。

方觉夏学的是数学，而数学是理想主义者的乐园，他也是其中之一。他习惯了面对数学构建出来的逻辑世界，简单直接，泾渭分明，所有的东西都可以摆在明面上去推理，去验证，结果不会似是而非。定理一经证明，就可以划入绝对正确的范畴。

但他们不是数字，也不是定理，是人。

复杂的人类世界里，有多少东西是"绝对正确"的呢？

"不是的，李董，"方觉夏坦荡地笑了笑，"是我太理想化。我很感激你对我的提拔和帮助，这是我永远都不会忘记的。Astar是我出发的地方，虽然不适合我，但我希望它未来会好起来。"

李落也笑了笑，语带惋惜之意："如果当时我的权力足够大，可以保住你们，可能你的星途就完全不一样了，现在应该也是带着七曜登上顶峰的人了吧。"

方觉夏的确是七曜的预备役。

每一次的评测，他都站在前面，波澜不惊地接受着各个老师的夸赞，一个又一个 A 贴在身上，被捧上公司内部的神坛。大型娱乐公司的准出道艺人数之不尽，出道对他们来说都是未卜，是"可能"。唯独方觉夏，在 Astar 的那两年，每一个人都笃定他一定会从新男团出道。

但越是这样，命运就越戏剧化。

"但我现在是 Kaleido 的一员。"方觉夏不卑不亢，"而且，我不是那个能带领一个团队走向顶峰的人。相反，我现在从身边的每一个人身上都学会了很多，每一步路都是我们并肩走过去的。"

"某种程度上说，我更喜欢现在的状态。"

李落不再多说，他知道从这个倔强的男孩毫不犹豫地离开 Astar 的那天起，他们的命运便再也没有了交集，过去那么一点所谓的知遇之恩其实根本算不了什么，方觉夏这样的人，无论在哪里都会发光，更何况，在 Astar 的那两年，换来了更加长久的诽谤和质疑。

可他依旧对过去的一切抱有感激，并不是他多么包容，多么大度。

而是他始终不愿意改变他的自我。

方觉夏还是那个理想主义者，只是他找到了适合他的乐园。

"那就，祝你有更好的未来。"

梁若退队事件发生后的第三天，金向成也因为多项罪证被逮捕。一路围观的不少网友觉得大快人心，但事情并没有因此而彻底结束。

娱乐圈违法犯罪的案例不止这一桩，也不止 Astar 这一家娱乐公司。整个圈子上上下下充满了"不成文规定"，像方觉夏这样的反抗者少之又少，绝大多数人抱着星梦，在威逼利诱下沦为不自由的受害者。

比起男性，女性受害者更多，她们没有话语权，没有声名显赫的地位，又迫于舆论压力和资本强权，只能默默忍受。梁若作为典型站出来之后，也陆陆续续有一些艺人发声，大多是不太红的小演员，分享她们类似却又不完全一样的遭遇。

除了这个暴露在公众眼前的圈子，还有更多普普通通的行业，也发出不一样的声音。渐渐地，"反行业侵害"成为 个热议话题。依旧有人践踏着受害者的心，说着无关痛痒的风凉话，也依旧有跟风的。

但也有人思考，思考就是进步。

大家不知道这样的话题是不是会随着舆论浪潮的平息而逐渐消失，但至少此刻，它的存在被越来越多的人看见。

过去没有人站出来，并不意味着这种行为是合情合理的。没有抵抗不代表其正确。而现在反侵害的声音出现，更加是一种警醒。这个圈子还有许许多多个梁若，许多个没有被拯救的梁若还在苦海里挣扎。

被迫失去自我的人，也有重新将其找回的权利。

这个秋天，方觉夏的生活就像是一场台风过境，很多自己精心维护的东西都毁于一旦，尽管平安度过，但留给他的也是满目疮痍、断壁残垣。不过好在他足够有耐心，愿意一点点重建。他也相信所有的事总是往好的方向发展。

母亲陪了他一周半的时间，还得回去给孩子们上课，不能久留。离开的那天，方觉夏和裴听颂一起去机场送她，方妈妈眼里噙着泪，舍不得离开儿子。

"以前都是你离开妈妈，去别的地方。"她抹了抹眼泪，"现在换妈妈走，还有点不习惯。"

方觉夏抱了抱她："我很快就回去看你，在家要小心，有什么事要告诉我。"

临走前，方妈妈也抱了抱裴听颂，说着感谢他的话，也像第一次那样，一再嘱咐让方觉夏照顾弟弟。

但方觉夏的心境早就和当初不同，真的说起照顾，他才是被照顾的那一个。

看着方妈妈离开，裴听颂两手插进口袋里："我还以为，阿姨在这儿的时候会想去看看你爸，本来我都准备好了，如果她说，我就安排。"

"她不会的。"方觉夏却摇了摇头，望着飞机场巨大落地窗外的天空，"把所有证据交给我的时候，她就已经死心了。"

这么多年的执念，也让母亲看得更清楚。

她爱的并非那个人，而是那段最美好的回忆。

就像曾经的方觉夏，挣扎反复，为的也不过是过去的那个美好的方平。

时间过得很快，空气中渐渐地出现冬天的气味。干燥，寒冷，进入鼻腔的瞬间整个人都清爽起来。

不想让人觉得是蹭热度，方觉夏故意等了一段时间，等到大家逐渐淡忘他公开家庭和隐疾的事之后，才私底下成立了两个公益基金：一个专门为遗传病研究提供资金帮助，另一个则是救助盲童。

盲童基金的创建，他委托给慈善界一个很可靠的机构，对方也提出想要请他来当机构的代言人，但方觉夏拒绝了，他也没有用自己的姓名去成立基金，想来想去，用了外公的名字。

如果世界上真的有福报这种事，他希望都可以给外公。

凌一在他参加的歌唱竞演节目中获得了第二名的好成绩，也让大家看到了男团主唱的实力，打破了一贯的偏见。贺子炎的电视剧也顺利播出，才放了四集，评分网站就给出了 8.7 分的好成绩。他虽然是男二号，可几乎是毫无缺陷的完美人设，加上之前被扒身世后自带路人怜爱滤镜，人气飞涨。

一直没能回归的翟缨终于也在 Astar 高层换血之后被放出冷藏柜，和队友们一起发了新专辑，反响相当好。《逃生》虽然已经录制结束，但所有人还是很有"团魂"，都在帮空白期很久的翟缨宣传。

方觉夏也不例外，趁着开会前登录上去，转发了翟缨的微博。

Kaleido 方觉夏：终于回归了，恭喜！

凌一看到之后还吐槽："觉夏，你和小缨关系这么好，在微博互动的频率快赶上和我们的了，也不怕你女友粉生气。"

"还女友粉呢。"路远笑道，"他上次在采访的时候，别人问他喜欢什么样的女生，他一本正经说'没有这个想法'。"

"哈哈哈！"

方觉夏有些不好意思，只好扯回话题："不会的，粉丝都知道我们只是朋友。"

的确像他说的，粉丝并没有在意自己的偶像和另一个女团成员互动的事，但她们抓住了另一点。

全世界最好的风景线：是好朋友就要跳好朋友的舞！

我的发际线很不错：恭喜回归！新专辑主打歌超好听的！某些人别光顾着转微博啊，翻跳翻唱才是真兄弟！

觉夏哥哥的小胎记：女团舞！女团舞！女团舞！

今天方觉夏跳女团舞了吗：哥哥你看，我连 ID 都给你改好了。

方觉夏圈外亲妹：我的天，你看这次编舞多好看啊，多飒多美，风景线你不心动吗？心动不如行动！P.S. 翟姐，打歌服可不可以借一下？

这展开……

谁能想到根本没有粉丝在意，她们只想看自己正主跳女团舞。看到这铺天盖地的请求，方觉夏只能装死，反正他一向戒网，问就是一无所知。

裴听颂倒是翻他评论翻得起劲儿，本来之前小号冲浪，特意切了大号心胸宽广地帮忙翟缨宣传，回到方觉夏的微博底下，破天荒想和粉丝互动一下，没想到大家居然另辟蹊径，求起女团舞翻跳了。

这是个好主意啊！裴听颂霎时间视野宽阔。他之前怎么没想到呢？

看评论都已经无法知足，他甚至在微博搜索了"方觉夏女团舞"的词条。

/112/

同一个世界，同一个愿望。

程羌开会的主要目的还是年前的最后安排："冬日专辑的录音工作基本完成了，公司初步定在圣诞节的时候发。年末大家会比较忙，有四五个颁奖礼，还有各个平台的晚会，所以你们的状态要给我调整好了，虽然不是靠脸吃饭，但是脸好歹也是你们的加分项。对了，下个月淼淼的电影就要在电影节首映，大家也全部出席。"

"耶！要去看淼淼的戏了！"

江淼捂着自己的心口："好紧张。"

"最近大家都辛苦了，我看你们的个人行程基本都没了吧，比赛比完了，节目录完了，戏也上了……"程羌检查了一下，确实都结束了，也正好赶到一起，"挺好的，大家可以放几天小假。"

一听到放假，凌一立刻举起胳膊："提问！"

路远心有灵犀地打起了配合："四个字！"

裴听颂白眼一翻："又来了，他们又要问马尔代夫了。"

凌一却甩锅到他身上："我没有！不是我！是小裴！"

见他背锅，方觉夏忍不住笑起来。

"说起这个，"程羌把文件往桌子上一放，"陈总的朋友开了一个豪华温泉度假村，就在市区周边。前两天陈总还让我问你们想不想去来着。"

"去！当然去！"凌一又小声问，"那马尔代夫呢？"

程羌叹口气："要去的，都说了会去录团综的。"说完他就安排好度假村的事，"那就明天出发去度假村，那边人少，清静，你们去休息两天，回来再给我好好工作。"

江淼问："那羌哥你呢？"

"我就不去了，让小文跟着你们，有事联系我。"

一直没吭声躲着悄悄刷微博的贺子炎突然间说了一句："我天。"其他几个人纷纷回头："怎么了？"

"小裴。"贺子炎拿起手机，"你吃瓜怎么不切号啊？你手滑点赞了不知道啊？"

"什么？"裴听颂一惊，想到自己刚刚浏览过的那些东西，立刻拿出自己的手机查看点赞。

"真的欸！"凌一看到他的点赞立刻发出了没人性的嘲笑，"你这个道貌岸然的家伙！"

江淼还有点奇怪："该不会是点赞骂队友的吧？"

"不会吧，我的小少爷？"程羌差点急了，"你别给我瞎搞啊，我现在看到

'公关'两个字就想吐，你再这样我收你账号了！"

"哎呀不是。"已经查看了微博的路远连着喷了几声，看向还浑然不知的方觉夏："觉夏，你把他当队友，他把你……"

裴听颂急了就骂："什么乱七八糟的你给我闭嘴，不然我打断你的腿！"

贺子炎看热闹不嫌事大："哦嚯。他急了他急了，急出两个单押了。"

只有方觉夏一脸莫名，他也拿出手机，点开了裴听颂的点赞列表，竟然是一条转发几千评论也有好几千的粉丝微博。

漂亮宝贝楚楚可怜：托小漂亮的福去看了翟姐新专辑的视频，编舞respect。副歌的动作真的不要太适合我们小漂亮。

姐妹们，快去留言！你不闹，我不闹，风景线何时把舞跳！你一催，我一催，风景线明天更比今天美！

"裴听颂……"方觉夏把手机往桌上一扣，吓得裴听颂一抖。

"你刷微博都在看些什么东西？"

03

裴听颂立刻为自己辩驳："不是的！我真的是不小心手滑！"

凌一却不信，贱兮兮凑过去："你这可是大号欸，手滑能滑到粉丝微博上啊？"

"真相只有一个。"路远毫不留情地拆穿，"小裴搜关键词了。"

"关键词……"江淼故作无辜地问，"难不成是'觉夏女团舞'？"

"啧啧啧。"贺子炎伸出食指隔空点了点裴听颂，"我的队友是我粉丝系列。"

方觉夏此时此刻已经没脸面对众人了，只能拿眼神剜裴听颂。这微博写得这么过分，居然被他手滑点赞了。

这都是什么事啊。

平常方觉夏哪里会不高兴，他就跟个冷面热心的小菩萨似的，这一下可算是真的把他给气到了，一向脾气最大的裴听颂也只好赶紧认怂。

"下次不要这么乱搞了。"程羌也开始数落他，"得亏不是骂队友或者其他什么乱七八糟的瓜，不然又得上热门。我现在看到热门出现你们几个的名字都害怕。"

凌一立刻狗腿子地点头附和："对啊，刷微博切记用小号！"

"什么小号小号的。"程羌拿文件敲了一下凌一的头，"上次我就说过了不要搞小号，迟早被扒出来，扒出来又是一堆破事。"

裴听颂不服："我小号干干净净，保证扒无可扒。"

凌一小声吐槽："信你有鬼。"

"行了，都老实点吧，我可不想再过那种一睁眼你们几个全在头条上的日子了。"程羌最后说了几句就结束了会议，又让司机开车把他们送回宿舍。

一上车，方觉夏就和江淼换了位子靠窗坐下，不愿意挨着裴听颂，裴听颂好几次暗示他都没有用，夹在两个人中间的江淼也只能憋笑。

虽然裴听颂的点赞取消了，可他手滑都被贺子炎发现了，也经过挺长一段时间，早就被戴着显微镜度日的粉丝发现了，帖子不断。

刷屏的又何止网上的粉丝，Kaleido 四人小群也是热闹得不行。

国家一级翻花手表演艺术家：这个手滑有点东西。

破折号本号：什么东西？

你火哥还是你火哥：我都怀疑他是故意的了，裴听颂是不是在给我们暗示什么？

破折号本号：暗示什么？让我听听！

居家必备好队长：你们别乱说话啊，我夹在他俩中间都不敢看你们的消息。

你火哥还是你火哥：觉夏真生气了？不应该啊……

看到贺子炎发的消息，江淼侧头确认了一下方觉夏的状态，戴着耳机闭目养神，看着像是什么都没发生似的，但嘴唇微微抿着，一看就不是放松的状态，他又把头扭向另一边，瞧见裴听颂歪在窗户边，手握手机飞快打字，一刻也停不下来。

好不容易回到宿舍，方觉夏一回来就往自己的房间里钻，凌一也跟着钻进来："觉夏啊，我们一起收拾行李吧。"

方觉夏把外套脱了，手机拿出来，满屏幕的微信提示，折叠了 20 条，全是裴听颂发来的，他也懒得看，应了凌一，两个人一起收拾起明天去温泉度假村的东西。凌一是个小孩子心性，说是收行李，一半都是吃的玩的，收到一半，贺子炎在外面喊凌一去打游戏。

"来了来了。"凌一就赶紧飞快收一收，把自己的行李箱合上："我去啦。"

"嗯。"方觉夏从衣柜里拿出来一件黑色毛衣，铺在床上认认真真叠好，也不知道怎么回事，一看见这件毛衣，他就想到之前跟裴听颂一起拍杂志的时候。

不知不觉走了神，忽然间，一堆衣服落到他的床上。方觉夏回了神，直起腰却看见裴听颂站在他旁边，扔衣服的手还悬在半空没收回去。

"你干吗？"方觉夏皱起眉，"谁让你进来的？"

"还生我气啊。"裴听颂靠近些，可刚凑过去就被方觉夏给一把推开。方觉夏眼睛瞪着他，像只急了的兔子："你过来干什么？把我床也弄乱了。"

"我弄乱怎么了？"裴听颂小声说。

方觉夏咬了咬后槽牙："裴听颂……"

"我真的知道错了，我承认我是搜了一下，但是没想点赞来着……"裴听颂试探地拉住方觉夏的袖子，把他的针织衫袖子拉得老长，"我行李箱坏了，衣服没地儿装，可以和你的行李装一起吗？"说完他立刻添了一句，"当然了是我拿箱子，我全程当你的小跟班。"

方觉夏抿了抿嘴唇："真的坏了？"

"真的，你要不过去检查一下？轮子掉了。"

眼睛瞟到他拿过来的那堆衣服，里面还有那件深棕色风衣。方觉夏也不知道自己是什么毛病，每次想生气的时候脑子里就自动冒出裴听颂的各种好，搞得自己根本也不忍心生气。

"就去两天，带不了这么多衣服。"方觉夏闷声闷气说。

听到他这句话，裴听颂就知道自己成功一半了，语气都忍不住愉悦起来："我是想让你帮我挑，你说带哪件我就带哪件。"

方觉夏没吭声，但已经开始拣选床上的衣服。

两个人正收拾着，突然听见外面的动静，凌一回来了，嘴里还喊着"觉夏"。

"你们在干吗？"凌一手里拿着半支棒棒冰，递给方觉夏另一半。方觉夏摇了摇头："凉。"

裴听颂夺走另外半支，站起来往外走："我箱子坏了，把衣服放觉夏箱子里。"

凌一想起什么，追在他屁股后头："小裴，他们说你买了一台新游戏机，能借我玩儿两天吗？防不防水？掉温泉里会坏吗……"

第二天上午，小文带着司机来接他们，目的地还挺远，路上的时间不短，大家一开始还闹腾，后来闹不动就睡着了，到了目的地才挨个被叫醒。

一下车就有几个统一着装的工作人员来接，领头的一身笔挺西装，彬彬有礼，带着他们进入度假村。和方觉夏想象中不太一样，原以为会是大片气派建筑，没想到风景这么秀丽，绿树环绕，远山青黛，一点也不像温泉会所。入口处不是阔气的大门，而是一株极大的银杏古树，满地金黄，侧边有一条小径，指路标上有几个字，还都是手刻的。

方觉夏环视一圈，忍不住说："这里风景真好。"

领头的男人微笑道："我们这里是取两山之间的一块连着湖泊的平地建的，面积很大，在保持山水原貌的基础上建造了一些建筑，里面的温泉也都是天然泉，很适合疗养休息。"

大概是温泉众多的原因，远远望着里面一片白茫茫的雾气，缥缈于山色之中，除了青绿、苍黄，里面的树木还掺着许多热烈的红，大约是枫树。

难怪老板说是个好地方，果然不错，私密又漂亮，从外面看来就是一处山景，进去了才知别有洞天。

路远开玩笑说："这地儿漂亮啊。我们跟来这儿修仙似的。"

"空气好好哦。"凌一猛地吸了一口新鲜空气，"我感觉整个人都舒服了。"

工作人员带着他们朝里走，一路上景致丰富，假山重叠，每一棵树都仿佛是精心设计过的，连见惯了好地方一向挑剔的裴听颂都肯定道："是还行。"

"我们这里包含很多娱乐项目，除了一般的看电影、唱歌、打高尔夫，还可以骑马、攀登、野餐、喂孔雀。"说着工作人员又笑了笑，"当然，请放心，我们这里是预约制，这两天只招待各位，大家可以放宽心，尽情放松享受。我们这边的保密性和私隐性都很过关。"

"老板这次真是给力。"

"太好了，终于不用躲着藏着玩儿了，"凌一已经跃跃欲试，"所有的项目我都要玩！"

领头人看了看表，示意其他几个工作人员拿着行李离开，又对方觉夏他们说："现在已经是午餐时间，我们为各位准备了特色的私房餐点，请跟我们来。"

他们被带到一处灿然金黄的银杏林，沿着鹅卵小径绕进去，里面是一间风格古朴雅致的雕梁小阁。这里就是他们用午餐的地方了。窗沿很宽，坐在里面望出去，秋风卷着银杏叶。

刚落座，身穿白衣的服务生就端上来一碟凉菜，切碎的马齿苋焯水后拌上烟熏火腿丁，最下面垫着鸡汤煨熟的茭白丝。

"真费心思。"江淼说，"光是这盘凉菜，就吃遍秋天的味道了。"

别说从小吃西餐的裴听颂认不出来，连凌一都认不出："这是什么菜？叶子圆圆的好可爱。"

"马齿苋，一种野菜，对身体好。"江淼给大家一人舀了一小勺，方觉夏尝了一点，一口下去满是山野清香，茭白柔韧，果然好吃。

第二道菜也跟着上来，是方觉夏喜欢的汤，他伸手揭了盖子，香气清郁。

上菜的服务生介绍说："这是用白果、山参和三黄鸡吊的高汤，石斑鱼片成片滚了一道，各位趁热吃鱼，吃完鱼再喝汤。"

贺子炎捞了鱼片："太讲究了。"

路远尝了鱼，又鲜又嫩："上次吃的那家私房菜也特精致，但那是专门做菜的，这家温泉会所弄得这么好还真是难得。"

其他菜也陆续上来，每一样都是时令佳肴，他们平时工作忙，吃饭总是不规律，有时候为了身材管理甚至不吃饭，胃都不太好，尤其方觉夏，经常胃痛。

裴听颂自己顾不上吃，舀了碗汤，细心地用小瓷勺搅了搅，凉凉些后直接放到方觉夏跟前。

"哟，老幺眼里只有一个哥哥啊。"路远拿筷子敲了一下碗边。

"只有觉夏哥哥，"贺子炎握着筷子调侃，"其他的都不是哥哥了。"

04

面对队友的调侃，裴听颂给每个人都盛了汤，难得做一回好弟弟。

菜肴新鲜又多样，这几个习惯了工作时随便解决吃饭问题的家伙难得品尝享受了一顿，边聊边吃，一顿饭下来吃了很久。

商量好了下午去骑马，工作人员先带他们回到各自的住所。休息区地方大，六个人一人一套温泉别墅，每一套的院落里都有一汪私泉，山石围挡，银杏和桂树环绕，私密又漂亮。

换了这里提供的马术服装，六个人从休息区出来，坐着游园车去到骑马场。裴听颂是正经混过马术俱乐部的人，一切驾轻就熟，挑了匹顺眼的就翻身上马，扯着缰绳走了几步。

他一身米色马术装，头盔下眉眼英挺，游刃有余地驾驭马匹，在跑道上飞驰，浑身都带风。

这样的画面实在赏心悦目。

虽然环境不错，但总归不是专业的马术俱乐部，马不够多。一向有点害怕大型动物的江淼提出自己不玩，坐到休息伞下看他们玩。虽说上次拍摄的时候也接触了马，但和这种跑起来的不太一样，方觉夏有点怕，跟着江淼一起去休息。

"真吓人。"江淼拿起桌上的果汁，拧开一瓶给了方觉夏，另一瓶自己喝，"喝点水。"

方觉夏想到他拍戏，嘴角微扬："淼哥，到时候如果让你拍古装要骑马怎么办？"

这倒是难住江淼了，他喝水的动作都顿了一顿："嗯……演戏的话，没办法就还是得硬着头皮上。"

方觉夏看得出来他是真的喜欢演戏，上次去探班，在片场的监视器边站着看他拍戏，很有感觉。

"你这么敬业,以后一定会有更多的戏拍。"方觉夏说。

江森放下玻璃瓶:"那你呢?如果团体活动到一定程度,可以自由发展自己的事业了,你想做什么?"

方觉夏认真地思考了一下:"还是唱歌跳舞吧,创作歌手也不错。我就是很喜欢舞台。"说完他又看向江森,眼神清澈,"不过我还是喜欢和你们一起。大家平时有什么工作就去做,回来之后我们六个人能合体,再站到台上,十年后也想这样。"

他不知不觉说出了心里话,十分惬意地伸长了腿,靠在椅子上喃喃道:"不知道到时候还会不会有人听我们唱歌呢……"

十米开外的凌一搞定不了他的那匹马,教练只好上去和他一起,可他还是不停叫着:"啊啊,我的屁股颠得好痛!"其他三个还在马上的都停下来看他笑话,方觉夏坐在椅子上,也忍不住笑起来。

江森默默望着方觉夏,那张在外人看来总是冷漠的面孔,其实笑起来很柔软。

"觉夏,这一年你变了很多。"

听到这句话,方觉夏脸上的笑容收了收,回头向队长望去,眼神中有淡淡的讶异。

"其实也不是变,"江森笑了笑,"应该说是你终于卸下防备了。"

江森是一个温柔的观察者,这一点方觉夏很早就知道,他也不否认,这一年他的确放下了很多过去放不下的东西,学会释怀,也学会拥抱。

"嗯。"方觉夏望着不远处潇洒驰骋的裴听颂,"人是相互影响的动物。"

江森顺着他的视线望去,嘴角浮起了然的笑意:"是啊。

"不过十年怎么够,我们有太多个十年了。"

方觉夏回头对他笑了一下,又呷了一小口甜杏汁。

"我教你们?"跑了三圈之后的裴听颂扯了扯马缰,慢下来踱步到方觉夏和江森的面前:"森哥来吗?"

光是看到马过来,江森就不自觉地后仰,只想躲着:"还是不了,你载觉夏骑两圈吧。"

见他这么害怕,裴听颂也不勉强,只拉了方觉夏上马,从后护住。一开始方觉夏还有些害怕,渐渐地也找到了节奏。

贺子炎和路远一人一匹马并肩站在不远处。

"我屁股好疼啊!我不要骑了!"可怜的凌一在马上蹬着小短腿,也没人救他。

他们玩够了,太阳也玩够了,拖着最后的光晕躲进远山的棱角间,晚秋的日头很短，天黑得快，风也凉，晚上泡温泉再好不过。在骑马场摸爬滚打一下午，方觉夏不想这样去泡汤，于是大家商量着先回去冲个澡再去泡温泉。

六个人的住所挨在一块，但院落有别，中间又夹着幽径小道，也有些距离。大家吵吵闹闹地进来，一个一个钻进自己的房子里，方觉夏的房子在最里面，靠着一片湖，挥别其他人，就剩下他自己，周围一下子变得很静。

他目的性强，都没有看看自己的卧室是什么样，直接进了浴室，动作即便迅速，可也赶不上仓皇落幕的黄昏。关上淋浴，窗外已是一片漆黑。

淅沥水声方止，外头便传来敲门声。方觉夏光脚站在黑色瓷砖上，抽了搭在架子上的浴衣往身上披。打开浴室门，方觉夏踩了双拖鞋，裹紧浴衣沿着傍依私泉的长廊走过去。廊檐吊着灯笼，勉强可以视物，踏着银杏叶走到入口，开了门。

站在木门外的除了裴听颂再无其他人，一身墨色浴衣，吹到半干的头发松散随意，被门外的银杏一衬，有种介于少年和成熟男人的气质。

方觉夏没说话，似乎也不意外，只抬手将湿发往后撩去，露出光洁雪白的前额。

两人动身往温泉去。

05

院子里的温泉水是乳白色，氤氲着热雾，很暖，身体浸入其中，每一寸肌肉都得到舒展。

"真舒服。"裴听颂挨在泉池边缘，仰头靠在青石板上，"我以后也要弄一个温泉在家里。"

方觉夏听不下去，道："你以为温泉是说有就有的吗？又不是你拿来杀鱼的游泳池。"

裴听颂被他说得傻笑起来。

"我以前喜欢高科技、简约的住宅风格，黑白灰那种基调，就觉得 less is more（少即是多）。今天突然发现，那样的一点都不好。"裴听颂道，"如果哪天隐退，提前过退休生活，我要请最好的设计师，把我的房子布置得很漂亮，种满植物。"

他抬头望着温泉边的巨大银杏："银杏好看，枫叶也不错，还有山茶，哦对，还有那种爬满一整面墙的藤本月季，最好再有一片洋桔梗……"

方觉夏轻轻笑着，昏昏欲睡。

想开花房吗，傻小子？

"我现在就能想象到花丛的样子。"裴听颂走了神，沉默了一会儿，起了阵秋风，零星银杏叶被吹落，其中一片不偏不倚落在方觉夏的肩头。

裴听颂这时候才回过神，轻轻拈去叶子，自嘲地笑了笑。

"你能想象吗？我以前最讨厌花了。"

方觉夏累坏了，沉沉睡去。裴听颂久久没得到回应，才发现这家伙已经进入梦乡。

"这样都能睡着啊。"

怕他着凉，裴听颂只好把他叫醒，送他回到房间，盖上被子好好睡。

床头隐隐传来些许清苦的香气，裴听颂才发现这里摆着一盆很特别的花，花瓣是接近墨色的深红。不知怎的，有一朵极盛的落在了盆外，裴听颂用手拿起来，手指捏着花茎转了转，又嗅了一下。

最后把它放在了方觉夏的枕边，深红色的花瓣衬得眼角胎记柔和。

等到醒来的时候，方觉夏发现床头的小灯亮着，柜子上摆了杯水。

他伸出一只手到被子外，又懒散地缩回来，喊了一声"裴听颂"，然后又在被子里蹭了蹭，忽然发现枕头边落了朵暗红色的花。

没多久对方就过来了，还是穿着那套他出来时穿的墨色浴衣："醒了？"

"我睡了多久？"方觉夏跟只猫似的，眯着眼。

"两个小时，现在是晚上十一点。"裴听颂把床头的水端来，递到他跟前。

方觉夏接过杯子喝水，把找到的那朵花给他看。

"好看吗？"裴听颂指了指床头柜上的盆栽，"这个，不知道是什么花。"

"山茶。"妈妈以前也种过，茶花很好认，这种颜色更是特殊。方觉夏把杯子递给他："这个品种好像是……"想着，他忽然间笑起来，没头没脑说了一句，"好巧啊。"

裴听颂的表情有些疑惑。

"黑骑士，"方觉夏把花插到他浴衣的口袋，嘴角带笑，"一个不常见的品种。"

黑骑士。裴听颂在心里念了几遍这个名字。

生活之所以令人留恋，就是因为藏了太多这种奇妙的巧合吧。

"我决定了，别的不说，裴听颂的家里一定要种黑骑士和白桔梗，这两个少不了。"他孩子气地宣布了自己的决定，将花取下，放在桌上，然后招呼方觉夏，男孩和男人的转换在他身上总是一瞬间的事，"正好我刚刚叫了餐，起来吃一点。"

方觉夏喝了水，卷了被子转过去背对他："还想睡。"

"先吃饭。"裴听颂说完就走,听见动静,方觉夏还扭头悄悄看了一眼,原来他弄了张小桌案,搬过来放到床上。

菜也都是很精致的,一小碟一小碟,足足有六七盘。

"快吃吧。"

接过他递来的筷子,方觉夏忽然发现他手上有一处红红的,像是被烫了:"这里怎么回事?"他拿筷子点了点,"烫着了?有没有冲凉水?"

"哦,刚刚……"裴听颂一下子没想好借口,干脆说了,"本来是煮面给你吃的,被面汤溅了一下,不过感觉煮得也不是很好吃,就叫餐了,来得也很快。"

盯着那一小块红色,方觉夏忽然说:"可我想吃面。"

"啊?"

方觉夏冲他点头:"我就很想吃面,你快去帮我端过来。"

"真的不好吃,这里有这么多好吃的。"

"但我想吃啊,快去快去,这次不要烫到手。"

拗不过他,裴听颂只好一边念叨一边走过去端来自己失败的作品:"少吃点,多吃菜。"

方觉夏的胃口一向不算太好,可吃他煮的面却特别香。裴听颂一直往他碗里夹菜,让他一起吃。

"你煮的面很好吃。"方觉夏认真说,"过生日那次也很好吃,以后还会煮吗?"

裴听颂笑了出来。

还真是个好哥哥。

正吃着,方觉夏的手机振了振,裴听颂替他瞟了一眼:"你室友又来了,这家伙真够闹腾的。"

方觉夏放下手机:"他说他们在路远的房间玩游戏,问我们要不要去。"

裴听颂知道方觉夏有点想去,他现在都能一眼看穿方觉夏的想法,于是拿吃饭交换,道:"你把这个鸡蛋羹吃完了我就去。"

鸡蛋羹吃完。更深露重,裴听颂的行李都在方觉夏的箱子里,两人正好换上厚实点的衣服,去到路远住的地方。刚进院子就听见他们的笑声,路远的房间有点和风,拉开门,方觉夏差点没认出来凌一,脸都被画成花猫了。

"你怎么弄成这样了?"方觉夏上手搓了两下,也搓不掉,还弄到自己手上。

"他们欺负我!"凌一直接就往方觉夏身上扑,被人拎着衣领弄开。

盘腿坐在地上的路远仰着脖子说:"你们可小心啊,这家伙刚刚喝了酒,小心他乱来。"

"我哪有?!"凌一红着脸反驳,"而且我就喝了一点点。"

路远"哼"了一声:"你喝得还少吗?"

"过来坐啊。"江淼拉过来两个榻榻米坐垫。

方觉夏坐下,问道:"你们刚刚在玩什么?好玩吗?"

江淼把手边的扑克牌推到一边:"他们之前玩斗地主,凌一老是输,就不让我们玩了,你们过来的时候我们正好准备玩真心话大冒险。"

贺子炎伸了个懒腰:"对啊,我们很久没有玩了。"

他们刚出道的时候,很糊,没那么多工作,经常在周末聊天到半夜,玩到半夜,和大学时候的男生宿舍一样。

"那转瓶子吧,简单方便。"路远拿出一个喝空的波子汽水瓶放在地上,招呼着让他们围坐好,准备转瓶子,"开始了啊。"

第一下,瓶口停在了贺子炎的面前,他选了真心话。路远递上来两个之前就准备好的惩罚盒,一个是真心话,一个是大冒险,里面都是他们四个写好的字条。贺子炎随手一抽,拿出来说:"你的恋爱取向是……"

他没怎么看懂。

字条是路远写的,解释道:"我这意思是你恋爱时喜欢什么样的人。"

"哦,这意思啊。"贺子炎大大咧咧道,"长得好看的,腿长的,性格就善解人意的。"

"你这也太没劲了,"裴听颂嫌弃,"不知道的以为你在录节目呢。"

六个人在路远的房子待到了凌晨三四点,最先睡着的是凌一,本来还在玩扑克牌,轮到他出牌时才发现这家伙已经趴在地板上睡着了。路远把他拖到床上,给他盖了被子,又和其他几人喝酒聊天。方觉夏一喝就醉,这次的酒度数高,都没给他醉酒发挥的机会就直接倒了。时间不早,剩下几人也准备睡觉。

裴听颂没怎么喝,扶着方觉夏去了另一个房间。也不知怎的,方觉夏又清醒了一点,缠着他,一直让他讲故事,裴听颂只好答应。

"你给我讲故事。"

"好啊。"裴听颂给他讲 Lily 和小算盘的故事,讲到方觉夏睡着。

第二天大家都睡到了中午,下午去喂了喂孔雀。凌一不听劝,穿了件花里胡哨的镭射外套,引得好几只公孔雀追着他开屏,这一幕被路远拍下来,还发到了微博上,从此凌一被粉丝戏称为"人间孔雀"。

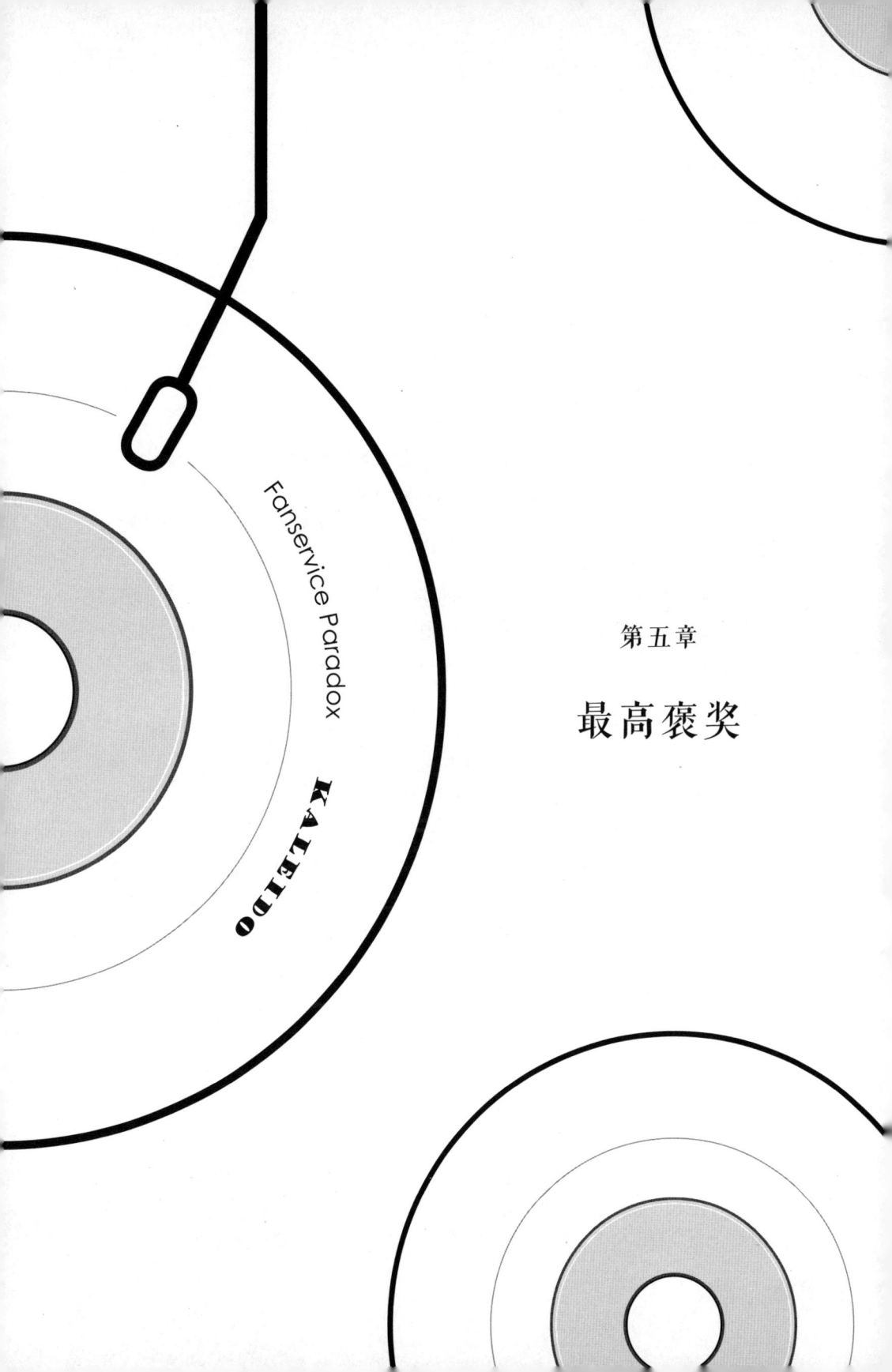

Fanservice Paradox

KALEIDO

第五章

最高褒奖

01

离开温泉度假村，Kaleido 又投入繁忙的工作中。

年末是娱乐圈工作最忙碌的时间段，各大颁奖典礼、电影节以及众多平台的年末晚会都扎堆在这个时间点举办，红毯上争奇斗艳，合影时姿态万千。过去的 Kaleido 在年末的时候一向没有姓名，别说上台表演，就连简单一张入场券都拿不到。

但现在不一样了，这一年的 Kaleido 蹿红速度几乎无人能及，是绝对的年度焦点，加上红起来靠的是实力和才华，往往长久，谁都愿意结交亲近，以后好行个方便。就连电影节都邀请了他们参加，不过江淼是和剧组一起走红毯，剩下五个人另外入场。

进场的时候，他们还特意排练了一遍新的开场白，这次没有队长喊"一、二、三"，喊的人变成了凌一，大嗓门一亮，瞬间有种喊麦现场的感觉。

"大家好！我们是——江淼的五个拖油瓶！"

就连手势"K"都变成了伸出来的五根手指。

现场大家瞬间笑翻。这一段也被放到了网上，转发出圈，"相声男团卡莱多"的词条又一次上了热门，之前非常经典的梗也跟着一起放出，算是变相宣传了电影。本来只是一个小众文艺片，因为有了大热男团成员的加入，首日票房就破亿，连导演都发微博感谢演员和观众。

影评逐渐释出，或许是角色适宜又有悲剧色彩，网上对于江淼的初次试水都给出了不错的评价，口碑不断升温，甚至有人预言江淼会被提名最佳新人和最佳男配角。

电影节一过，剩下的就是密集的颁奖礼，Kelaido 关注度高，一年内手握两张爆火专辑，几乎是横扫各大音乐颁奖礼。

"最近的邀请函真多到挑都挑不过来，好几个还得赶场子去参加。"程羌趁着他们合体拍完冬日专辑主打歌的 MV，在片场顺便说了说行程，"不过有一个撞了 BMA，就不去了。BMA 含金量最高，就是最后没拿奖也得参加。"

一说到 BMA 凌一就激动："求求了，中一个吧，让我们幸运一次吧。"

"哪有这么简单的。"路远感叹，"BMA 的评审是出了名的挑剔，从来都没有偶像团体入围过，咱们能被提名都已经是被金蛋砸中了。"

裴听颂顺着说："可不是，官宣提名名单那天咱们的黑帖简直呈井喷式增长，我差点就要在微博骂人了。"

方觉夏想到什么，扭头看他："你不是已经骂了吗？"

"欸？是吗？"裴听颂眨眨眼，好像找回点记忆，"哎呀，骂多了记不清了。"

程芜叹了口气："大家也不能这么气馁啊，要是真的能在 BMA 拿奖，你们就发达了。"

按照星图的策划，迷你冬日专辑 *Xmas&U*（《圣诞与你》）在 12 月 25 日圣诞节发行，这也是 Kaleido 的出道纪念日。巧的是，BMA 这一年度的颁奖盛典也安排在了圣诞节，为了 BMA 舞台的第一次亮相，也为了给粉丝一个周年特别舞台，Kaleido remix（重新编排）了《破阵》和 *Last Summer*，也准备了冬日专辑新主打歌的首舞台。

自从官宣了 Kaleido 会出席 BMA，粉丝就天天在官博留言，由于呼声太高，Kaleido 的舞台又一向出彩，BMA 特别延长了他们的表演时间，于是他们也特意编排了一个过门表演，成员两两出场。贺子炎充当 DJ 和凌一合作非主打歌 *Ice War*（《冰战》）；江淼和路远双人舞；裴听颂则和方觉夏一起，演唱非主打歌《狩猎》。

颁奖礼是直播，来的歌手和团体众多，开场表演是梁若退队后的七曜。方觉夏在后台听着，心中不免唏嘘。

"你冷吗？"裴听颂问，方觉夏的演出服很薄，是有些欧洲中世纪风格的白色衬衫，外面披黑色斗篷。

方觉夏摇头，小声说："我有点紧张。"

他今天化的妆很特别，为了搭配《狩猎》的风格，嘴角特意画出一段血迹，眼线也勾得很诱，用这样一张脸说这种可爱的话，有种怪异的萌感。

裴听颂把自己戴着手套的手伸出去："给你咬一下，咬了就不紧张了。"

"你今天才是吸血鬼好吗？"方觉夏说的是裴听颂的妆造，不过他看到手套习惯性就想摘下来，也不知道是什么条件反应，可刚扯了一下，就被裴听颂拦住："别闹，一会儿要上台了。"

好吧。方觉夏在心里放过了他。

候场的时间总是过得飞快，一下子就顺到了他们。趁着灯光暗下来，舞台完全漆黑的时候，他们六个人通过升降台上场，贺子炎和凌一在舞台的左边，江淼和路远在右边，裴听颂和方觉夏则在中间。

音乐声响起，先是左边的聚光灯亮起，凌一一开嗓，台下的粉丝就爆发出惊人的尖叫。

方觉夏始终在一片漆黑之中，听着队友们的演唱，裴听颂抓着他的胳膊，直到听见工作人员在耳返里说准备切机位的时候，他才站开。

中间的聚光灯亮起，还没开始，尖叫声就如海浪一样朝他们涌来，裴听颂握手麦从一旁走出，这次并没有出现他一贯连炮式rap，而是有些慢的节奏，配上充满了仪式感的音乐，甚至有种病娇感。

"从我指尖里渗出的热浪，在你脊背这山脉上流亡。"

他的手扯开衣领："战栗的毛孔咬紧我不放，谁神经末梢在尽情抓狂。血管滚烫，腥甜岩浆……"

语速跟随beat（节奏）加快，他挑了挑眉："放谁的血来掩盖我欲望，望一眼你就能挖走我心脏。"

伸出食指打着圈，裴听颂勾起嘴角："厮磨曲线，不够抽象，动物的本能怎么会说谎，再神圣都该被腥臊来弄脏。"

音乐变化，中间的另一盏聚光灯亮起，身披黑色斗篷的方觉夏出现，开始了hook（副歌记忆点）部分。

"你要为我烧光热血。"

方觉夏在很多人的心中和高冷挂钩，连唱腔也都是空灵的，不落地。他很少用这种含着气的迷幻唱腔，每一个尾音都勾人，像一个技法娴熟的勾魂者。

"要为我一吻湮灭。"

"为我力竭。"

"在我的身体里覆灭。"

他的手抬到肩头，褪下黑色的斗篷，露出完整的面貌。

"谁让你，爱上一场狩猎。"

音乐再一次变化，remix后的收尾承接了一开始贺子炎和凌一的 *Ice War*。裴听颂用他极富磁性的音色开始念出英文念白，是 *Ice War* 开头过门的歌词，但被他们改编成中世纪的风格。

"I'll be your wicked resister."

我会成为你棘手的反抗者。

方觉夏用花腔吟唱的技法唱诗般为裴听颂和声，如同沉吟，飘如谪仙，和之前那个用勾人唱腔的他判若两人。

"Your unbroken martyr."

你坚不可摧的殉道者。

"Your faithful warrior."

你忠诚的战士。

他本是一步步朝前走着,却突然停下了脚步,转过身。

"No. Ain't your innocent younger lover."

不,我才不要做你天真无邪的年轻爱人。

镜头下,完成一场狩猎后的裴听颂与方觉夏狭路相逢。

"I'm your bloody master."

我要做你残暴的拥有者。

02

台下的粉丝瞬间沸腾。

方觉夏抬眼,挑了挑眉,眼尾的红与眼神中的高傲糅合在一起,呈现一种奇妙的化学反应。

裴听颂勾起嘴角,走位到方觉夏身边。在鼎沸的欢呼声中,剩下的四位成员也从不同方向走到舞台的中央。灯光全部亮起,布景宏大,六人集结成团。

BMA 的年度颁奖礼是音乐界重要的盛事之一,无论是音响效果还是舞台布景都是业内顶级。这也是 Kaleido 出道以来第一次登上这么盛大的舞台。

他们先是表演了冬日专辑新歌 *Xmas&U*。这首歌的风格和二辑、夏日专辑都不太一样,更加有冬天的感觉,是混合了蓝调爵士风格制作的一首舞曲。Kaleido 全开麦实力超群,一首歌唱完紧接着就是 remix 版本的《破阵》和 *Last Summer*,完全没有喘息的机会。

全新的编曲让《破阵》这首爆曲有了新的生命力。Kaleido 的魅力在于现场的实力和感染力,只要他们站在台上,无论是多么大的舞台,气氛都能被带动起来,仿佛是他们的团体演唱会一般。台下的观众会不自觉跟着他们挥舞手臂、鼓掌,甚至是合唱。

《破阵》中间 dance break 部分的独奏依旧保留,但这一次的音乐不再是单纯的古筝独奏,而是重新做了混音的电子乐,舞蹈也不是打歌舞台时的古典舞,而是新编的六人齐舞。

音乐变奏后,方觉夏将系在袖口的黑色长巾取下来,蒙在自己眼上,系于脑后。

自从所有人知道他夜盲症的隐疾后,很多网友想知道他是怎么练习到不出错的程度,也有很多人质疑,说他不过是轻微的程度,为了炒作刻意夸大事实,假装自己在昏暗舞台上真的看不见。

事实胜于雄辩。

方觉夏决定在 BMA 的舞台上蒙眼跳舞。

如果换作一年前的他，无论如何也不会做这个决定。在万众瞩目的舞台上做出这种失败率极高的决定，实在是太冒险。

但他已经不是当初的方觉夏了。

蒙眼的举动再一次引发了整个会场的欢呼和尖叫，没有人想到他们会有这么特别的一个环节。

视野里一片黑暗，没有舞台，没有队友，方觉夏摒弃掉海浪般向他涌来的欢呼声，将所有的注意力集中在音乐上。

他在黑布之下闭上眼，仿佛回到了熟悉的练习室。

大家的衣服都被汗水淋湿，他们在说话，在喊方觉夏的名字。

"记得我的位置吗？别撞到我哦。"

"你不要吵觉夏啦。"

每一个人完整的面貌渐渐浮现出来，记忆开始投射出影像。凌一、路远、贺子炎、江淼……

"他绝对不会搞错的。"

还有一直站在他身边的裴听颂。

心脏一瞬间平复下来。舞台上，蒙眼的方觉夏就像是完全能够正常视物一样，每一个动作力道精准，控制力和爆发力都非常惊人，就连六人的复杂走位，他都可以毫无差池地完成。

起初，台下呼喊更多的是 Kaleido 的名字，渐渐地，越来越多的人呼喊着方觉夏，一声高过一声。

他用事实向所有人证明，哪怕无法视物，他依旧是这个舞台的中心。

直到 dance break 的最后一个小节到来，走位到他身后的裴听颂伸出手，瞬息间取下那条黑色长巾，在紧接着的 rap 中绕到他前面，对准镜头，而那条长巾则被裴听颂塞进前襟的口袋。依旧是惯例那样，匪气十足的老幺带着哥哥们走到舞台的延伸台，六人六色，也正好有六个延伸台，大家一起演唱最后一段副歌。

"听我一曲破阵。"

这一句唱完，比原版更震撼的电音 drop 冲出，全场瞬间化作蹦迪现场。

快要结束，他们从舞台的四面八方回到中间，方觉夏站在中心位，绚烂的灯光打下来，连额角的汗珠都在发光。一个旋转的走位中，他从裴听颂的西装

/ 130 /

前襟中抽出那条黑色长巾,就在队长江森唱完自己的部分后,镜头对准了方觉夏的脸。

"我行之路为无路。"

他抬起手,用那条黑色长巾擦了擦嘴角的"血迹",汗湿的头发有种莫名的性感,可眼神却是冷的。手指松开,长巾飘摇坠落。

"且任你埋伏。"

落下的都是方觉夏黑暗的过去。

镜头里的他勾起嘴角。

未来只会是一片光明。

这场酣畅淋漓的组曲表演让台下的所有人都为之折服,哪怕这里面许多观众不是 Kaleido 的粉丝,但实力是可以说服一切的。

一下舞台,刚刚还在舞台上又酷又帅的六个男孩子一下就现了原形。程羌在后台替他们战战兢兢,看到几个人好好地回来,悬着的心也终于落下来:"你们太棒了,特别棒,我在后台都听得鸡皮疙瘩直往外冒。"

凌一猛地抱住程羌,说自己刚刚紧张得差一点哭了:"终于可以好好看别人表演了!"

贺子炎像个老年人一样活动着自己的脖子:"我刚刚差点扭到脖子,吓我一跳。"

"哈哈哈,谁让你一直在车上睡觉!"

方觉夏只是长长地呼出一口气。他有种浑身畅快的感觉,哪怕接下来他们没有获得奖项,方觉夏也觉得很值得,至少他终于敢将自己这么多年以来,独自在黑暗中练习的样子呈现给所有人看。

从小文手里接过水,裴听颂将瓶盖拧开,递到方觉夏的手中:"喝点水。"

方觉夏"嗯"了一声,接过水之后没直接喝,而是抬头看着他的眼睛,表情真诚到有点可爱。

"谢谢你。"

"干吗?"照顾队友已经成为他下意识的举动,突然被道谢,裴听颂还有点不习惯,"不就一瓶水吗?"

"不是。"方觉夏笑着对他说,"我说的是你之前让我蒙眼表演的提议。"

这是裴听颂在开会时向程羌和陈正云提出的,在那之前,方觉夏根本就没有想过要这样做。但他听见裴听颂说他真的可以,他不会失误,也听见其他的成员给予他完全的信任。

所以当陈正云向他确认是不是要采取这个方案的时候,方觉夏第一次给出了自信而肯定的答案。

没问题,我可以。

"这个啊,"裴听颂笑起来,"你应该谢你自己。"

谢谢你这么多年的坚持和努力。

以最快的速度换了更加正式的西装造型之后,Kaleido 从后台来到台下的明星观众席,坐到他们的座位上,台上已经换了其他的歌手表演。他们只看了两场,颁奖部分就开始了。一个一个奖项颁发下去,几家欢喜几家愁。

方觉夏其实并不在意这次能不能获奖。他习惯了做任何事都把心理预期降到最低,把能动性调高,这样一来他才能更加平静地接受挫败,当成功来临时,也可以多出一份惊喜感。

Kaleido 在这次评选中一共获得了四项提名:年度最佳编曲奖 Last Summer、年度最佳作词奖《破阵》、年度最佳专辑 Last Summer 以及年度最佳团体奖,提名数量是全场第三位,团体第一位。对于第一次入围 BMA 的他们来说,这是一个非常高的起点。

等了很久,终于到了第一个有他们入围的奖项——年度最佳编曲奖。

"这个奖项真的云集了很多特别优秀的编曲作品啊,还有一些是相当大牌的国外制作人的作品。"颁奖人拿着装有结果的信封,"先让我们看看有哪些作品入围吧。"

大屏幕中一一出现作品片段,Last Summer 的 MV 也掺杂在其中,出现的时候现场的粉丝发出了巨大的欢呼声。

贺子炎很紧张,但他的紧张不会表现出来。凌一就不淡定多了,甚至抖起脚来,江淼摁住了他的膝盖,轻声提醒他看镜头微笑。

看了看其他入选的作品,方觉夏心里已经有了一个很客观的判断,所以当颁奖嘉宾说出其他作品的名字时,他没有太意外,只对贺子炎说:"没关系,入围已经很厉害了,你还有很大很大的进步空间。"

贺子炎点了一下头,脸上并没有失望的表情,反而还很轻松地笑了笑:"那当然。"

很快,他们入围的第二个奖项——年度最佳专辑奖也开始颁发,不过很可惜,他们再一次落败。

方觉夏的心态很稳,猜到会是这样的结果。获奖的是一位在乐坛资历非常深的女歌手,整张专辑集结了海内外高级别的制作人,不拿奖都说不过去。

他们的 Last Summer 尽管也获得了非常不错的乐评,但毕竟是自产自销,又是一张只有四首歌的迷你专辑,输得倒也不算冤。

连续两个奖杯与他们擦肩而过，凌一还是有点失望的："我们不会今晚都上不了台吧？"

路远却说："那挺好的，我怕你一上去就哇哇大哭，太丢人了。"

裴听颂也点头："附议。"

镜头扫过来，六个人又露出微笑。

几个奖项颁发过后，中间又穿插了两场表演，其中就有翟缨的那个团。有趣的是，她们似乎也做了新的编曲，混了好几个大热团的热单，还出现了 Kaleido *Last Summer* 的副歌。

坐在台下的 Kaleido 自然也非常热情地跟着她们做出舞蹈动作。之前翟缨回归的时候，方觉夏看过她们的 MV，中间标志性的舞蹈动作他已经学会，虽然坐在观众席，但还是配合着随台上的她们做出手部动作。

"跳得很好嘛，"裴听颂歪了歪头，凑近点逗他，"可以上台了。"

方觉夏瞟了他一眼，没搭理。

"我要是拿了作词奖你就跳这个舞好不好？"

"拿到再说吧。"方觉夏嘴角藏不住笑。

这些都被专注于拍他的粉丝记录下来。

颁奖继续进行，主持人上台开始了串讲。

"接下来是一个非常重量级的奖项。"

"对，重量级的奖项当然也要有一个重量级的颁奖嘉宾了。"女主持人笑着卖关子。

男主持人配合道："他的名字在我们华语乐坛真可谓尽人皆知。"

"现在应该不属于华语乐坛了，"女主持人笑道，"应该是商界。来，让我们欢迎颁奖嘉宾——李落！欢迎李总！"

竟然是他。这倒的确是让方觉夏有些出乎意料。

李落穿着一身笔挺的白色西装，面容和他最红的那个年纪没有太大差别，只是添了成熟和淡然。他微笑着走到立麦前，向所有人问好："大家晚上好，我是李落，好久不见。"

台下出现欢呼声和掌声，尤其是 Astar 公司的艺人区域。

"很荣幸今天能作为颁奖嘉宾受邀来到 BMA，十年前也是在这里，我获得了人生中第一个重要奖项，所以我很能理解大家现在的心情。很紧张吧？"

大家都笑起来。

方觉夏也垂眼微笑。寒暄一番过后，李落从主持人的手中接过一封信，扫了一眼封面："今天我要为大家颁发的奖项是——

"年度最佳团体奖。"

台下一瞬间爆发出巨大的欢呼声，尤其是等待已久的粉丝们。和许多不算权威的音乐颁奖礼不同的是，BMA 在团体上不分性别，而且这个奖项历来的得奖者往往是一些乐队，鲜少有男团或女团。

"那么我们现在来看看，入围的有哪些团体呢？"

大屏幕上开始出现入围者的 MV 片段，一共四个组合：两个乐队、一个男女合唱组合，最后一个出现在屏幕上的就是 Kaleido。

看到 Kaleido MV 片段的时候，粉丝席瞬间沸腾，尖叫声经久不衰。

贺子炎已经和路远开始了新一轮的打赌。方觉夏怕凌一紧张，悄悄伸出手拍了拍他的手背，却被凌一一把抓住，攥得特别紧，另一只手攥着队长，好像只要抓住队内最淡定的两个人，他就不会那么紧张。

看着身边的方觉夏还在缓解凌一的紧张情绪，裴听颂朝他那边靠了靠，凑过去道："你为什么一点都不紧张？"

方觉夏看向他，却听到他说："这么冷静，害得我一点发挥空间都没有。"

什么啊。方觉夏忍不住笑起来，正想说什么，却听见台上传来声音，于是拉回注意力。

"那么……"

台上的李落拆开信封，对着台下的观众们微笑："获得年度最佳团体奖的是——"

三秒的停顿后，他望向方觉夏的方向："Kaleido，恭喜你们！"

全场爆发出一整晚以来最大的欢呼声，这是历史性的一刻，BMA 的最佳团体奖颁发给了一个男子偶像团体。

听到他们的团名，方觉夏还有点蒙。一晚上他都抱着不会上台的念头，没想到让他等到一个这么重要的奖项。坐在最外面的裴听颂率先站起来，方觉夏和其他队友跟在他身后，他们一起从观众席走到台上。

他听见凌一在后面小声给自己打气："我不可以哭，不可以哭，千万不能哭……"

方觉夏忍不住笑出来。

这么短短十几米的路铺满了红毯，每走一步，他都能回想起过去的日子。

他们六个人出道时的凄清，在一个个商演的小舞台上竭尽全力地表演。

大家一起笑，一起在练习室里通宵，一起熬夜写歌录歌。

一起渡过大大小小的难关。

历历在目的往事与繁花似锦的现实交错，方觉夏和队友们一起站到了这个曾经以为遥不可及的舞台，站到曾经的伯乐面前。

李落笑着把奖杯递给队长江淼，然后一一与他们六个人拥抱，最后在拥住方觉夏的时候，轻声对他说了一句"恭喜"。

　　"谢谢。"方觉夏对他回应，然后转过身，和所有人一起面朝着观众，用他们一贯的打招呼方式作为开场白："大家好，我们是Kaleido！"

　　凌一还是哭了，完全止不住的那种哭法，可他的站位又在即将发言的队长身边，一定会被拍到。自觉丢人的他只好往方觉夏的身后躲。

　　江淼拿着话筒，脸上依旧维持着冷静，但说出的话又不像以前那样官方："其实我们是没有想到会获奖的，尤其在看到入围名单之后，看到那么多非常优秀的乐队前辈、优秀的创作团体，我们当时就觉得，能和这些前辈一起入围，已经是最幸运的事了。"

　　其他入围的乐队也带头为他们鼓掌，江淼低头看了一眼手中的奖杯："因为能和优秀的人共同角逐，这一座奖杯也变得格外宝贵。Kaleido不只是我们六个，还是很多很多人的结晶，我们要感谢一直给予我们最大支持的星图公司、我们的老板陈正云先生、我们最好的经纪人羌哥、小文，还有所有一直以来给我们勇气和信心的多米诺。这座奖杯属于你们所有人。"

　　说完他深深地鞠了一躬，其他的五个成员也一起鞠躬。起身的时候江淼将话筒递给了方觉夏，但他毫无准备，身后还有躲着哭的凌一。

　　见话筒和镜头转移，凌一就像见了光的小老鼠，飞快躲回到江淼身后。

　　方觉夏思考片刻，对着话筒说："很感谢BMA的评审，将年度最佳团体这个奖项颁发给我们。"

　　他用最快的时间组织自己的语言，但语气平和，态度不卑不亢："这一年对我们整个团队来说，是非常特殊的一年。从无人问津，到可以站到这里，这中间有一个转折的契机，就是我们每一个成员从演唱者过渡到创作者的身份。

　　"音乐是精确而自由的，充满规律又千变万化，是连接意识与物质最平滑的一个媒介。它也是我们愿意用终生的时间去探索的一个小世界。这一次的肯定是一个开始，会让我们今后的脚步更加确定，让我们有更多的勇气去面对未来。"

　　裴听颂背着一只手，十分绅士地站在方觉夏的身边。就像最初在杂志采访时那样，方觉夏说的每一句感悟都能戳中人的心，清醒、理智又充满了浪漫的理想主义。

　　"感谢每一个人，感谢音乐和梦想。"

　　说完，他们再一次鞠躬。趁着弯腰的机会，路远把塞在裤兜里的纸巾通过江淼递给凌一，让他擦擦自己的脸。

　　直起身子的时候主持人笑着说："恭喜Kaleido，那这次获奖，公司有没有什么庆祝活动呢？"

方觉夏把话筒递给了凌一。凌一脸哭得通红，不想拿话筒可又来不及拒绝："嗯……我不知道。"

台下笑出了声。

"没有吧应该，"凌一吸了吸鼻子，特别实诚，"刚刚羌哥还说，结束了之后去帮他搬家来着，搬完家再吃饭。"

还真是史上"最惨"的年度最佳团体。

03

在凌一的错误引导下，镜头很快就给到了"苛待艺人"的程羌，他哭笑不得，立刻对口型说开派对。

台上哭过之后的凌一拿着话筒，说话还有点抽抽："那、那这是你说的啊。"

大家又跟着笑起来。

凌一说完，伸长了手把话筒给到路远，路远有点没料到："我还能说话吗？"

主持人笑起来："每个人都可以说啊，这不是团体奖嘛。"

路远笑着说："好久没有拿奖杯了，就特别感谢大家。其实搁刚出道的我，怎么会想到自己有一天可以站在这个舞台上呢？所以可能这就是梦想吧，无论现实如何，只要跟着梦去走，去努力，一定会走到连想象都不可及的地方。"

他把话筒给了贺子炎，主持人提道："其实子炎刚刚也入围了编曲奖对吗？没能获奖是不是有点遗憾？"

贺子炎谦逊地颔首："没有没有，我一个半路出家的新手，能入围已经是非常幸运了。其实拿到团体奖比自己获奖还要开心。"他收敛了一贯的插科打诨，脸上的笑容很真诚，"拥有一个这么让人骄傲的家族，是我最大的荣幸。"

听到他的这句话，台下掌声雷动，很多举着灯牌的粉丝都流下泪来。

"好，那再次恭喜我们Kaleido获得年度最佳团体奖！"

成员们手拉着手，再一次向所有人深深地鞠了一躬。这一幕被许许多多的粉丝拍摄下来，是这六个男孩的高光时刻。

她们是最了解他们的人。一路以来六人承受的非议、冷遇和一次又一次的打击，并非尽人皆知，但粉丝们全都记在心里。她们看着Kaleido从出道时万人嘲讽的小团体，披荆斩棘，一步一步走到如今，也看着他们被击垮，又爬起来，缝合彼此的伤口继续战斗。

她们也比任何人清楚，Kaleido配得上此刻的荣光。

回到座席，前后左右的艺人朋友都扭头，一边鼓掌一边向他们道喜。方觉夏恍惚间才有了获奖的实感。

这一座沉甸甸的金色奖杯，对他们每一个人的意义都不尽相同，至少对方觉夏来说，这是一扇打开的门，是他漫长黑暗甬道的尽头。

门外是他的五个队友，还有万花筒般缤纷多彩的大千世界。

年度最佳团体的大奖之后，又进入小分类的奖项颁发，在相继颁发了最佳方言歌曲奖和最佳民族歌曲奖之后，迎来了另一个创作奖项——年度最佳作词奖。

颁奖嘉宾是一位颇具影响力的音乐制作人，直爽大方，上台并没有说太多，直接公布了入围名单。

贺子炎在最左边鼓掌："来了来了，小裴来了。"

"老天保佑，让我赢一把。"路远开始拜菩萨。

凌一抓着江淼的胳膊："我紧张到想上厕所了，淼哥。"

"忍一忍吧。"江淼哭笑不得，感觉自己在带孩子。

一晚上都相当淡定的方觉夏突然间心跳加快，尤其是看到大屏幕上出现《破阵》，看见作词人一栏的"裴听颂"三个字，明明连年度最佳团体这样重大的奖项他都可以做到波澜不惊，现在却控制不住紧绷的神经了。

四首歌入围，另外三首全是抒情歌，以情歌为主，但作者都是作词圈里的大前辈，有一个蝉联两次年度最佳作词奖。裴听颂是这里面资历最浅的一个。

但论起歌词格局和意境，《破阵》都是不输的。

要是能获奖就好了……方觉夏在心里默默祈祷。

不过，入围者本人倒显得淡定很多。在此之前，裴听颂就没有关注过入围者名单。这是头一次看，反应特别真实："这首歌歌词写得很好的……啊，这个也不错，我歌单里有……"

方觉夏忍不住去抓他袖口，扭头像安慰比赛的小朋友一样："没事的，我们是第一次入围的舞曲呢。"说完他又补充道，"别紧张啊。"

好像是说给他自己听一样。

裴听颂望着他笑了出来，笑得就像是参加校运动会的高中男生似的。他一眼就能看出方觉夏才是真正紧张的那个，所以故意说："不行，我现在特别害怕怎么办？你摸我脉搏。"说着他就把方觉夏的手捉过来放他手腕上。方觉夏也真信了，手指一贴，感觉是跳得很快。

"没事，反正我们还……"

没想到这时候，那个不按常理出牌的颁奖人直接宣布了结果："获奖的是——裴听颂！"

沸腾的欢呼声中,镜头猝不及防给到了裴听颂身上。两个人都有点蒙,裴听颂还抓着方觉夏的手放在自己手腕上。

就这么僵了一两秒,方觉夏才突然间反应过来,飞快地从裴听颂手中抽出自己的手。

这哪是颁奖,简直是社会性死亡现场。

裴听颂虽然也有点蒙,但他应变很快,露出一个相当绅士的笑站了起来,朝着自己的队友示意:"跟我一起上去吧。"

其他几个人都摇头摆手,怂恿裴听颂自己上去。没有办法,队里的老幺只能独自朝台上走去。一身黑色高定西装的他和平时不太一样,气质出众,也成熟不少。

接过奖杯,裴听颂和颁奖人拥抱。对方还笑着跟他开玩笑说:"下次一起合作。"裴听颂回复:"我的荣幸。"

站在立麦前,裴听颂左手握着奖杯,右手背在身后,停顿了大概一秒钟时间,然后笑了出来:"有点开心,因为我刚刚在下面做了一个小小的约定,现在我赢了。"他看向方觉夏的方向,笑得很是孩子气,"希望我的小心愿可以成真。"

听到裴听颂在这么重要的场合调侃他,方觉夏抿了抿嘴唇,试图缓解这份尴尬,幸好其他人并不知道裴听颂在说什么,否则镜头又要落到他身上。

早知道真的会获奖,当初就应该干脆点一口回绝。

"其实我真的没准备获奖感言,因为入围者都是大前辈,非常优秀,我是抱着看表演的心态来的。但我这个人,本身比较擅长 free talk(自由谈话),我就随便说说,所以大家也就随便听听。

"入围的所有歌曲都是我个人非常喜欢的,歌词都是值得推敲、很有价值的,可能最后评审选中我,更多的是对新人的鼓励吧。而且,《破阵》这首歌写的是原创音乐人在四面楚歌的环境下突破重围,不畏惧挑战的态度,所以这份荣耀属于原创,也属于每一个创作人。"

这番话说得很是诚恳,没有太多的故作谦虚。镜头对准其他的入围者,前辈们都微笑鼓掌,对于这个初生牛犊也给予支持和鼓励。

裴听颂低头看了看手中的奖杯:"其实这个奖杯应该是属于整个 Kaleido 的,是我的队友们给我灵感和创作的核心,让我有东西可写。不过他们不愿意上来,可能是害怕凌一哭到脱水吧。"

台下的人又一次笑起来,镜头给了凌一,他很镇定地摇头,表示自己真的没有在哭。

/ 138 /

裴听颂勾了勾嘴角："说起来，在这里我也想对之前'替'我们泄曲的人说，多亏了你我才能写出《破阵》，毕竟愤怒也是灵感的来源之一。"

这番话说得太直白，台下众人都没有想到，这个年仅二十岁的男孩子，哪怕是站到 BMA 的领奖台，依旧是那样锋芒毕现。但泄曲在音乐界是非常可耻的恶意竞争行为，听到裴听颂这样坦率，大家都不禁为他鼓掌叫好。

"但事实上，我个人心中这首歌最好的几句词，是我的队友方觉夏写的。"隔着鲜花与红毯，他望向方觉夏，"单纯的愤怒如果作为整首歌的核心，会过于激烈，是他的词加入进来，调和统一了所有的情绪，达到意境上的平衡，甚至还添了几分淡然处世的禅意。"

"他真的是一个非常有音乐才华的人。"

镜头里，方觉夏谦逊地微笑，双手合十。

眼神从台下收回，裴听颂继续道："大家都知道，我是学哲学的。先贤亚里士多德说过一句话——一个人的尊严并非在获得荣誉时，而在于本身值得这荣誉。"

这句话放在这里，不免让人觉得傲气十足，但偏偏是裴听颂来说，就极为合适，因为他值得。

他看向台下，英俊的眉宇间并非骄傲，而是独属于他的自信，是永远不会磨灭的光。

"因此，我最荣幸的不是站在这里，而是站在这里的我用原创捍卫住了自己的尊严。"说完，他绅士地将一直没有露出的右手置于胸前，鞠了鞠躬，"谢谢大家。"

04

颁奖礼的直播接近晚上十一点才结束，但这个全民关注的大型音乐盛事早已经在全网引发了热议，许多微博大 V 都实时跟进奖项结果，发布在网上。

原本在 BMA 颁奖礼中，颇受瞩目的三个奖项就是年度最佳男歌手、年度最佳女歌手和年度最佳团体，而团体奖因为通常都颁发给乐队，显得小众许多。但这一次的团体奖给到了人气男团，可谓热度十足，Kaleido 再次登上热门。

可以借我打火机吗：一个男团能在 BMA 四提两中，真的太牛了。

你很漂亮：看到卡莱多入围最佳团体的时候有和朋友打赌来着，当时就觉得会给卡，毕竟手握两张爆火专辑，算上个人歌手也没有这么能打的。一年内光速蹿红加登顶，卡也真的是天选了。

你在想桃子吃：BMA 越来越不行了……

金鱼脑无救回复你在想桃子吃：我觉得他们完全配得上啊，现场表演有十几个，卡团绝对是前三的水准，而且同期入围的乐队也就还好吧。

子非鱼：裴听颂那段获奖感言很牛，傲但是不狂，说话随意又有水平，难怪能写这么多好词。果然 P 大专出"吊打"同行的天才。

WWW 回复子非鱼：对对对，方觉夏说的获奖感言也很有水平，一点都不像是毫无准备的，感觉他们俩都是那种很有自己的思想的偶像，太少见了。可能因为都念过大学吧。[狗头 .jpg]

Lilychou：本来押可以拿到年度专辑的，不过看来还是平衡了一下。毕竟在其他几个音乐平台的年末评选里，"年歌"不是《破阵》就是《夜游》，这让别人怎么打？

Smarui：封神了封神了，年度最佳一拿就和其他团不是一个起点了，日常羡慕卡粉。

嘟嘟嘟笑：我会说我被那个哭包圈粉了吗……真的好可爱啊。

我喜欢帅哥有错吗：我发现这个团的成员还都蛮帅的，实力也强。

我们不兼容谢谢：星图虽然小，但是起码搞音乐够认真，也有挑艺人的眼光，不会走那种杀鸡取卵的资本路线。看到还有认真搞创作的男团，总觉得有点欣慰，至少不是所有人都只顾流量不顾质量，希望这样的团队越来越多，别让原创音乐死绝了好吗？

就在大家都在讨论 Kaleido 获得 BMA 最佳团体奖和作词奖的时候，Kaleido 这边倒是久违地开了直播，毕竟今天是他们的三周年出道纪念日。

六个人一结束行程就去到程羌的新家，不过并没有当苦力，而是点了一大堆的夜宵，坐在程羌家崭新到连沙发都没有一张的地板上开了直播。虽然很突然，但直播间一开放就卡到不行。

"这也太卡了。"凌一急得直跺脚，推搡着路远让把炸鸡翅的纸盒子递给他，"这么挤，不如我先吃一块炸鸡好了。"于是他从里面拿出一个香喷喷的翅中，刚塞进嘴里，直播间就突然顺滑。

路远拍了下手，把镜头对准凌一："好的，请欣赏本次卡莱多直播间第一个节目，大变鸡骨头，朋友们，现在凌一已经把鸡翅塞进去了，看看他如何斗转乾坤，给我们吐出完整的鸡骨头呢……"

没等他说完，凌一就拳打脚踢，把路远直播的手机夺过来递给方觉夏。本来好好看着戏，突然一个手机凑上来，方觉夏的素颜就这么在队友的厮杀中撑到镜头前。

啊啊啊，觉夏哥哥太好看了吧！

天哪，这素颜简直了！小胎记真的超可爱！

截图干吗！愣着啊！

妈妈我看到了天使，呜呜呜！

"凌一你别把他拉进战场。"

啊啊啊啊，是葡萄树的声音！

这句话也太"霸总"了吧！

葡萄树居然穿的是那件"为你融化"的卫衣！是他搬回宿舍第一次直播的时候穿的衣服！

最后手机还是被裴听颂拿走，给了江淼。队长用三脚架架好对准了他们六个："跟粉丝打个招呼吧。"

"嗯——"凌一飞快扭头躲着镜头，吐干净了骨头，"可以了。"

六个人这才正式完成开场白："大家好，我们是Kaleido！"

说完所有人都在啪啪鼓掌，贺子炎抬头看了看时钟："话说距离我们的出道纪念日结束只有不到一个半小时了。"

江淼点头："对，所以我们大概也就直播一个半小时吧，熬太晚了对大家身体也不好。"

没关系，我本来就很秃！

恭喜哥哥们获奖！三周年快乐！

"对欸，"路远突然想到，"今天三周年，早知道我获奖感谢就提一下了。"说完他还用可乐瓶对着自己，做煽情状，"其实今天是我们卡莱多出道三周年的纪念日，能够在这种特殊的日子获得肯定，对我们的意义真的非常重大。"

裴听颂抬脚踹他，直接把路远踹出画面外："你这也太假了。"

哈哈哈，团霸群主在线踢人。

虚假圆圆被踢出群聊，哈哈哈！

贺子炎突然语重心长："时间飞逝，一晃三年过去了，想当年小裴刚来的时候……"他抬起手，比了比，"才这么高。"

裴听颂对他比出的高度相当不满："我是盆栽吗这么点儿个？"他刚说完，方觉夏也不知道怎么回事，就扭头看了一眼凌一。

凌一一下子就急了："你说谁盆栽呢！"

哈哈哈哈！

我又点开了相声直播。

哈哈哈，方老师那一个扭头太灵性了！

江淼急忙安慰凌一："我们——比盆栽高多了。"

"就是。"凌一气愤地咬了一口炸鸡。

哈哈哈哈，这是什么好话吗破折号？？

"认真点。"江淼言归正传，"首先要祝多米诺们圣诞节快乐，不知道你们有没有收到圣诞礼物呢。"

弹幕疯狂刷着"没有"，要他们送，江淼笑着叫了方觉夏："觉夏送一个礼物！"

方觉夏本来正津津有味地吸着杏仁露，突然被点名说送礼，差点呛到，恍恍惚惚摸着身上："我……我手机呢？"

裴听颂不解："你要手机干什么？"

"发红包呀。"方觉夏一本正经。

哈哈哈，觉夏哥哥真的太实诚了吧！

多米诺黑料——大过节的管自家哥哥要钱。

裴听颂也被他逗笑了，忍住想在直播镜头前拍他头的举动："你唱个《圣诞快乐》吧。"

"就是，这个手机是羌哥的备用机，用他的发红包吧。"

哈哈哈哈。羌哥：？？？

方觉夏盘腿坐在地上，很正式地给粉丝唱了一遍《圣诞快乐》，凌一在一旁给他和声，虽然很短，但是两个主唱的清唱已经足够动听。

人间仙子方觉夏！人间孔雀凌一一！

"哎呀，你们不要提孔雀那茬了！"

哈哈哈！

路远还故意逗他："大家把'孔雀'两个字打在公屏上！"被凌一一顿猛捶之后才终于求饶。

我销户卡果然很穷，拿了BMA都没有一个像样的庆功宴，在空地上吃外卖，太惨了太惨了。

方觉夏看到这条弹幕，笑了出来，但还是解释说："这不是空地，这是羌哥的新家。我们顺便过来温居。庆功宴有的，明天公司大家一起去。"

卡莱多的主业是说相声，副业是搬砖，哈哈哈哈！

因为是圣诞节，又是周年，六个人决定让粉丝们提心愿他们来完成，就当是圣诞、周年加获奖的三重福利。

粉丝提出想听清唱版本的《狩猎》，他们干脆一连清唱了好几首，弹幕要求跳女团舞，方觉夏知道自己躲不过，但又说："跳舞我可以答应大家，但是我得学一下，不然跳得不好看。"

漂亮宝贝跳什么都好看！

你还有跳不好看的舞吗！看看你的脸！

觉夏哥哥最宠粉了！

想看六人女团舞练习室！

"还有半小时欸，"江淼看着弹幕，"还有什么想要看的，快说哦，我要截图了。"

谁知截图正好截到这个要求。

淼哥看我！想看备注！火哥和淼哥一组，一一和圆圆一组，还有葡萄树和觉夏哥哥！

"哇……"路远嘴里叼着一根薯条，"感情破裂的时候到了。"

这个姐妹的要求和我也太一致了吧！

"OK吗？"江淼问其他几个人。

方觉夏有些犹豫，但如果他说不行似乎会扫兴，也不知道说什么理由，实在不行临时编两句也是好的。

何况……

他也有点好奇自己在裴听颂那儿是什么备注。

该不会还是"除了漂亮还是漂亮"吧？

"既然没有人提反对票，我们就开始吧。"身为队长，江淼先把自己的手机拿出来，点开了和贺子炎的对话框，然后捂住了下面的内容展示给镜头看，"我给子炎的备注其实就是一个小火苗表情啦，是不是很可爱？"

贺子炎也拿出他的手机："我给淼哥的备注是……"他不小心笑了出来，"哎，我觉得有点容易被误会欸。"

"什么啊？"凌一凑过去看，也笑了起来，"哈哈哈哈，你为什么要备注一个'妈妈'啊！你这个变态！"

"不是！"贺子炎立刻为自己辩驳，"是因为前段时间我在外面拍戏，然后他也在拍戏，就一直跟我说要防晒啊，要吃饭啊，后来还去探班嘛。我刷微博的时候看到有粉丝叫三水'妈妈'，觉得特别贴切就跟着这么备注了。"

"到我了！"凌一迫不及待地展示自己的备注，"我给路远的备注是，圆瓜瓜。"他还解释说，"因为在四川方言里，'瓜'就是傻的意思。"

"好巧啊，"路远把手机拿起来，"我给凌一的是一憨憨，因为在全国的网络语境里，憨憨就是傻瓜的意思。"

"哈哈哈！"

你们是什么憨瓜组合，哈哈哈哈！

下一组下一组！

方觉夏瞥了一眼裴听颂，轻声说："你先。"裴听颂故意逗他："我说完你不说了怎么办？"

"我不会的。"方觉夏表情很认真，可裴听颂已经举起手："石头剪刀布。"

你们俩是小学生吗？这么可爱！

这件烟紫色卫衣穿在裴听颂身上真的太好看了，但是快一年了都不还给哥哥！

方觉夏伸出手比了个剪刀，输给了裴听颂，只好认命，但他半天也没找到手机，只能直接说出来："我给他的备注是'恒真式'。"

什么事？？

他又解释说："其实就是命题里的重言式，简单点说就是永真的命题。"

哇，突然感觉有点感动……

听到这个备注，裴听颂觉得意外，琢磨一下又觉得在情理之中。大概也只有方觉夏才会起出这样的备注吧。

"什么意思？"裴听颂用自己的肩膀轻轻碰了碰他的。

方觉夏犹豫了一下，给出答案："因为你很自信，无论发生什么，都坚持自己的念头，就像一个永真式那样活着。"

裴听颂意味深长地"哦"了一声，没有继续追问。

凌一催促："到你了。"

"我的啊。"裴听颂拿出手机，展示了一下之后又搁到地板上，"我给方觉夏的备注是 moonlight（月光）。"

哇，这两个人简直是相声男团里的一股清流。

月光，呜呜呜……

凌一拿手指杵了杵裴听颂："你还没说为什么要叫 moonlight 呢。"

"这还用说吗？"他将手机锁屏，抬起头，勾起嘴角。

"因为月亮是最高级别的褒奖。"

05

BMA 的奖项效应毫无疑问地让 Kaleido 成了这个冬天最大的赢家。

因为在颁奖礼上的初舞台曝光，冬日专辑主打歌在竞争激烈的年末一连拿下十三连冠，销量上也破了之前 Kaleido 自己创下的男团销量纪录。

他们根本没有时间休息，即刻便投身到漫长的演唱会筹备中。原计划演唱会首场定在首都，但因为场地协调出了问题，首场调整到6月3日花城场。中间这半年的筹备期，Kaleido对每一首歌都进行了全新编曲，也邀请了世界级的舞美设计团队和伴舞团队参与其中，每一个成员都全身心投入其中，共同完成属于Kaleido的第一场演唱会。星图也专门安排了摄影团队进行记录，不光是记录他们一巡从无到有的过程，也记录这群男孩为此付出的汗水。

方觉夏很早以前想象过他们开演唱会的情形，但没想到这一天会来得这么快，有时候在排练室练到睡着又醒来的时候，感觉一切都是梦。

演唱会筹备期间，发生了一件事。为了练习几乎归隐的方觉夏在程羌的催促下，在练习室进行单人直播。他不太擅长说段子讲笑话，所以就让粉丝跟他说说最近发生的事。

弹幕滚动得很快，但他还是注意到了一个人的留言，说他很难过，觉得自己的内心每天都在拉扯，很煎熬。

那人的ID是一串数字的组合，偏巧方觉夏对数字的记忆最是敏感。

"为什么会难过呢？如果可以的话，请告诉我具体发生的事。"方觉夏很认真地对着屏幕说，"我不太擅长逗人开心，但是一个合格的倾听者。"

但两小时的直播中，那串数字ID再也没有出现过。方觉夏记了很久，还把这件事告诉了裴听颂，裴听颂也只能宽慰他，或许只是那个粉丝当天的心情不太好。

两周后，一封信寄到了星图，是直播中的数字ID背后的粉丝写下来的一封亲笔信。他在信中写道，很小的时候他就发现自己与身边的朋友是不同的。但为了不成为异类，他很努力地模仿着其他人，他以为这样自己就可以过得轻松些。

但并没有，随着自我认知一天天清晰，他越来越无法忍受自己营造出来的虚假外表。

在信的最后，他写道——

"我不知道觉夏哥哥是不是能看到我写的东西，但很感激能拥有一个倾听者，让我知道，还没到放弃自己的时候。"

看完这封信的方觉夏，一晚上没有睡着。

第二天的时候，他写了一首歌，第一次试着填了词，给裴听颂看的时候，对方只是笑着说："你应该在演唱会的时候唱给他们听。这不仅仅是给那个孩子，也是给你自己，给所有人的。"

四月底的时候星图和Kaleido的官博官宣了卡团一巡的消息，放出了一张六

/ 145 /

人背影的海报，上面写着这次演唱会的主题：EGO。

自从6月3日花城场开唱的消息在网络上传开，粉丝们摩拳擦掌等待着抢票，谁知道抢票当天一秒售罄，连星图公司的工作人员都没有抢到。

方觉夏给那个粉丝写了封回信，并附上一张演唱会门票。

入了夏，蝉鸣不止。这里的夏天并非将人点燃的热法，是潮热的暑气团团裹住了这座翠绿的城市。

"热。"裴听颂吐出一个字。

方觉夏戴着口罩，穿了件特别宽大的白色T恤和白色短裤，戴了顶能遮住他整张脸的克莱因蓝渔夫帽，一抬头只能露出一双眼睛。

"谁让你穿黑色，太阳一晒当然热。"凌一在旁边吐槽。

"黑色怎么了？"裴听颂反唇相讥，"至少不招孔雀。"

"觉夏你看他！"

"我也不想看他。"

"哇。"

"被嫌弃的葡萄树的一生。"

"别闹了，一会儿被粉丝拍到了。"

六人抵达之后都来不及去酒店，直奔演唱会场地彩排到晚上十一点。

"这个光可以吗，觉夏？"程羌反复跟他确认舞台灯光的亮度。

方觉夏点头："可以的，能看见。"

为了确保方觉夏不在舞台上摔倒受伤，星图花了很多钱在灯光设计上，尽可能让他在舞台上的每一秒都是视野清晰的。程羌和陈正云都希望从舞台入手，让方觉夏可以减少练习量，但他已经习惯了那样的练习方式，就算舞台现在足够明亮，他也依旧比别人付出成倍的练习时间。

演唱会开始的那天上午下了场雨，方觉夏还担心粉丝们来的时候被淋到，不过好在十点多就停了，天气也凉快不少。他们还自掏腰包做出回馈，给每个粉丝都准备了冰奶茶和雪糕，还有印着他们卡通形象的湿纸巾，下午三点粉丝进场验票的时候每人都可以领一份。

大家纷纷在微博上晒出自己拿到的礼物，引得一片羡慕之声。

超过一万的粉丝进入演唱会场馆，场地舞台上空悬着巨型屏幕，一个方向各两块，可以清楚地看到他们在舞台上的表现。

每一个粉丝的座位上都放着一盏克莱因蓝色万花筒灯，是给粉丝的第二个惊喜。大家落座后激动不已，一边复习应援计划一边等待Kaleido的出现，距离约定好的开始时间还有十五分钟，令所有粉丝意外的是，大屏幕上突然出现了他们的脸，是全素颜还没有化妆的时候。

中间的方觉夏扶了扶镜头，微笑了一下："你们好啊，现在应该都已经在场馆里坐下了吧。"

全场瞬间被点燃，尖叫声几乎要淹没大屏幕里的声音。

画面中凌一挤到方觉夏的身边，搂住他的肩膀："嗨！有没有吃到我们买的雪糕？我刚刚也吃了一模一样的哦。"

"你吃了两份好吗？"裴听颂坐到方觉夏的另一边，手也搭上去，"也不怕一会儿上台肚子疼。"

"你别老是说凌一。"方觉夏转了一下镜头，让一边正在做倒立的贺子炎和路远入镜："你们在干吗？"

看到倒立二人组的腹肌，会场霎时间沸腾。

江淼端着一杯水出现："他们俩跟我打赌中午十二点之前雨不会停，输掉了所以在做倒立。"

方觉夏笑着蹲在地上，镜头对准了两人倒立时涨得发红的脸，一本正经地劝诫道："不要随便和队长打赌，他是赌神。"

地上的手机响起闹铃，倒立的两人才终于起来。贺子炎直接走到沙发边瘫倒在裴听颂身上。

"Hey！"被压倒的裴听颂非常不满，但路远也跟着过来，压倒在贺子炎身上："快来玩叠叠乐！"

"我来了！"凌一还特意退后助跑，吧嗒一下跳到路远身上。

"都给我起开！"

方觉夏和江淼坐到沙发前的地上，举着录像闲聊。

"几点开始来着？"

"晚上六点，可以先睡一觉。"

团欺翻身的凌一开心得恨不得自己是个两百斤的孩子："太好了，我就要在这上面睡！"

"你们给我等着……"

后面那团叠起来的不明生物吵吵闹闹，方觉夏看了看手表，将食指比在嘴边："嘘，要开始倒计时了。"

他盯着手腕，准确无误地喊出："十——"

画面中的六人一起喊起来："九——"

全场的粉丝也跟着一起大喊："八！"

被压在下面的裴听颂有气无力又倔强地举着自己的手比数字："七——"

"六——"

屏幕忽然间黑下来,开始出现了倒数数字,但他们的声音还在。

"三——"

四面台的边缘出现火花状的舞台特效。

"二——"

空中也出现投影出来的蓝色火焰,一簇接着一簇。

"一!"

火焰瞬间熄灭。

全黑的舞台之上,出现一个带扩音器效果的声音,是大家最熟悉的一段念白。

  Ladies and gentlemen, welcome to flight KALEIDO. Next station is——
  (女士们先生们,欢迎来卡莱多航班。下一站是——)

全场的粉丝大喊:"Future(未来)!!"

带扩音器效果的声音突然变成一圈圈扩散的电子音效,舞台中心跳跃出现一句歌词投影。

  Say hello to my EGO.

六盏聚光灯突然自上而下打下来,六个男孩子从舞台升降台跳下,稳稳地落在舞台上,出现在等待已久的粉丝面前,现场的灯光全部亮起,大屏幕上也出现他们的脸孔。开场曲也是他们的出道曲 *Kaleido*,重新编曲之后的鼓点更加震撼,一瞬间将整个现场燃爆。

尤其是副歌部分,全场万人合唱,唱出了战歌的气氛。

  We gonna fight! Fight! Fight!(我们要战斗!战斗!战斗!)
  With the face in the mirror(看着镜中的自己)
  Yes we'll fight! Fight! Fight!(我们将战斗!战斗!战斗!)

万花筒灯的光亮极强,偌大的观众席编织出一片梦幻的克莱因蓝色海洋。粉丝的合唱声实在太大,几乎要淹没 Kaleido 的声音,每个人都沉浸在音乐与灯光之中,尽管这才是第一首歌。

并肩后决不退缩

　　Fight! Fight! Fight!

　　享受狂风中坠落

　　Fight! Fight! Fight!

　　风暴后你会记住我

最后方觉夏清亮的高音又稳又长，将战歌收尾。

　　为热爱而生

情绪所致，台下的许多粉丝听完这一首就已经忍不住抹眼泪。一年半前他们还是在音响失灵的舞台上坚持唱完这首歌，也让很多人认识了他们。

　　如今他们终于也有属于自己的演唱会了。

　　开场曲之后又连着三首歌，都是第一张专辑里的歌曲，中途连休息的空当都没有，卡莱多就这么连唱带跳地完成了前四首歌，才终于有了停下来说话的机会。

　　连续十几分钟下来，几个人脸上都是汗，江淼从上台的工作人员手中接过水和纸巾，分开来给大家。

　　"你们好啊。"贺子炎用纸巾擦了擦额头上流下来的汗，"好热啊。"

　　前面看台的粉丝立刻见缝插针，齐声大喊"脱衣服"。

　　贺子炎听了半天，还是方觉夏替粉丝转告："他们让你凉快凉快。"

　　听到这个，贺子炎的眼睛突然瞪大了点，但还是不忘玩梗："吓吓，有被谢到。"

　　"哈哈哈哈！"

　　江淼开始聊天："谢谢大家来参加我们的第一次演唱会，出道三年半了，终于有了一巡，真的挺激动的。"

　　"我们也是！"

　　听到粉丝的声音，江淼笑了："我们昨晚都没有睡着，集体失眠了。"

　　路远点头："然后我们就在酒店斗地主。"

　　粉丝在台下大喊："谁赢得最多？"

　　"我。"小裴傲娇地举起了自己的手，还十分厚脸皮地自吹自擂，"厉害的人干什么都很厉害。"

　　凌一直接拆台："那是因为觉夏一开始在练习没有加入，来了之后就在看小裴玩，然后还给他算牌！"

台下又是一阵起哄。

路远笑着说："对了，我们还跟着觉夏学了几句粤语呢。"

说完他们就开始用非常蹩脚的粤语一个一个向大家做自我介绍，简直就和小品现场一样，每说一句方觉夏还要纠正一句。

裴听颂自嘲："再这么下去是真的要收到《欢乐喜剧人》的通告了。"

"哈哈哈哈！"

"好，那么下面我们要唱一首安静点的歌。"背后的升降台再一次出现，托起一架巨大的白色钢琴，工作人员还拿上来一把木吉他。江淼卖了个关子："你们猜猜是哪一首。"

路远立刻给出提示，指了指天空："天黑了欸。"

粉丝们立刻明白过来："《夜游》！"

"没错。"成员们分散到了四面台的延伸道上，深入粉丝之中。方觉夏独自走到了钢琴边，而裴听颂则抱着吉他坐在舞台边，他拨了拨琴弦，回头望了一眼方觉夏。

两人默契地开始了伴奏。

单人版本的《夜游》像是不断靠近的双向暗恋，而六人版的更像是相爱的人牵着彼此的手在夏夜的海边游玩。

> 海岸线绿藻疯长，像不像我对你的妄想
> 花火忽然间盛放，想吻你的心无处可藏

坐在钢琴边的方觉夏唱到这两句的时候，夜空中突然间出现了漫天花火，尽管只是投影，但十分逼真，仿佛粉丝和台上的这六个唱着歌的男孩子，真的置身在夏夜的烟火大会之中。

粉丝仰头看着烟火，看着屏幕中六个人美好的脸孔，每一个烟火的音效都敲打在心上，每一秒都是这几个男孩的精心准备。他们用默契的合唱回馈这份珍贵的心意，直到烟火渐渐湮灭，直到弹着吉他的裴听颂温柔地唱出最后一句。

> 你怪我擅长说谎，我说夏天好长

夏天来了。

希望它能够再长一些。

《夜游》完毕之后，六个人去到后台换衣服，大屏幕上开始播放他们演唱会的幕后花絮，他们几个人在录音室讨论新编曲的画面，还有他们在舞蹈练习室里彻夜跳舞，睡在地板上的模样。

每一个镜头都是粉丝心中想要珍藏的画面。

幕后花絮结束的时候，身穿白色套装的凌一出现在一个不断升起的高台上，这是他的solo部分。每个人的solo都是自由选择的，他选了一首自己最喜欢的英文歌。

凌一的音色通透，高音尤其如此。他升得愈来愈高，蓝色鲸鱼的投影环绕着他，如同童话中走出来的小王子。歌曲结束的时候，巨大的鲸鱼粉碎，幻化成降落的无数光点。

粉丝忍不住伸出手去触摸那光点。

"谢谢大家。"凌一站在高台上，和粉丝聊天，"这次我们演唱会的主题叫EGO，就是自我，对吧？"

"对！"

"这首歌里写的，不要害怕面对真实的自己，要相信自我的力量，其实就是这个意思。"凌一笑着靠在栏杆上，"别看我每天傻乐傻乐的，其实我也有过很迷茫的时候，那段时间我经常听这首歌，给了我很多力量。所以我也希望呢，自己唱出来，给你们一点力量。"

他一面和大家聊着自己以前参加歌唱比赛的事，一面一步步从高台上下来，然后突然有了灵感："你们看，我当时就是这样的。在你获得了某种荣誉之后，你可能就是被困在了高台，没法离开，也没法去更远的地方，所以你得先学会下来。"

"回到原点，找回自我，才能去更宽广的世界。"

说完凌一又变回老样子："啊，我好有哲理啊，我应该去学哲学的。"

粉丝一下子又被他逗笑。

"下一个solo的是谁呢？"凌一卖着关子，听见下面杂七杂八喊着其他五个人的名字，正要说话，突然听见一大片尖叫声。

一回头，路远都已经上来了。凌一气得直埋怨他："哎，你怎么回事，一点默契都没有。我还没说完我的串讲呢。"

"你话太多了。"路远朝他扬了扬下巴，"喏，路在那儿，走吧。"

"你赶我走。"凌一噘起嘴，"好，我走。"说完他还真的去到升降台那边，假装抹眼泪跟大家挥手。

路远的solo是他编了一星期的舞，和十五个伴舞合作完成，糅合了多个舞种，

/151/

舞台效果相当华丽。跳完舞之后的他向大家宣布了一个好消息,他和几个编舞老师合作创建的舞团很快就会举办第一次公演,之后还会在全世界参加比赛。

"这是我内心最原始的愿望,兜兜转转,终于能够实现。"

"It's my ego!"(这是我的自我!)

台下的粉丝也真心为他感到高兴,跟着他大声地喊出了这句话。

两个 solo 表演之后,全团再一次集合在舞台上,唱跳 Ice War、《狩猎》和 Xmas&U。紧接着,其他人离开,脱下外套的江淼露出里面的广袖长袍,坐在干冰营造的缥缈舞台中心,独奏古筝曲《将军令》,泠泠琴音将气氛一层层铺垫到高潮。

聚光灯下,江淼细长的手抬起,最后一音落下。舞台上另外两束聚光灯出现,一左一右,打在贺子炎和裴听颂的身上。舞台的灯光瞬间绚烂起来,银色和蓝色的光交错,跟随着贺子炎的节奏不断闪烁。

舞台上空的全息投影出现具有立体效果的蓝色歌词,视觉效果炸裂。

裴听颂出现,在贺子炎的电音伴奏下,翻唱了 Rap God(《说唱之神》)和 Lose Yourself(《迷失自我》)的 remix 版本,终于借着演唱会展现了一次他惊人的嘴炮实力,最快的时候甚至连投影的歌词变化都跟不上他 rap 的速度。

队内最酷的两人合作起来,一如往常那样燃爆全场。

结束的时候,全场的粉丝依旧喊着他们两个人的名字。四面台全黑,上空的屏幕也黑下来。

粉丝们在讨论中等待着惊喜:"是不是要到觉夏的 solo 了?"

"好像是!"

屏幕再一次亮起,是江淼一个一个拆掉手上弹古筝用的假指甲的画面,他的声音也出现。

"他们说,你没钱,不应该学这种没用的东西。现在已经没有人听古筝了。"

画面切换,变成了在练习室跳舞的路远。

"他们说,你应该去做编舞老师,来男团也太浪费了,还是你就想赚快钱啊。"

声乐课上的凌一出现,一遍又一遍地练习高音。

"他们说,你的条件真的很普通,没什么天分,唱歌不会让你吃饱饭的。"

画面再次切换,变成了坐在打击垫前的贺子炎。

"他们说,你应该编造一个像样一点的家庭背景。"

台下已经有粉丝哭出来,大屏幕中出现了裴听颂的脸,他随性地抓了抓自己的头发。

"他们让我别做嘻哈歌手的梦,让我学会变成一个和他们一样'成熟'的大人。"裴听颂勾起嘴角,"我对他们说,滚吧。"

五个人的声音重叠起来,还有许许多多其他人的录音。这些话语在投影技术下,以白纸黑字的封条形态出现在舞台上空,层层叠叠,看得令人透不过气。

不要做这个,不要变成那样。你很丑,你很普通,你应该像某某一样,做一个更加讨人喜欢的人。

你要成长,你要成熟,你要改变你自己。

你这样的人真的让我觉得恶心。

要学会闭嘴,要学会忍让。

怎么不滚开啊!

你怎么配谈梦想啊,你不配。

你太让人讨厌了。

你一点也不重要。

舞台亮起来,方觉夏坐在中心,抱着一把吉他。大屏幕上出现他温柔的笑脸,调整了一下立麦之后,他开口说道:"这个世界有好多的声音,对吗?"

粉丝为他呼喊着,声音海浪一般涌来。

"我也是在这些声音中长大的。"方觉夏随意地用手拨着琴弦,冷冷的音色很适合诉说,"大家知道,我与生俱来的许多条件,和我想追求的梦想是相悖的。

"所以,每一个人都阻止我去追求梦想,因为他们觉得不可能。生活在'不可能'三个字之中的我,花了很长的时间去练习做一个正常人,去适应黑暗,去避免自己犯错。

"于是我养成了一个习惯,规避错误。为此,我丧失了感受这个世界的能力,把自己关在一个计算器一样的小黑屋里。只要可以实现这个不可能事件,我什么都可以舍弃。"

琴弦上的手指停下来,方觉夏自嘲地笑了笑:"可人类是群居动物。

"生活在这个社会群体之中,就像是经营一家商店。"

说话间投影开始转变,变成一家家卡通模样的小店,相互挨着。

方觉夏继续说:"为了能够顺利营业,我们想尽办法。最简单的当然是对照,对门那家店还不错,那我们要努力装点得和别人差不多,起码要符合正常标准。为了更多人喜欢,我们要更换成受欢迎的商品,甚至二十四小时营业。"

这段话突然间就戳中了台下许多粉丝的心。

手握着万花筒,化身万千光点的他们,何尝不是这一间间艰难营业的商店。

方觉夏继续娓娓道来:"但我们不知道的是,对面那家店其实也是这样的,他也在日复一日的比较中改变自己,观察着除他之外的其他商店,在模仿中营业。"说到这里,他看向镜头,眼中如同一泓春水,"那么究竟,谁才是那个象征着正确的标本呢?

"谁也不知道,这是个悖论,一个关于营业的悖论。"

方觉夏低头笑了笑:"到最后,我们变得相似,我们趋同,这条街上的每一间店铺都大同小异。这个社会的人也都如此,但至少这样,我们还能维持营业,还能生活。

"前段时间,我收到一封信,来自一个挣扎中的小店,他快要没办法营业了,于是把他的故事告诉我。我很有感触,写了接下来的这一首歌,也给他回了信,是这样说的。"

方觉夏望着镜头,轻声说着:"你好。我的少年时代也是这样度过的,为了和别人一样,我不断地矫正偏差,减少谬误,在保全自我的同时更靠近正确一点。因为我害怕犯错,我知道这个世界没有容错率,可能我犯一次错,就倒闭了。"

"现在我只想说,管他呢。"他笑了出来,弯起的眼角和胎记连成一片,新月一样漂亮。

"倒闭也好,营业也罢,我不想再只追逐正确。"他低头,抱着吉他弹奏出前奏,小调舒缓而温暖,说出最后一句,"我要当一家最古怪的商店。"

　　今天的牌匾也没有挂好
　　不说欢迎光临但有拥抱
　　里面很黑,小心会被蝴蝶绊倒
　　不用开灯,萤火虫总亮得很早

方觉夏轻轻唱着,偶尔抬头看向大家,脸上挂着释怀的微笑。

　　感谢每一位顾客的光临
　　但建议簿你就写给自己
　　不喜欢可以逛逛隔壁
　　今日不营业也没关系

舞台上忽然出现许许多多穿着巨大玩偶服的人,有树袋熊,有长颈鹿,他们走路歪歪扭扭,拎着小篮子,里面都是糖果。

> 温柔的人会有赠品
> 小朋友们永远欢迎
> 就古怪到不讲道理
> 但这就是我自己

在方觉夏温暖的歌声中,他们将五颜六色的糖果撒下去,给所有的粉丝。

> 商品分类失误也很有趣
> 货架搜寻发现藏宝惊喜
> 错误标记其实才有特殊意义
> 正确商标谁说不是千篇一律

夜空中突然出现好多好多投影出来的星星,舞台的正中间,是一个连牌匾都歪掉的小店铺,抱着吉他的方觉夏仿佛就坐在那个店门前。所有的小动物都回到他身边。

> 为什么这间店这么古怪
> 这样你怎么会人见人爱

方觉夏用手摁住琴弦,抬眼,唱出最后一句歌词。

> 但最常光顾的那人说
> 他最喜欢真实的我

06

一首歌唱完,方觉夏抬起头,看到台下有很多粉丝哭了。

"不要难过。"他抱着吉他,"你们都是最可爱的小商店。"

说完方觉夏站了起来,抬手将手上的吉他拨片扔了出去:"这个送给你们吧。"

台下一阵尖叫,本来都已经扭头朝舞台中心走去的方觉夏停下来转过头:"小心一点啊。"

更多的粉丝想听他多讲一些话,因为他平时几乎不怎么说话:"串讲!串讲!"

可听到大家呼声的方觉夏却只是不好意思地笑起来:"今日份的说话额度已

用尽，没办法营业了。"

"哈哈哈哈！"

"我要下去换一下衣服，"追光一直在方觉夏的前面，为他指引去往升降台的路，"你们先看会儿视频，等一下我们。"

"好！"

升降台载着他缓缓降落，大屏幕上出现了新的幕后花絮，是他们在一起做歌的场景。

"这个 beat 怎么样？"贺子炎坐在操作台前，手还弹着电子琴。

裴听颂跟着节奏晃了晃："很好。"

"加这个鼓呢？"

"这个鼓有点……"

窝在沙发上的方觉夏举了一下手，跟着 beat 用哼唱的方式哼了一段旋律，唱着唱着直接合上了副歌："dadadadala……听我一曲破阵。"

听到这一句清唱，全场瞬间沸腾，尖叫过后，大家疯狂呼喊着战歌 2.0 的名字。

"《破阵》！《破阵》！《破阵》！《破阵》……"

画面中，做完 drop 部分的贺子炎终于站起来，走向沙发瘫倒在方觉夏和裴听颂中间。他把手机锁屏打开，面向镜头确认时间。

"凌晨五点半，终于弄完了。"

仰头望着天花板的裴听颂叽里咕噜说了几句话，含混不清，贺子炎弯了弯膝盖去碰方觉夏。方觉夏闭着眼，本来还在哼旋律，被他打断就开口说："没事，他就是困到说西语了。"

视频的镜头晃了晃，突然对上了天花板，但他们的声音还在。

贺子炎问："用西语唱《破阵》的 rap 是不是很烫嘴？"

"想听。"方觉夏说。

最后以裴听颂的叹气声结束。

黑下来的舞台瞬间出现许多束红色的光芒，自上而下打在舞台的边缘。粉丝们知道表演就要开始了，激动不已。舞台的正中间出现一束白色的顶光，照亮了中间的红色大鼓。裴听颂一袭红衣，手握绑着红色长带的鼓槌，背朝舞台出现在大家面前。

"咚——"

他敲响了第一声。偌大的场馆中鼓声回响着，气势十足。

第二声，舞台新一圈的灯光亮起，台上出现超过百名的伴舞，全都身披铠甲，手持盾牌。集合成方阵的他们举起自己的盾牌，从上往下望去，是一个拼凑出来的词——"破阵"。

最后一声，槌落音起。

凌一的京剧开场忽然出现："猛听得金鼓响画角声震，唤起我破天门壮志凌云。"

裴听颂转过来，脸上戴着一张恶鬼面具。

"番王小丑何足论，我一剑能挡百万的兵！"

他一步步从大鼓前走出来，士兵队伍也朝两边散开。终于，另外五个身穿红衣的少年出现在舞台中心，每个人戴着一张恶鬼面具。

音乐起，百名伴舞的兵阵如同真正的战场，配上刀剑相击的音效和投影技术制造出的黄沙战场，六人在阵中齐舞，突破重围，杀出血阵。

这是《破阵》最恢宏的一次现场。

"此行莫问前程，听我一曲破阵！"

Drop出现，全场的灯光变成克莱因蓝，在节奏极强的电音中，全场粉丝的肾上腺素激增，又是一次露天蹦迪。

Solo部分维持了之前BMA的六人齐舞，只是这次有了新的改编。每人手持一把剑，阵内齐跳剑舞，阵外的伴舞同样跳着群舞，画面令人震撼。

最后一段副歌的编舞也发生改变，接续着剑舞，直到方觉夏唱出全曲最后一句。

"我行之路为无路，且任你埋伏。"

六人收剑入鞘，也将自己的面具取下，抬头一笑。

全场呼喊着他们的名字，仿佛真的在迎接凯旋的少年侠士。

结束后，他们穿着这身衣服和粉丝聊天："这次的舞台是不是超酷的？"

"是！"

路远转身面对伴舞伸出手："先让我们感谢一下我们的伴舞团队！辛苦各位老师了！"

他们六人一起转过去朝着伴舞团队深深鞠了一躬。

一百多名伴舞也对着他们鞠躬，笑着离开了舞台。

"真的非常非常辛苦，这么热的天气穿着很厚的服装为我们伴舞。"江淼拿着话筒，"如果没有他们，这个舞台不会有这么好的效果。"

凌一点头，揪着衣服领口扇着："真的超热的。"

台下的粉丝又开始调戏他们："脱衣服！脱衣服！"

"你们说的啊，"贺子炎故意逗他们，"那我们脱了啊。"

路远开始假模假样地抓他的手拦住他:"哥,火哥,别这样,这样不好。"

裴听颂"哼"了一声:"你让他脱。"

"哎,我就脱了。"贺子炎说干就干,脱掉了他的衣服。粉丝的尖叫声还没攀上去就刹了车,变成了嘘声。

因为他汉服里面还穿了一件蓝色短袖和牛仔短裤。

"骗子!"

"没骗你们啊。"贺子炎说,"你们只是说让我们脱衣服,没说脱了之后非得是什么样啊。"

"这叫作套路。"

"每天都在和多米诺斗智斗勇。"

方觉夏也脱下自己的,放到地上,又顺便把大家脱下来的衣服都团到一起,搁在一边。

他们聊了会儿天,坐在舞台上唱了几首专辑里的抒情歌,气氛渐渐舒缓下来。最后一首是《游过这片海》,现场的投影技术让整个舞台都包裹在一片蓝色之中,仿佛他们就在凝缩的海水组成的一个立方体中,弹着吉他唱着歌。

大屏幕中突然出现他们童年时拍摄下来的照片和视频影像,都是非常可爱的小朋友。制作组还贴心地为他们标注上姓名和年纪,每出现一个可爱的小孩,粉丝就会尖叫一次。

"游过这片海,我们会成为更好的小孩。"

唱完最后一句,投射的海水消散,还剩下半个小时演唱会就要结束。

"我们要开始抽奖环节了,现场抓一个幸运粉丝上台互动。"

江淼刚说完,全场就爆发出巨大的尖叫声。

"Wow,又是一个考验运气的游戏。"

方觉夏突然开起了玩笑:"那小裴可以不用参加了。"

"哈哈哈哈!"

裴听颂却歪着头笑着看他:"你这么说我就非要参加了。"说完他就往舞台的延伸台走去,凌一和路远拦都拦不住。方觉夏有些惊讶:"你真的要下去啊?"

"当然。"裴听颂走下台,被几个保镖护着往粉丝的座席深处去,引发一阵阵尖叫,"我今天就要做一次幸运儿。"说完他还指使灯光师,"不要给我追光,让我做一个普通观众。"

"裴听颂一天天瓜兮兮的。"凌一吐槽。

"哈哈哈哈!"

方觉夏看向江淼,队长却说:"没事,保镖跟着呢。"说完江淼开始走流程:

"本来是选一个幸运粉丝的,那现在小裴下去了,为了给他增加中奖概率,我们就选两个吧。"

"第一个谁来抽?"

路远举起手:"我来。"

于是摄影师的镜头开始扫全场,大屏幕上出现一张张一闪即逝的脸,都是他们的粉丝。路远用手捂住自己的眼睛,站在舞台上。

"可以喊停了啊,圆老师。"

"不,我要再等一会儿,总觉得会扫到裴听颂,摄影师你扫到裴听颂之后就赶紧跑知道吗?"

"哈哈哈哈!"

觉得差不多了,路远终于叫停:"停!"

全场尖叫,大屏幕上的画面是一个挥舞着万花筒手灯的小男孩。

"哇,是个小朋友欸!"凌一笑得很开心,"好可爱。"

江淼贴心地说:"妈妈可以跟着一起上来,没关系的。"

谁知那个小孩子却拒绝妈妈跟上来,自己一个人像个小大人一样往台上走,途经时每一个粉丝都对着他笑,还摸他的头。小家伙走到了舞台边缘,想自己爬上去,可他太小了,舞台的边都摸不到,最后还是路远过去把他抱上来的。

"来了,我们的小幸运儿。"路远把他放到地上,大家都蹲下来跟他说话。

"你叫什么名字啊?"说完,凌一将话筒递到他嘴边。

小男孩脸蛋上还贴着一张蓝色的"K"字贴纸,左手捏着右手的食指,奶声奶气说:"我叫琦琦。"说完他还自己补充了年纪,"我今年五岁了。"

贺子炎学着他的声音:"我今年二十五岁了。"

江淼开玩笑:"得叫你叔叔了。"

没想到琦琦真的开口叫了叔叔。

"比我会接梗。"方觉夏笑道。

凌一摸了摸他的头:"你是我们的小粉丝吗?"

琦琦点了点头:"我妈妈是,我姐姐也是。"

路远干脆坐到了地上,工作人员从舞台侧面上来,给他递了一张克莱因蓝的纸,还有一支笔。

"琦琦,哥哥问你一个问题。"路远说,"你有没有想过,等你长大了,你会变成一个什么样的人啊?"

琦琦长长地"嗯"了一声,特别可爱,全场都跟着笑起来。

贺子炎说:"这意思是他现在想。"

"哈哈哈哈。"

"我想，我想……"琦琦开了口，又有些犹豫。方觉夏觉得他可爱，微笑着鼓励他说："没关系的，你想说什么就说什么。"

琦琦伸手朝着天空比画："就是那种、那种在天上飞，然后可以开飞机的那种……"

"哦，"凌一明白过来，"飞行员啊。"

"对。"琦琦重重地点头。

"太酷了。"贺子炎对着他比了个大拇指，"你是全场最酷的小孩。"

正在这时，路远递给他一张纸片，也通过镜头展示给全场的粉丝："那琦琦你看，我们做一个约定好不好？哥哥帮你写了一句话——琦琦以后会成为飞行员。"

琦琦点了点头："对。"

"你在下面写上你的名字，好不好？"

在路远的鼓励下，小朋友在纸片上认认真真、一笔一画地写上了自己的名字。最后路远将这张纸折成了一架纸飞机，送给了琦琦。

"你以后一定可以成为你想要成为的人，所以要加油哦。"

带着他们的约定，琦琦回到了妈妈的身边。

台上的 Kaleido 对着他挥手。

"好了，是不是到我们第二个幸运观众了？"

"至今依旧是查无此裴呢。"

"哈哈哈哈！"

江淼看了看方觉夏："这次让觉夏来吧。"

方觉夏乖巧地点了点头，站到他们中间，捂住了自己的眼睛，听见大家说开始，他便在心中默默地倒数十秒。

粉丝似乎一直在尖叫，发出各种各样的声音，但他依旧没有受干扰，镇定地数着。

三、二、一……

"停。"

哪怕是一向淡然的方觉夏，也迫不及待想看看自己选中的幸运粉丝，可当睁开双眼的他看向大屏幕的瞬间——

他愣住了。

屏幕中出现的，是他的外公。

没有任何人提前告知他这些，方觉夏甚至觉得这是一个录影而已，可外公的背景的的确确就是演唱会的现场。

他茫然地转身，看向台下，看向那片星星点点的蓝色光海，努力地搜寻着那个身影。

　　一束追光落下，准确地打在他想找寻的那人身上，他的视野并不清晰，看不真切，一切朦胧得仿佛梦一样。

　　其他成员拿着话筒说："请我们的幸运粉丝上台吧。"

　　追光之下，裴听颂搀扶着外公，从观众席出来，走向舞台，然后从长长的延伸台一步步朝方觉夏而来。

　　他们的身影越来越清晰，可方觉夏的双眼却模糊了。

　　直到外公真的来到他的面前，泪水才终于落下来。

　　方觉夏一点也不想哭，尤其不想在外公的面前哭。他多么希望自己在外公的面前是一个足够坚强的孩子，可以独自一人扛下所有，可以实现他承诺过的天方夜谭一样的梦。

　　他不想让外公失望。

　　外公从裴听颂手中接过话筒，脸上依旧是和多年前一样的严肃神色，看着方觉夏站在他面前，哽咽着说不出一句话，于是他先开口："你不是应该问我，你有没有想过自己会成为什么样的人吗？"

　　还处在惊讶之中的方觉夏被这么一问，先是有些发愣，看到站在外公身边的裴听颂对他微笑，于是他点点头，像之前路远对那个孩子那样发问："您……您会成为什么样的人？"

　　"二十四年前的夏天，全世界最优秀的孩子出生了。"外公看向他，眼神里是难以察觉的温柔，"我会给他起名叫觉夏。我会成为他的外公。"

　　眼泪再一次涌出，方觉夏握着话筒的手垂下来，也低下头，肩膀有些颤动。全场的粉丝都在呼喊他的名字，和他一起流眼泪。

　　方觉夏是一个一条路走到黑的人，很少做梦，至少从没做过这样的梦，没想过哪天真的会有属于他们的演唱会，更没想过有一天外公会出现在他的演唱会上。

　　"我不太会说话，我知道你也是这样。"外公拍了拍方觉夏的肩膀，"有些话早就想说，但又觉得很难开口。"

　　自己比谁都关心这个孩子，可也只能独自在空荡荡的老房子里看着他的电视节目；担心他在舞台上看不见摔倒，却总是用最难听的话让他放弃遥不可及的梦；怕他吃亏受累，可又拨不出一通电话。

　　但这个孩子出生的时候，他是最开心的那一个。

　　终于，他将哭泣的方觉夏拥进怀中。

"觉夏，你一直都是外公的骄傲，永远都是。"

坐在台下的方妈妈也流下了眼泪，这个曾经支离破碎的家庭，终于在爱和梦想中一点点修复。他们都在慢慢找回失而复得的东西。

其他的成员也一一和外公问好，工作人员为外公拿上来一把椅子，他们围绕着外公一起唱完了 *Last Summer*。

诞生之初的夏天，孕育梦想的夏天，出道的夏天，重逢又解脱的夏天，还有如今这个团聚的夏天。

每一个都值得纪念。

"外公小心。"凌一抢了裴听颂的活儿，甜甜地笑着搀他下去。

外公回头冲着他们招手："都来家里吃饭啊，一起。"

"好嘞。"

时间流逝，演唱会只剩下最后的六分钟。

"过得好快啊。"江淼看了看时间，"好像才刚刚开始一样，但是就快结束了。"

"不要结束！"台下的粉丝大喊着。

"没关系，"江淼笑了笑，"我们还有一首歌。"

六片巨大的发光"云朵"被工作人员推上了舞台，卡莱多的成员们一个一个站上去，像是真的站在一团雪白的云朵中一样。

"最后一首歌，我们修改了一些歌词，想让大家跟我们一起合唱。"

"大家猜是什么歌呢？"

粉丝在下面喊着，好几首歌的名字混在一起。

"觉夏，给他们点提示。"

收到信号的方觉夏拿起话筒，清唱了一句："You are my..."

粉丝们立刻猜出正确答案："*Daydream*！"

"没错！最后一首歌就是《白日梦》！"

裴听颂拿着话筒说："我们每个人都在不断地成长，但成长并不意味着丧失做梦的权利。哪怕是很多人不屑一顾的白日梦，不试着梦一次，怎么知道是什么感觉呢。

"所以我们今天一起，做属于我们自己的 daydream 吧。"

歌词以投影的方式出现在舞台上空，是一行一行的手写体。

而在发光云朵里的他们也被一点点吊到了场馆的上空，从许许多多粉丝的头顶掠过。方觉夏惧高，所以他吊起的高度比别的成员低很多。

这首轻快的歌尤其适合合唱，歌声中，天空中出现了很多牵引到会场上空的云朵气球，体形庞大，一朵挨着一朵，很快，场馆的夜空就被白昼的云朵所覆盖。

这情形美得令人惊叹，大家都忍不住抬头去看那些聚集的云。

"我知道一定有什么会从天而降，像夏日阵雨一样。"

唱到这一句的瞬间，天空中出现爆裂的声音，所有的云朵气球都破了，刹那间，漫天散落蓝色的纸片雨，纷纷扬扬，如同千万只旋转着飞舞着的蝴蝶，充盈了整个场馆和每一个粉丝的心。

从没有一刻像这样美好。

仿佛这真的是一场白昼梦境。

他们停下了歌唱，拿着话筒说："现在你们每个人都有一张印着'K'字的蓝色纸片，你们手中的万花筒灯其实可以打开，里面有一支笔。

"拿出来，我们一起写上自己的 daydream。

"十年后我们会成为什么样的人呢？

"我们会过怎样的生活？"

在队友们诉说的时候，方觉夏轻轻为他们和声，但歌词已经变了，从"you are my daydream"变成了"It's time to daydream（是时候做白日梦了）"。

台下的粉丝纷纷低头，在他们的鼓励下写下了自己的白日梦，关于生活，关于自我，关于十年后的未来。

吊在半空中的每个人也都认真写着自己对十年后的期许。

"我写完啦。"凌一举手，"还有谁写完了，亮灯我看看。"

星光一片片亮起。

裴听颂问："会折纸飞机吗？"

全场异口同声："会！"

"好。那大家一起折纸飞机，然后我们喊三二一，你们就把写了自己白日梦的纸飞机飞到舞台上好吗？"

约定好之后，他们纷纷开始折飞机。方觉夏也低下头，认认真真地将自己的蓝色纸片折起来，关于未来，他只写了一行字。

还是 Kaleido，还爱自己。

他所不知道的是，在另一朵云上，心有灵犀的裴听颂在无意识间做出了趋同的决定，潦草的英文笔迹写着诚恳的未来。

Forever K, forever true.（永远卡莱多，永远真实。）

吊起的云朵一点点朝舞台移动，降落。他们六个人回到舞台上，贺子炎拿起话筒："把你们手中的纸飞机举起来让我们看看！"

舞台的灯光洒落到全场，方觉夏远远望去，一只又一只高高举起的手，手中握着他们的梦。

"很好。"江淼也举起了手，展示了一下自己的作品，"那我们开始倒计时了，预备——

"三——

"二——

"一！"

最后那一秒，方觉夏看见了漫天的纸飞机朝他们飞来，穿透尘埃构造的一束束光柱，承载着白日梦，仿佛在夜色中划出一道道梦的弧光。

他们的梦想是舞台。

所有人的梦想都飞到了他们的舞台上。

"真好看。"看到这一幕，凌一忍不住掉了眼泪。

"哎，你怎么又哭了。"路远笑了起来。

"就是很想哭嘛。"他蹲下来抱起一大堆纸飞机，"我们有这么多白日梦，我们好富有哦。"

"这句话说得很有水平啊。"裴听颂第一次对他表示赞赏。

"就说我可以学哲学啊！"

江淼笑了笑："谢谢大家把自己对未来的期许写下来，也希望你们永远记住纸片上的自己。"

"我们最后还有一个小活动。"说着，贺子炎都忍不住吐槽，"我们真的搞了好多充满少女心的东西啊。"

"哈哈哈哈！"

工作人员为他们送上六个和台下一样的万花筒。

"其实这个是我们专门请人设计的，里面内置了一个小程序。"江淼指着万花筒上一个凸起的小按钮，解释说，"看到这个开关了吗？单独按是没有用的。"

方觉夏点头："这里一共有一万五千名观众，算上我们几个，就是一万五千零六个万花筒，我们一起按下来，会有很特别的事发生。"

"所以现在确定是没有人中途跑了吧？"裴听颂说着自己都笑了，"看到那种没有主人的万花筒麻烦帮忙按一下。"

"哈哈哈哈！"

"准备好了吗？"

大屏幕上出现倒数计时，台下所有的人都跟着一起呼喊，直到归零。

"按！"

天空中突然间出现了巨大的万花筒投影，瑰丽的色彩在夜空中编织出梦幻的形态，绚丽无比，如同千万朵重叠的花，又像是双翼层层交错的蝴蝶。

"真漂亮。"

所有人都仰望着这片美丽的万花筒，惊叹于这份美好。

方觉夏开口："要记住，你们每一个人都很重要。"

他再一次说："告诉自己，你很重要。"

在瑰丽的万花筒下，一切都要结束。

"最后还是要感谢大家来参加我们的演唱会，"贺子炎神色温柔，"其实我们很紧张，准备了很多，希望你们没有失望。"

"没有！"

"那就好，"凌一吸了吸鼻子，擦掉眼泪，"怎么这么快就要结束了？"

是啊。方觉夏望着这片万花筒的梦。

好快，要结束了。

"不要忘记我们一巡的主题，是EGO。"裴听颂微笑着说，"EGO代表了自我，或许这并不是我们每个人赖以生存的东西，却是我们区别于其他人的核心，或许现在你已经找到，已经明白它的存在，或许还没有，但这都无关紧要，因为你总有一天会发现它。

"当你和自我相遇的时候，请一定保护好它，因为这就是在保护最纯粹、最本真的你。"

"所以——"他走到方觉夏的身边，和其他的队友们站成一排，六人并肩，"我们结束的时候就不要说告别的话，我们要郑重地对彼此做一次自我介绍。"

方觉夏点头："这是预支的十年后的自我介绍。"

路远笑着说："希望十年后再见面，我们能对彼此说出同样的话。"

大屏幕上出现了一行字，江淼指了指："这一次换你们先来，好吗？"

数以万计的粉丝在他们的倒数下，对照着屏幕上的字最后一次发出齐声呼喊，不是告别，是自我介绍。他们的声音是六月夏夜的海浪，带着震撼的生机和澎湃的生命力。

是爱，是梦想，是永不消磨的热情。

"你们好，我们是多米诺！我们是我们！"

六个大男孩站在他们的面前："三、二、一……"

他们齐齐比出"K"的手势，蒙上汗水的脸微笑着，在灯光下闪闪发亮。像第一次，也像每一次那样。
"大家好，我们是Kaleido！"

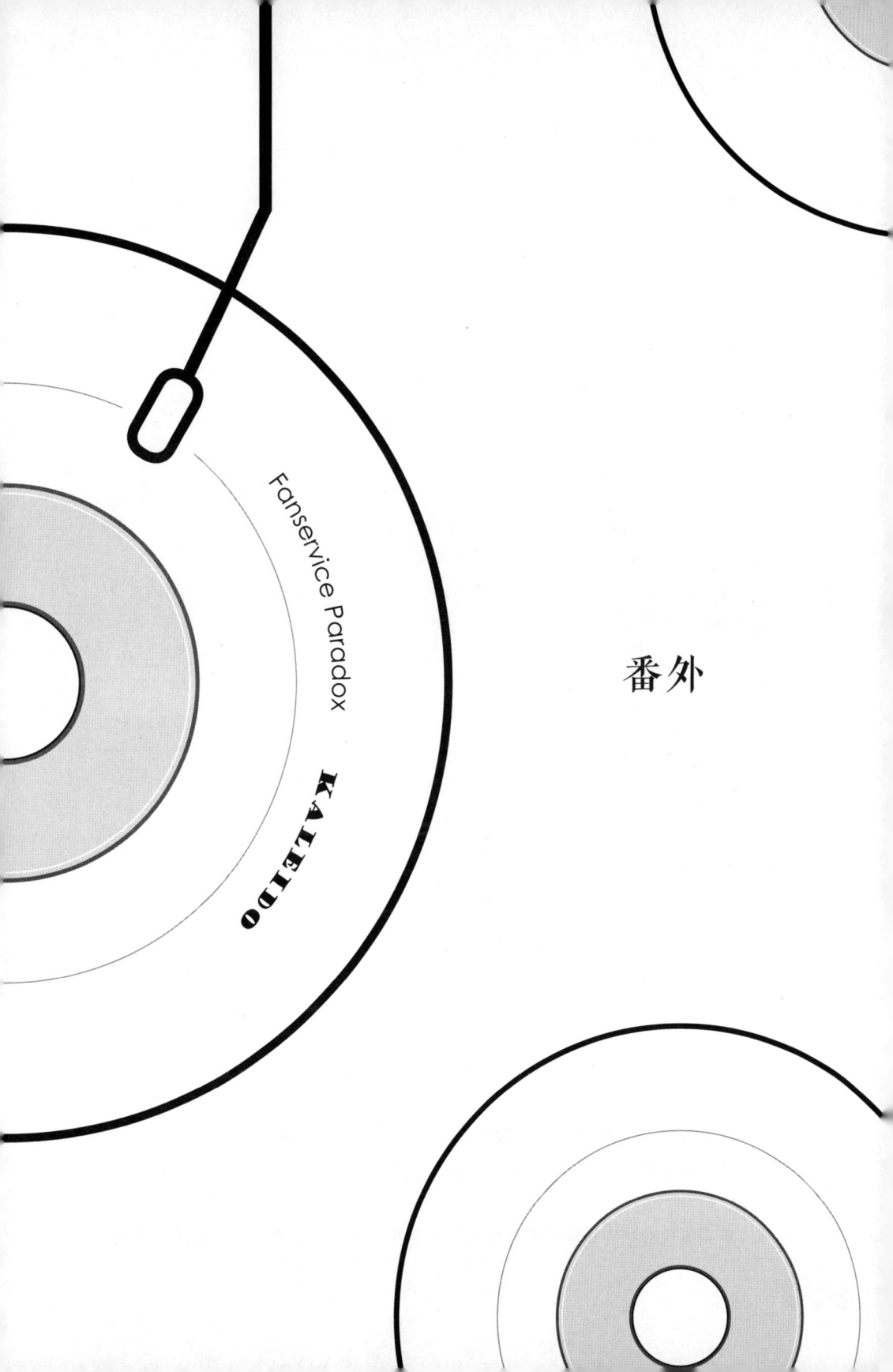

Fanservice Paradox

KALEIDO

番外

01

一巡花城场结束的当晚，星图包了间当地有名的餐厅办了场超大庆功宴，所有的工作人员都有参与。

历时半年筹备期的演唱会终于和粉丝见面，收获了比想象中更好的效果。看到最后的时候，后台的工作人员很多也哭了，就连一直扮演老父亲角色的程羌，在听到他们自我介绍的时候都觉得鼻酸，仿佛回到了他们出道的第一天。

"首先，恭喜我们 EGO 巡演首场的圆满举办！"站在餐厅大厅中间的程羌拿着话筒，感慨地说了许多。

方觉夏站在一边和江森聊天，转身看见桌上的香槟，拿起来瞅了瞅品牌，谁知被凌一看到："觉夏，给我看看！"

于是方觉夏把香槟递给凌一。凌一激动不已："我还从来没有开过香槟呢，他们都不让我开。"

"我也没有。"方觉夏照实说。

裴听颂端了杯柠檬苏打水走过来给方觉夏："多喝水。"一瞥眼，看见凌一在鼓捣香槟："你干吗？"

"这个怎么才能噗的一下喷出来啊？"凌一陷入疑惑。

"摇几下就完了。"裴听颂随口说了这么一句，没想到凌一往死里摇，简直是用尽全身的力气在摇。

"所有人都辛苦了！今天大家就好好地……"

砰——

木塞被顶开，香槟猛地喷出，带着气泡和白沫全部喷到了正在发言的经纪人程羌身上，看到这一幕方觉夏的柠檬水差点喷出来。

裴听颂愣了一秒，然后笑到蹲下来，还抓住方觉夏的腿。

被喷到蒙圈的程羌转过来看向还把香槟瓶底撑在肚皮上的凌一："你在搞什么鬼？"

凌一尴尬地把香槟瓶子放在地上，像个小螃蟹一样横着想要逃离案发现场，又被路远和贺子炎揪住，架了回来："还想跑啊？"

"你还挺厉害的，直接瞄准了羌哥。"

"哎呀，我也没想到这么能喷嘛……"

"哈哈哈！"

"行了行了，大家自己玩儿吧！"程羌自己都绷不住笑了。

整个餐厅一层都是星图的人，与其说是庆功宴，倒不如说是一场派对，灯光绚烂，大家喝酒聊天，跟着音乐放松自己。虽然气氛很好，但方觉夏本身就很难在这种人数众多的聚会中游刃有余，何况他另有打算。在餐厅音乐播到《夜游》的时候，他凑到了裴听颂的旁边。

"我们偷偷溜走吧。"

浪漫主义者当然不会拒绝一次绝佳的出逃。

从餐厅跑出来的时候已经是凌晨十二点半，但这里的夜很晚才会熄灭，弥散的热浪和街道上的烟火气一样，找不到消失的出口。两个人戴着口罩和帽子钻进一辆随机停下的出租车中，脱离一场狂欢，驶向一场更大的属于城市的狂欢。

司机是个四五十岁的中年男人，很热情，一上车就用一口带有明显两广口音的普通话问："来这里玩？"

方觉夏笑了笑，用广东话回答："不是，我是本地人。"说完他报了个地址。

司机有点惊讶，在后视镜里看向裴听颂，也从拗口的普通话变成广东话："这个帅哥也是吗？"

"他不是，他是陪我回家的。"

"啊，我就说嘛，他好高啊，你们俩站在路边我一眼就看到了，又靓又高。"司机还开玩笑，"不知道的以为是明星呢。"

其实还真的是。

裴听颂听不太懂，就靠近些问方觉夏他说什么。方觉夏笑了一下："夸你又高又帅，可以去当明星了。"

"司机大哥你很有当星探的潜力。"裴听颂玩笑道。

"哈哈哈哈，是吗？我们这里很好玩的，好吃的很多的……"

听着他们聊天，方觉夏觉得很自在。他望向车窗外，玻璃映着霓虹的色彩，一晃而过如同演唱会上空的万花筒。

穿过繁华的商业街，外面的灯光渐渐不那么亮了，夜色的漆黑渐渐复原，进入到老城区，方觉夏才真正有了回家的感觉。

和热情的司机告别，打开车门，他们重新浸泡在热浪之中。

这里的街道宁静得多，一些门面已经拉上了灰色铁皮卷闸，剩下的都是各种各样的小吃店，它们亮着红红黄黄的灯，牌匾发亮，是沉睡后的城市中生命力最强的细胞。

"这是哪儿？"裴听颂问。

"我高中的后门。"方觉夏伸手指了指一处墙后的树荫，"那边看到了吗？那就是我高中。"

"真的？"裴听颂脚步停下来望过去，"我想进去。"

方觉夏笑着转了身面对他，倒退了两步："那不行，我是个好学生，不会翻墙。"

他的笑眼好看得不像话，裴听颂反驳道："你脑子里都已经有了翻墙的意识，还说自己是好学生？"

"那就是被你带坏了。"方觉夏转身背对他走在前面。

他穿着清爽干净的白T恤，走在充满了岭南风情的老城区街道，路上嵌着一块块方形石板，是属于城市的巨幅马赛克艺术。榕树将树冠延伸到马路上空，五颜六色的牌匾和霓虹灯在夜色中肆无忌惮地扩散光晕，但染不花方觉夏的背影。他永远干净，永远雪白。

这一次裴听颂没有像以往那样和他并肩，而是落后几步，缓慢迈着步伐，眼睛望着方觉夏清瘦的背影。

眼前的人渐渐地变了模样，矮上一些，也更瘦，像抽条的杨柳，身上的衣服从白T恤变成了校服，走路的姿势依旧没变，每一步都挺拔。

那时候的他应该是很多女孩梦中的男孩儿。

裴听颂不自觉露出微笑，仿佛自己曾经就是这样，陪伴方觉夏走过下晚自习回家的路。

走着走着，前边的人回头，幻想回归现实。"快点啊！"他催促。

"嗯。"裴听颂快步走上去，站到方觉夏的身边。

方觉夏领着他转过一条街，又拐进另一条街，最后停在一家小店前，亮着的牌匾上有"陈婆肠粉店"五个大字。这沿街一排的建筑也很特别，上楼下廊，抬头看去，楼上的窗户敞着，还摆了许多花草，站在下面就能闻到茉莉花的香味。

"我以前放学之后，经常会来这里吃东西。"店里没有其他人，方觉夏拉着他手臂进去，"上学的时候总是很容易饿。"

老板已经换了人，不再是方觉夏少年时那个慈祥的婆婆，变成了一个中年女人，或许是她的女儿："来吃糖水啊。"

方觉夏笑着应她，又过去点了些吃食，然后才回来坐到裴听颂身边。

裴听颂抬头看他："这栋楼很特别。"

店里没有空调，吊顶的风扇呼呼转着，把几乎半凝固的潮湿空气驱散开，旋出透明的热旋。

听到他这样说，方觉夏还有些惊喜，不过裴听颂一向是一个很会观察世界的人。

"这是粤派骑楼，"方觉夏给他倒了杯水，"最早的历史……应该都要追溯到清末了，是那时候的两广总督张之洞提出的。"

裴听颂点头，透过大门望向对街的骑楼："我喜欢这种建筑，是活的历史书，还有这些树，和别的城市的树不太一样……"他试图找出一个合适的形容词，"很自由，是很惬意地在向外延伸和生长的感觉。"

"这些是榕树，很多已经超过一百岁了，以前比现在更多，后来越砍越少，变成高楼。"方觉夏望着外面，有些出神，"以前的花城是长在榕树林中的城市。"

这句话很有趣。在方觉夏的口中，这座城市一下子充满了绿色的生命力。

老板端着两碗糖水过来，搁在桌上，微笑的模样很亲切："吃两碗糖水先。"

一碗番薯糖水，一碗甘蔗马蹄糖水。裴听颂虽然不爱吃甜食，但这种糖水意外地很清甜，凉凉地喝下去，燥热的五脏都被滋润，暑气驱散一半。

方觉夏很爱吃，每喝一口都感觉回到了少年时代。

裴听颂看着他，觉得他吃东西的样子很孩子气，于是没头没脑说了一句："你是糖水泡大的小孩。"

这句话仔细想想，倒也没什么错，所以方觉夏没有反驳。

老板又端上来两份新鲜出炉的肠粉，一份鲜虾一份牛肉，都加了溏心蛋。半透明的粉皮薄如蝉翼，里头牛肉鲜虾的色泽和蛋液的金黄全都透出来，放上桌面后还在轻轻颤动。

"尝尝，看是不是和首都的不太一样。"

裴听颂夹了一筷子，粉皮滑得夹不住，和勺子并用终于吃上一口。粉皮幼滑有韧性，牛肉软嫩，广式酱油掺了份甜口，鲜嫩柔滑，的确是好吃。

"真好，比我小时候吃的东西好吃多了。"

方觉夏笑起来："你这个小少爷还真是好养活，十一块钱的肠粉就喜欢成这样。"

裴听颂一本正经道："价值是相对的。此刻，十一块钱的肠粉也可以'吊打'米其林三星。"

什么都是相对的。

那时候的肠粉也很好吃，但这次带着朋友回来，好像变得更好吃。

填饱了肚子，他们离开小店。方觉夏带着裴听颂走，明明他才是看不见的

/171/

那个。

凌晨的路灯昏暗，裴听颂怕他视野不清摔倒，想扶他，但方觉夏拒绝了。

只有走在这条他年少时无数次踏过的老街，他才会显露出一些习惯，譬如走路时靠墙，手总是下意识扶着墙壁，又如每一步都差不多等距，迈开，踩下去，鞋底会在地上蹭一小下。

走着走着，他停下来，摸了摸墙壁，语气有些疑惑："这里以前有一个缺口的，是填起来了吗？"

裴听颂忽然间觉得心酸。

原来过去的方觉夏已经用除却视觉的所有感官，记住了回家的路。路上的气味，榕树上的虫鸣，墙壁上的缺口，地砖的形状，哪一块会松动，会翘起，是这些感受带他回家的。

"我可以扶着你吗？"裴听颂轻声问。

方觉夏侧头看了他一眼，虽然看不真切，但还是笑了笑："可以，现在没有人。"

他小心地扶着方觉夏的胳膊，透过潮湿的空气，一切都在暑热中变形，时空也扭曲，仿佛这一刻，裴听颂带领着的是十六岁的方觉夏，是黑暗中独自回家其实会害怕的方觉夏。

"你真勇敢。"裴听颂是个毫不吝啬赞美的人，尤其对方是觉夏。

方觉夏笑了笑，没说话。月光下他们走过长街，浸泡在此起彼伏的蝉鸣中。距离家的位置越来越近，方觉夏忽然说："感觉会下雨。"

"是吗？你怎么知道？"

"就是预感。"方觉夏说，"我的预感往往都很准。"

所以他们加快了脚步，从街道的某个入口进入了一个满是树荫的旧小区，里面路灯很少，但方觉夏脑子里有记忆。最后他在一棵巨大的榕树下停下来，榕树的树影比夜色更黑。

"你住在树上？"裴听颂开玩笑。

方觉夏像以往一样让他闭嘴，抬手贴向树皮，沿着粗糙的纹理向上，摸索到一个碗口大的树洞，细白的手伸进去，似乎在找什么。

"要我帮忙吗？"裴听颂问。

"找到了。"方觉夏的脸上很是惊喜，"居然还在，都十年了。"

"什么东西？"裴听颂凑过去，月光下，方觉夏的手掌摊开，上面是一颗圆滚滚的核桃。

"你一个核桃藏了十年？"

听着裴听颂难以置信的语气，方觉夏扑哧一下笑出来，他使了点劲将核桃壳分开，从里面拿出一张卷起来的字条，递给了裴听颂。

"我记得这是我某一天……被方平打了，很难过，很怕，就写下这个，藏到楼下的树洞里。"方觉夏笑了笑，"怕被发现，我还放在核桃壳里粘起来，没想到这么久了都没有人发现。"他的语气就像是在说，我很聪明吧。

小心翼翼将这字条展开，对着月光，裴听颂这才看到上面写的话。

我不可以变成坏人，我要站到舞台上，不能摔倒。

透过这句话，裴听颂忽然就看到了那时候的他。

他也终于明白，为什么方觉夏会提议在演唱会的最后，让所有人写下自己对十年后的期许。

方觉夏仰着脸，眼睛里有光："十年前的梦想，送给你了。"

裴听颂握住字条。

"谢谢。"

谢谢你这么坚强地长大，才能遇到迟到这么久的我们。

雨说来便来了，方觉夏的预感一点没错，只是他没有料到这雨会这么大，瞬息间稀释了黏稠的空气，翻涌起泥土气息。裴听颂第一反应是将字条藏好，准备逃离的他们心照不宣地笑起来，在黑暗中奔跑。

计划赶不上变化，方觉夏没想到他们会这么狼狈地回家。

早已休息的母亲半夜起来给他们开了门，一脸睡眼惺忪地看着两个淋成落汤鸡的孩子，好笑得很："你们怎么这么会挑时间？"

招呼着他们进来，方妈妈也一下子不困了，催着他们去洗热水澡。方觉夏让裴听颂先去，自己拿了条毛巾钻进厨房，站在煮姜茶的妈妈身边。

"外公睡了？"

"嗯，本来一直等你回来，看电视看得直打瞌睡都不进屋，接到电话说你们开庆功宴，就自己进去了。"方妈妈把姜片放进汤锅里，搅了搅，"要是知道你们来了，明天一早肯定高兴得很。"

想到台上那一幕，方觉夏问："是小裴让你们去的？都没有告诉我。"

"对啊，他专程去医院说服你外公的，一开始我还担心，没想到他们挺聊得来。小裴跟他说，你其实很想他，很希望他可以出现在演唱会上，其实啊，你外公也很想去，你们俩谁都拉不下面子，反而是小裴，什么都敢说。后来小裴走了，你外公还偷偷跟我说，看到你有这么好的队友，他就放心了。"说完方妈

/173/

妈又补了句，"我也是这么想的。"

方觉夏擦了擦头发上的水，将毛巾拿下来，用手握住，握紧。

"如果不是因为裴听颂，我可能一辈子也改变不了。"

洗完澡的裴听颂从浴室里出来，轻声叫了方觉夏的名字，又听见厨房有对话的声音，于是走近，准备叫他去洗澡。

听到这句话，他的脚步停下了。

她看着站在面前的儿子，仿佛是第一次见。很陌生，但不再是那个为了追求正确固执到不像普通孩子的方觉夏。

从他的身上，她也终于看见当年自己的影子。

方妈妈没说话，转过身，拿着勺子将姜茶盛到碗里，黄澄澄的，在厨房的灯光下漾开波纹。

"端出去让小裴趁热喝了，免得感冒，夏天感冒很难受的。"

方妈妈将姜茶郑重地递到他手上，流着泪笑了出来。

"你比妈妈幸运。"

02

跑遍了全国十个城市，卡莱多持续了两个多月的一巡最后在余杭落下帷幕。他们见到了许多城市不同的夏天。

巡演耗费精力，所以在回来之后，公司给他们放了几天假，没怎么安排行程。一到了躲懒的时候，裴听颂就把方觉夏拐到自己的公寓。

"弄完了吗？"裴听颂靠在新买的沙发上，调着网络电视，"凌一客串的这个综艺是不是更新了？"

"昨天就更新了。"方觉夏关上了冰箱门。

一下子找不到节目，裴听颂干脆跟去厨房。

"你切东西的时候小心点。"他伸出手，撑在流理台上，看着方觉夏低头认真地切水果，好像在做什么特别重要的大事一样。

于是裴听颂趁他不注意，偷拿他切好的红心火龙果塞进嘴里。

谁知道方觉夏头都没抬，直接拆穿："不许偷吃。"

"我没有。"裴听颂直接否认。

方觉夏抬起头："裴听颂……你看我手上的刀亮吗？"

"我错了、我错了。"裴听颂笑着把方觉夏手上的水果刀拿走放好。

裴听颂的手机响了起来，他看都没看直接摁掉，可没多久又响了起来。

"你接一下，"方觉夏道，"万一是急事呢。"

"好吧。"裴听颂长长叹了口气，拿出手机看见屏幕上显示的羌哥，于是接通了电话："喂，羌哥。"

突然闲下来的方觉夏伸手从台面上的花瓶那儿取出一枝开得正好的洋桔梗，用花朵那头蹭自己的手心。

"什么？小号？"裴听颂语气大变，满是不可置信，"怎么可能？"

小号？

方觉夏手上动作一停，花在手上不动了。

难不成裴听颂的小号被扒出来了？

这样一想，一贯没什么八卦精神的方觉夏突然间好奇起来，于是拿出口袋里的手机打开微博，搜索关键词"裴听颂小号"，点开了相关热门第一条。

八卦没了吗：网友疑似扒出裴听颂的小号，里面的画风有点愤青啊，撑天撑地撑空气，还挺装听颂的。不过其中有几张分享的照片好像在暗示恋爱，难道又一个房子要塌了吗？

方觉夏直接点进去看截图，小号的ID是"柏拉图式精神恋爱"，配图的第一张是分享的某首英文说唱歌曲的歌词截图，关于女孩儿的。还有一张是拍的戒指，博文只配了三个emoji表情包，一个男孩一个女孩，中间是一枚戒指。

不对吧。

裴听颂这时候也挂断了电话，气得都没顾上跟方觉夏说话，直接打开微博。

"这个小号是别人伪造的吧。"方觉夏道。气归气，裴听颂第一反应是回应方觉夏，然后才专注在自己的手机上："当然，气死我了，居然给我弄个这么没有水平的假号。"

看着裴听颂手指飞快打字，方觉夏忍不住笑出来："不要跟他们生气啦。"

Kaleido 裴听颂：什么鬼？柏拉图式精神恋爱，这个俗气的假号跟我没关系，还想给我捏造出什么不具名女友，出场费即刻打到星图，谢谢。另外，我以德报怨给你们科普一下，所谓柏拉图爱情观等于"精神恋爱"这种说法是15世纪意大利哲学家Marsilio Ficino（马西里奥·斐奇诺）提出的，是他的二次解读，事实上但凡看过《会饮篇》的人，但凡多了解一点希腊哲学家日常的人，都知道柏拉图式恋爱讨论的不是这个，ID叫柏拉图式恋爱，博文里写的是暗恋小女生，矛盾的形成也要合乎基本逻辑。

还有，我骂人都用大号，不然骂给谁看啊？多没劲。

"啧啧。"方觉夏看了看手机屏幕，又歪脑袋看他，"你这微博一发，又要上热门了。"

不只,可能还会上"裴虎事件簿"。

"上就上。"

见他气鼓鼓的样子,方觉夏拿手指杵了杵他:"我都还没见过你小号呢。不会真的被扒出来吧?"

"绝对不可能。"裴听颂说得很笃定。

是吗?可方觉夏总有种不太妙的预感。

"太垃圾了。"明明都已经发微博反驳了,可裴听颂还在生气地碎碎念,"不知道的还以为我就这水平呢。"

这是什么脑回路?

方觉夏直接脱口而出:"你好可爱啊。"

被方觉夏夸可爱总有种很别扭的感觉,裴听颂转过来挠他痒痒:"你说谁可爱,说谁可爱……"

"好痒,裴听颂!"方觉夏怕痒,被裴听颂追到了客厅。

玩闹暂歇,方觉夏突然道:"我饿了,想吃面。"

"好啊,正好我买了浓汤宝,用那个下面条就有味道了。"裴听颂说着从沙发上起来,直接去了厨房。

方觉夏倚在沙发上,想到了刚刚裴听颂发微博的事,于是伸长了胳膊去够手机。

果然,"裴听颂回应小号"的词条已经上了热门,点进去有各种讨论。

BEbemei:哈哈哈,暴躁小裴在线打假!

哦哦啊啊你说啥:抱着吃瓜的心态点进来然后被科普了一番是什么体验。

机器人本人:不过他最后一句话,你品,你仔细品,是不是意思——我有小号没错,但没这么俗气,而且我不用小号骂人?

今天也没有好好看书回复机器人本人:我觉得你真相了!

的确是这样没错,不过一时半会儿应该也扒不出来。方觉夏正要点开下一条微博,手机突然连续振动好几下,是微信群。

方觉夏退出微博,打开了微信,没想到是他们的六人群。

破折号本号:糟糕了,糟糕了,糟糕了!

你火哥:你又捅什么娄子了?

破折号本号:你怎么知道!!!

破折号本号:我这一期不是有综艺吗?节目上我吃饭的时候玩儿手机来着,结果被拍到,那么糊的截图,居然把我的微博小号扒出来了!呜呜呜……

真是奇怪,他们今天是跟小号犯冲吗?

方觉夏也回了一句：你小号没有什么奇怪东西的话，应该没关系的。

那头停顿了一下，似乎在考虑什么。过了一会儿，凌一才又回了。

破折号本号：我微博小号是没有什么奇怪东西啦……真要说有什么的话……

破折号本号：我关注了小裴的小号……

什么？

方觉夏一下子从沙发上坐起来。

破折号本号：其实刚刚我已经飞速取关了，但是已经被截图了……

他还发了个以头抢地滑跪道歉的表情包。

你火哥：哈哈哈！

你火哥：@卡莱多唯一大佬老幺，笑着活下去。

03

坐在沙发上的方觉夏犹豫着是先把这个消息告诉裴听颂，还是自己先偷偷点进去看一眼他的小号。

既然凌一都关注过，那小号里应该也没什么他不能看的吧。

群里的聊天还在继续，路远和江淼似乎也看到了群聊。

性感圆老师在线翻花手：幸好前天凌一偷吃我辣条的时候我一气之下删了他！我太明智了，请叫我预言家！小裴怕是做梦都没想到是从凌一这儿掉的马哈哈哈。互坑娃、互坑娃，一根藤上两个瓜。

水水水：——，其实如果你不取关的话，应该没人知道那是小裴的小号。

破折号本号：我一下子着急就忘了嘛，呜呜呜……

性感圆老师在线翻花手：我在淘宝上给你买了一把日本武士刀，不用谢。

破折号本号：切腹自尽都来不及了，我死了，大家不要想念我。呜呜呜，我上个星期才磨得他跟我互关的……因为我听说他的粉丝比我多。

你火哥：我小号只有卖衣服的关注我，这就是你不跟我互关的原因？？绝交吧凌一。

破折号本号：不是的，火哥！我不是这样的人！你们一定要帮我拦住小裴啊，不然我们团就要上社会新闻头条了。

水水水：老幺怎么不吭声，该不会已经开车来找你了吧？

破折号本号：[泪流满面.jpg][泪流满面.jpg][泪流满面.jpg]

方觉夏笑得停不下来，但还是特意搜了一下"凌一小号"的词条，果然搜到了一条粉丝发的微博，附了张截图，里面就是凌一取关的那个博主。顺着这个藤摸过去，方觉夏也终于找到了裴听颂的小号。

"这个ID……

"隐德来希之月"。

裴听颂的简介就更加有趣——一个没有营销公司的读书博主。

看到这里方觉夏忍不住笑了出来，他大概能猜到裴听颂这家伙小号遭遇了什么。这个账号的粉丝竟然还有几百个，方觉夏选了历史第一条，竟然是他们组合刚出道的时候发的，往后翻，前面的大多是英文，有书摘，也有他自己发布的一些文字，内容不算多，基本是每周发布两三次的频率。

隐德来希之月：人类容易毁灭的形象反而浮现永生的幻想，而金阁坚固的美反而露出毁灭的可能性。——三岛由纪夫

#只有对美的事物才会抱有毁灭欲

隐德来希之月：根本上，审美现象是简单的。只要有人有能力持续地看到一种活生生的游戏，不断地为精灵所簇拥，那他就是诗人；只要有人感受到要改变自己、以别人的身心来说话的冲动，那他就是戏剧家。——尼采

这些摘录出来的文字和#后属于他的小感受，让方觉夏觉得特别真实。这的确就是裴听颂，就像他在看书的时候，会画线，会在上面做出一点自己的小小批注，认真到有点可爱的程度。

隐德来希之月：我要把简介改成"不懂几何之人不得入内"。

下面竟然有一个人评论。

飞舞的小翅膀：为什么不懂几何之人不能入内？

没想到裴听颂居然还回复了。

隐德来希之月回复飞舞的小翅膀：这是柏拉图在他的学院大门上写的一句话，玩个梗而已。

这些都是尚未和方觉夏破冰时的裴听颂发的，那时候的他们连话都不曾多说一句，但现在来看这些，方觉夏就觉得这个人活灵活现地出现在他面前。

最初的一些书摘似乎为他积累了一些粉丝，甚至还会有粉丝在下面评论，但裴听颂是个有表达欲的小孩，所以渐渐地也发出了自己的声音，尤其是在出现社会新闻的时候。

隐德来希之月：以非人类的思维逻辑构建性别对立的"人"，既不配做男人，也不配做女人，所以性别对立于它而言，只是一个迫切站队好钻入阵营的手段而已。

#人类的事就不劳其他生物插手了

Sophy：请问你是男生吗？没有杠的意思就是纯好奇，看前面觉得你应该是

/178/

男孩子，但又感觉很少有男生会以这样的视角发声。

隐德来希之月回复Sophy：我是人类。

看到这句方觉夏扑哧一下笑出来。他从来对任何人的任何社交账户都没有兴趣，万万没想到，自己也会翻阅他人微博入了迷。

隐德来希之月：竟然有好几个私信我让我签公司做读书营销号的，不好意思，我不缺钱。而且我要改简介，一个没有营销公司的读书博主。[图片][图片]

原来是这个时候啊。方觉夏看了看时间，是他们出道一年后的暑假，没什么工作。那个时候裴听颂应该……

他竟然想不到那时候的裴听颂在做什么。

方觉夏下意识抿了抿嘴唇，继续往上翻。

隐德来希之月：符号化本来是逻辑学的伟大发明，如今却被不假思索的人泛化到每一处，割断深度思考的渠道。

人们习惯把狭隘见闻拿来做经验主义的判断，学哲学的人一定是沉稳孤僻，学工学则是不修边幅、不善交际。事实上哲学家可以是贵族、流浪者、教师、疯子以及女性，可以是任何人。

人本来就可以是任何人。

隐德来希之月：幸福有时能让人性变得高贵。多数时候，苦难只会让人变得心胸狭隘，有报复心。——毛姆

#被憨瓜缠上之后默背此句效果奇佳
#我很幸福，我很高贵，你好苦，你不配

看到这里，方觉夏又笑了出来。

裴听颂明明一身才气，学思敏捷，却又偏偏保持着孩子气、一颗顽劣的童心。

他真的很可爱。

再往上翻，又看到许多他对于学习的抱怨。

隐德来希之月：我宁愿读一百本书，也不想看一篇文献综述……

隐德来希之月：我一定是班上最爱学习的留学生。

可不是嘛。

隐德来希之月：这年代，谈性色变的不是老古董就是性无能。前者难以改变，后者更难以改变（寄希望于医学吧）。

真不愧是裴听颂啊。方觉夏看到这个觉得的确就是他的作风，又怕真扒出来会不会被黑粉拿来做文章。

可转念一想，裴听颂什么时候给过黑粉一个眼神？

随手往上翻了翻，竟然看到几条很是能对号入座的微博。

/179/

隐德来希之月：我就搞不懂那种不表达的人，是觉得忍辱负重真的是一种美德，还是说完全不在意这个世界？冷静到漠然的人果然是我最讨厌的类型。

方觉夏听见了胸口中箭的声音。

这么说来，裴听颂还真是没有说谎，讨厌他并非因为传闻和舆论，而是他漠然的态度。

隐德来希之月：讨厌的人生了张讨厌的面孔是最好的，讨厌起来毫无负担。反之的两种情况，都会让你产生非常别扭的情绪。

这算是在夸他长得好看？

隐德来希之月：古希腊人的美少年情结真是……

#Fine，谁不喜欢美好外表？只是如果兼具热情的灵魂就更好了。

深夜胡话

热情。方觉夏转了转眼睛，想着自己当时对他冷冰冰的态度，"热情"这两个字恐怕和自己八竿子也打不着。

隐德来希之月：我居然看完了一部数学纪录片！And I see passion（我感受到了激情）！

是看他推荐的《费马大定理》吗？

看着裴听颂从讨厌一点点转变的过程，方觉夏的心情既诡异又奇妙。

再继续看，就突然看到一个特殊的日子，方觉夏对于记忆日期这类数字形式大有天赋，所以很快就回忆起，这是他们作为嘉宾参加师兄演唱会的那天，也就是那晚他在酒店喝醉还咬了裴听颂一口。

凌晨三点。

方觉夏心想，这时候的自己是不是已经睡着了。可裴听颂没睡，他还发了一张书摘的照片，是摘录的伏尔泰的书信，里面的内容是这样的。

我很迫切地希望见到你，与你谈谈。无论你是否认为自己是上帝所创造的杰作，还是只是必然的产物，取之于永恒，不能否定的物质的一颗微粒。不管你是什么，你是我所不知道的世界中非常可贵的一部分。

看到这段话，方觉夏的眼睛忽然有些酸涩。那时候的自己将夜盲的事对他坦白，告诉他胎记是错误标记，可被裴听颂一口否决，说这很好。

当初他甚至觉得这不过是裴听颂一时同情心泛滥给出的宽慰，可看到这段文字，他才真正明白，裴听颂在那个时候就是真心的。尽管裴听颂不理解他的内心世界，却将他视为非常可贵的一部分。

后来他们忙起来，裴听颂的这个微博更新少了许多，有时候一两个星期也不见得会发一篇。

隐德来希之月：以前怎么没有发现，花是这么漂亮的隐喻。

下面的好几条评论竟然都是"你的风格变了好多啊"这样的话，但裴听颂一概没有回复。

再后来，就到了他们回归的日子。

隐德来希之月：一切诗人之所以成为诗人，都是由于受到爱神的启发。一个人不管对诗歌多么外行，只要被爱神掌握住了，就马上成为诗人。——《会饮篇》

＃阿伽通你说得对

所以才这么会写诗吗？真是无论如何都可以给自己的观点找到前人的话来作为论据。

隐德来希之月：我今天就是这个地球上最快乐的人！！断掉一只手也是！！！

隐德来希之月：我已经是一个玩物丧志的废物点心了，对不起莱蒙托夫先生，我还是没能听从您的教诲。

太可爱了。方觉夏已经不记得自己在心里感叹多少遍了。

"方觉夏小朋友，你该不会是睡着了吧？"

裴听颂一拉厨房门，吓得方觉夏一抖，手里的手机没拿住直接掉地上了，他飞快伸手去捞，扭头看向裴听颂，一脸委屈，还一下子没控制住发出了一声类似小动物的呜咽。

"你怎么了？你只有三岁吗？"裴听颂笑着过来蹲到他面前。

"你掉马了，隐德来希。"

裴听颂彻底愣住。

在短暂的错愕后，他第一反应是不相信："不可能，我的小号不可能被扒出来的。"说完他看向方觉夏，"这是怎么回事？为什么你都看到了？谁扒出来的，网友吗？"

"嗯……"方觉夏的眼睛看向别处，"准确地说，你是被拖下水的。"他从沙发上起来，"你可以看看微信群聊复一下盘，不过你要向我保证，你不会生气。"

但这个保证果然是一点用也没有的。

坐在餐桌前的方觉夏正准备伸手拿筷子，可怜的筷子在裴听颂对桌子实施的一记重拳之下，高高弹起又丁零当啷落下来。

"他还真不愧是我的队友啊！"

"你手不疼啊，这么用力。"方觉夏道。

"凌——……"

他念这两个字时让方觉夏生平第一次感受到了什么是真正的咬牙切齿。

裴听颂把手机扔在桌上，整个人几乎是气炸了的状态："不让他关注的时候非要关注，不该他取关的时候他居然给我取关了？这下好了，下午的时候还打脸别人来着，晚上就掉马了，人生真的是大起大落啊。"

"哎呀，那现在都已经这样了。"方觉夏绕过去，像安慰狗狗一样拍他后背，"凌一知道错了，估计现在羌哥也在骂他呢。"

"他就是该骂，上节目还敢登录小号刷微博。"

"对对对，他该骂。"方觉夏转了话题道，"但是你好可爱啊。"

本来特别生气，突然被方觉夏这么一夸，裴听颂蒙圈的同时还有点小羞耻："什、什么啊，你在说什么鬼？"

"我说你可爱啊。"方觉夏认认真真重复一遍，"你小号写的东西都特别有趣，就算是被人知道了，大家也只会觉得，啊，原来裴听颂除了是个小爆竹，其实他还特别有想法，特别可爱。"

裴听颂别扭地转过脸去："只有你会这么觉得。"

方觉夏一板一眼地问："为什么只有我觉得？"

怎么这么较真？

方觉夏又问："是因为我是你朋友吗？"

"逻辑上这样是说得通的，但是不是的。"方觉夏认真地道，"哪怕不是你朋友，看到这些也会觉得你可爱。"

"那你都看到了？"裴听颂顺势问道。

方觉夏仔细地思考了一下："嗯……我看到你微博说讨厌我，但是又说我长得好，我不生气反而还有点开心。"

真是太坦率了。

"那都是很早之前的事了，"裴听颂第一反应是跟他道歉，"我现在想想我那根本都不算是讨厌，充其量就是别扭。"

"你的自我认知很清晰嘛，小裴同学。"方觉夏冲他笑了笑，"我知道的，所以我一点儿都不觉得难过。"

"谢谢你。"裴听颂这才想到晚饭的事，"先别说了，快把面吃了，一会儿又坨了。"

"那你不生气了是吗？"

怎么会跟你生气？

"不气了。"

锤爆凌一，十年不晚。

方觉夏乖乖回自己的位子上吃面，刚坐下，就想到刚刚裴听颂说的除了他没人这么觉得，可他不这么认为，所以他想看看扒出来之后别人怎么说。

"我的手机呢？"

"还想着玩手机啊！"裴听颂回复了程羌的消息。

"就一小会儿？"方觉夏冲着他请求道。

裴听颂完全没辙。

"那你能保证十分钟之内吃完这碗面吗？"

方觉夏飞快地点了两下头。

"给你给你。"他把自己的手机推了过去。

拿到手机的方觉夏心满意足地打开微博，小心地搜索相关内容。果然，那条扒出裴听颂小号 ID 的微博评论已经好几千了。

萨瓦迪卡：讲真的，要不是凌一这番操作，我真的不会怀疑这个号是某人的……我只会以为这是某个私人读书博主。

卡咔咔咔卡卡：谁能想到一掉掉俩？这个团是真的有毒，总是在莫名其妙的地方出现团魂。

BMA 最佳团体的粉丝：RIP[1]凌一，over。

rapgod 裴听颂：他真的比我想象中还要优秀，而且毒舌起来太有趣了。P.S. 某些粉丝不要太发散，他断手那阵子《破阵》大爆，填词的帅哥高兴快乐一下还不行啊？

破折号的妹妹逗号回复萨瓦迪卡：你说得对，取关这个操作简直太牛了，我都怀疑——是不是跟葡萄有仇哈哈哈，还是想告诉我们"这才是我们老幺的小号"。

吃葡萄不吐葡萄皮：真大号祖安男孩，小号岁月静好。不过这个毒舌小朋友真的好绝啊，三观还这么正，完全是我的菜！

永远的白日梦骑：讲真葡萄还没认吧，大家这么确定的吗？

六张销户卡回复永远的白日梦骑：凌一那个都锤了，这个百分之八十就是他了，而且这些书摘什么的也挺装听颂的，又说留学生，都对上了。

方觉夏忍不住笑了出来，笑着笑着一抬眼就看见裴听颂瞪他，又赶紧吃了口面："好吃。"接着又继续看下去。

看到有粉丝在问隐德来希之月的含义，方觉夏也觉得好奇，他为了尽快得到回答，乖乖吃了一大口面然后抬起头，含混不清地问："为什么你给自己起的

---

[1] Rest in peace 的缩写，意为愿逝者安息，现常用于调侃或幽默的语境，表示某事物"终结"或"过时"。

/183/

ID 是隐德来希？"

裴听颂手握着筷子在面碗里搅了搅，犹豫了几秒，还是回答。

"隐德来希是 Entelecheia 的音译，也是亚里士多德的哲学用语，原始的意思是实现某种目的或潜能。在亚里士多德对生物学的理解中，有一个很重要的概念是'形式'，和现在的形式不同，这个形式代表的是事物的本质。"

自觉说得有些复杂，裴听颂抓了抓自己的头发："简单点说，他认为灵魂就是生物的'形式'，并且用隐德来希来命名。"

方觉夏是个擅长学习的人，他咬着筷子头，试图理解这复杂的概念："也就是说，隐德来希指灵魂？"

"我是这么用的，很狭隘，但是它的含义是非常丰富的。"

灵魂……

"那为什么你一开始的时候就叫隐德来希，后来又加了……"

还没问完，方觉夏心里已经有了答案。

但他没想到，裴听颂吃了口面，竟然埋着头，闷声闷气回答了他。

"还不够明显吗？"

"以前是空荡荡的灵魂，后来找到了自己的理想。"

04

主题：裴虎事件簿专楼，记录一下这个娱乐圈第一虎能干出什么牛事。
Rt（如题）：

No.0 ☆☆☆ LZ| 留言 ☆☆☆

裴听颂的微博和裴虎事件会尽量按照时间线搬运，后续会一直更新。

No.1 ☆☆☆ LZ| 留言 ☆☆☆

此楼为唯一裴虎事件记录专楼，望周知！！

No.2 ☆☆☆ LZ| 留言 ☆☆☆

领个号！敲碗等！这个哥最近是我的快乐源泉。

No.3 ☆☆☆ ==|××× 留言 ☆☆☆

蹲一个。

No.4 ☆☆☆ ==|××× 留言 ☆☆☆

终于有人搞专楼了，这裴虎太绝了，我每天都把他微博截图下来给我姐妹看，哈哈哈哈！

No.5 ☆☆☆ ==|××× 留言 ☆☆☆

裴听颂的楼你们都敢弄，嫌自己号太多是吗？前面已经封了好多个他的楼，小少爷你们都敢动？

No.6 ☆☆☆ ==|××× 留言 ☆☆

纯记录楼小少爷不会管的，他自己说不定还看呢。他直播的时候说过watching you guys（看着你们），哈哈哈！

No.7 ☆☆☆ ==|××× 留言 ☆☆

【事件】糊卡出道的第二个星期上了某音乐App平台的综艺（链接如下），三分二十一秒主持人提问："在网上会有很多的议论声，可能还会有一些很偏激的声音，你们会怎么看待？"糊卡其他几人回答都还算正常，到了你裴哥："没我强的人没资格骂我。"主持人听了之后愣了一下，然后尴尬笑了笑："那你怎么知道网络对面的人强不强呢？"裴虎一脸理所当然："我不需要知道，反正没我强。"

队友们的表情很有戏。

No.8 ☆☆☆ LZ| 留言 ☆☆

[视频]。

No.9 ☆☆☆ ==|××× 留言 ☆☆

哈哈哈哈……是真的很牛！

No.10 ☆☆☆ ==|××× 留言 ☆☆

这哥真是啥也敢说啊，主持人都蒙圈了，遭遇职业生涯最大危机！

No.11 ☆☆☆ ==|××× 留言 ☆☆

像这种缺乏社会毒打的人就是这个德行，等他在娱乐圈多混个两年就知道了，不就是个"富二代"吗，还真以为自己是什么天之骄子啊？

No.12 ☆☆☆ ==|××× 留言 ☆☆

虽然但是，裴虎的身家如果上次扒出来是真的，那确实是天之骄子，不是简简单单的"富二代"。

No.13 ☆☆☆ ==|××× 留言 ☆☆

确实，有几个人住得起阿瑟顿的房子？去搜一下开开眼吧。

No.14 ☆☆☆ ==|××× 留言 ☆☆

【事件】裴听颂之前开大奔去P大上课被人拍到，那些人把偷拍的照片发到网上骂炫富，这个哥第三天开了辆超跑。

No.15 ☆☆☆ LZ| 留言 ☆☆

有钱真好，我羡慕了。

No.16 ☆☆☆ ==|××× 留言 ☆☆

我点进来本来是想嘲的，结果开不了口……

No.17 ☆☆☆ ==|××× 留言 ☆☆

你骂我炫富，我真炫给你看。裴听颂，娱乐圈有你不起。

No.18 ☆☆☆ ==|××× 留言 ☆☆

不过我还是觉得他的大奔好看点，这辆超跑的荧光色太高调了，真的只有我一个人觉得丑吗？

No.19 ☆☆☆ ==|××× 留言 ☆☆

超跑就是这样的啊，现场看比照片还高调，开起来的时候马达的声音贼拉风。

No.20 ☆☆☆ ==|××× 留言 ☆☆

本拜金女有点想追裴听颂了，这个弟弟是真的有钱，请来和我谈恋爱，好吗？

No.21 ☆☆☆ ==|××× 留言 ☆☆

不是，我就不明白了，这么有钱那他来混娱乐圈图啥啊？就真的是追梦啊，感觉他这种自杀式营业也不像是想混娱乐圈的啊？

No.50 ☆☆☆ ==|××× 留言 ☆☆

【事件】有过多次抄袭前科的音乐裁缝孙丹傅，新歌抄袭了裴听颂出道前在美国写的歌的歌词，结果被他发现，直接微博公开。

Kaleido 裴听颂：音乐人孙丹傅，你昨天发的"原创曲"《时代秀》里的英文 rap 词抄袭了我两年前在美国发行的 Jet，下架道歉赔钱（还有我买你这烂歌的五块钱），赶紧的。

No.75 ☆☆☆ LZ| 留言 ☆☆

五块钱，哈哈哈……

No.76 ☆☆☆ ==|××× 留言 ☆☆

哈哈哈哈，这个瓜我吃过的，孙装死不回应，结果你虎直接开了个直播给孙的公司打电话，律师就坐在他旁边，贼搞笑，楼主快去搬那个视频！

No.78 ☆☆☆ ==|××× 留言 ☆☆

我的天，真的"虎"。

No.82 ☆☆☆ ==|××× 留言 ☆☆

谁看了不说他"虎"？

No.100 ☆☆☆ ==|××× 留言 ☆☆

说实话，他就是和内娱沉默是金的大环境水土不服啊，欧美长大的跑来这里混是吃不开的。

No.108 ☆☆☆ ==|××× 留言 ☆☆

他还真的不欧美，他在网上简直是火力全开，没有人骂得过他。

No.109 ☆☆☆ ==|×××留言☆☆

沉默是金？别给你偶像贴金了。

No.113 ☆☆☆ ==|×××留言☆☆

【事件】接上面的抄袭事件。裴听颂给孙公司打电话的直播录屏已贴。孙丹傅全网下架了歌曲并且公开向小虎道歉，小虎还转发了，但是并没有原谅，我们裴小虎怎么会原谅别人呢？

No.131 ☆☆☆ LZ|留言☆☆

音乐人孙丹傅：非常抱歉对@Kaleido裴听颂裴先生造成了严重的侵权行为，是我一时糊涂犯下的错，已经在第一时间进行了处理，再次郑重致歉，也恳请大家监督，以后坚决不会再犯，支持原创音乐！

No.132 ☆☆☆ ==|×××留言☆☆

Kaleido裴听颂：不要叫我裴先生，你三十岁了，我才十八。

No.153 ☆☆☆ ==|×××留言☆☆

哈哈哈，我十八哈哈哈哈，裴听颂是什么撑人奇才吗？？

No.160 ☆☆☆ ==|×××留言☆☆

为啥你虎这么搞笑？

No.165 ☆☆☆ ==|×××留言☆☆

裴虎真的绝，这是孙第一次承认自己抄袭吧。

No.187 ☆☆☆ ==|×××留言☆☆

这个孙丹傅也够搞笑的，还"第一时间"，第一时间裴虎在直播给你公司打电话好吗？公司尿得不敢接人电话，要不是小裴脾气暴，这次踢到铁板了，肯定还是不认的。

No.199 ☆☆☆ ==|×××留言☆☆

他是他们队的金瓜啊，别看年纪小，全团最酷的就是他。刚来的时候还没成年，现在都直奔一米九了，一身匪气。

No.223 ☆☆☆ ==|×××留言☆☆

放内娱都是金瓜吧，就是现在流行的小狼狗人设，不过他比小狼狗还要夸张一点。

No.234 ☆☆☆ ==|×××留言☆☆

你虎怎么能是狼狗？降级了降级了，辱虎了！

No.245 ☆☆☆ ==|×××留言☆☆

【事件】P大公布了留学生奖学金名单，你虎拿最高的奖学金，被黑粉骂靠

/187

关系，开了几栋高楼嘲了两天。之后裴听颂就发微博甩出了自己发的论文和成绩单截图打脸黑粉。

No.366 ☆☆☆ LZ| 留言 ☆☆

Kaleido 裴听颂：论文看得懂吗？

No.374 ☆☆☆ ==|×××留言☆☆

我有点羡慕了，我偶像要是这么"刚"也不至于被黑这么久，唉，真是越柔软的人越容易被欺负。

No.380 ☆☆☆ ==|×××留言☆☆

羡慕归羡慕，没点资本和底气是真的不敢像他这样。不是柔软不柔软的问题，这一位生下来就是拿爽文剧本的人，来娱乐圈又是玩票，你跟他比？而且他这么"刚"，不还是一堆黑粉？娱乐圈就这样。

No.390 ☆☆☆ ==|×××留言☆☆

他这种人火不了，娱乐圈又不看你有没有钱，会不会念书，长得帅没红的也多得去了，裴听颂这种就是没有大火的命好吧？

No.391 ☆☆☆ ==|×××留言☆☆

附议，他真的红不了，这种有攻击性的人设内娱根本不吃的好吗？当个笑话看看就完了。

No.392 ☆☆☆ ==|×××留言☆☆

【事件】糊卡难得参加了一个大点的商演活动，出来的时候被媒体采访，有一家八卦媒体提问方觉夏和Astar高层的关系，方觉夏还没说什么，裴听颂直接开麦："你有病吗？"（视频在下面。）

No.402 ☆☆☆ LZ| 留言 ☆☆

我居然喜欢他俩的组合！我是不是疯了？？

No.403 ☆☆☆ ==|×××留言☆☆

他俩？我是卡粉我劝你不要，这俩是队内最不和的，你看他们在任何场合几乎是零交流，据说裴听颂空降的时候还打过架，是真动手的那种，很多老粉都知道。而且据说他俩不和到裴听颂都不愿意住集体宿舍，方觉夏也是看到他就绕道走的那种。

No.404 ☆☆☆ ==|×××留言☆☆

不是，他和方的关系就真的好迷，每次就跟对方不存在一样，但是为着方觉夏负面新闻的事开过不止一次麦了。

No.406 ☆☆☆ ==|×××留言☆☆

哈哈哈，裴听颂撑完之后队友都惊了，特别是队长，一脸想要救场的表情。

整个团就方觉夏没表情。（他这张脸是真好看啊，冷冰冰的，我太吃了，要是没黑料就好了，一想到他的黑料我就吃不下去。）

No.412 ☆☆☆ ==|××× 留言☆☆

星图让他俩营业吧，能逆天改命你信我。

No.418 ☆☆☆ ==|××× 留言☆☆

我越看越觉得楼主其实是粉，不然为什么这楼我越看越有一种被圈粉的错觉？？（可能是我真的吃这类人，这样的明星太少了。）

No.419 ☆☆☆ ==|××× 留言☆☆

这就是裴虎的魅力，哈哈哈！

No.421 ☆☆☆ ==|××× 留言☆☆

【事件】帮方撑了八卦记者后，连续几天被黑，最后造谣到他家人的头上（据说是外公），裴听颂9月12日直接微博开麦，连发了六条撑黑粉，撑到晚上十点的时候突然不发微博了。就在所有人以为他已经偃旗息鼓的时候，这个家伙开了ins直播，在直播上说星图没收了他的微博账号，所以他在ins直播接着撑。（截图和视频在下面。）

No.450 ☆☆☆ LZ| 留言☆☆

真是锲而不舍啊。

No.462 ☆☆☆ ==|××× 留言☆☆

所以他就是在立疯子人设吧，怎么现在的人都喜欢这种疯子啊？

No.463 ☆☆☆ ==|××× 留言☆☆

他还真的不算疯。

No.464 ☆☆☆ ==|××× 留言☆☆

这个哥是有才华的，就是年纪小吧，可能长个几岁就不这么"刚"了。

No.470 ☆☆☆ ==|××× 留言☆☆

他没有小号吗？我现在特好奇他小号里面都是啥，是不是天天骂人呢。

No.473 ☆☆☆ ==|××× 留言☆☆

请记住裴虎的名言——骂人不用大号骂，骂给谁看？

No.474 ☆☆☆ ==|××× 留言☆☆

虽然我也不是很喜欢他，但是这个直播我反而转路人了，人家battle（对战）都是用嘻哈圈的路数靠真本事，不是那种张口就喷的，单押双押溜得不行，业务能力是真的强，在男团有点浪费。

No.475 ☆☆☆ ==|××× 留言☆☆

是在糊卡浪费好吗？糊卡一辈子翻不了身的，01和主舞是选秀节目的回锅肉；队长这种看着就红不了，没性格；贺子炎能圈点女粉吧，但是也就那样；裴听颂太疯了；方觉夏是这里面唯一一个有那么一点点爆相的，可惜是个被退团的。

No.480 ☆☆☆ ==|×× × 留言☆☆

卡也是，好不容易有个方觉夏这种天生偶像，结果一身黑料，来了个牛rapper，又是这种性格，倒霉。

No.481 ☆☆☆ ==|×× × 留言☆☆

哈哈哈哈，捡漏糊团卡莱多。

No.490 ☆☆☆ ==|×× × 留言☆☆

下饭神帖，楼主快更新！

No.491 ☆☆☆ ==|×× × 留言☆☆

蹲一个更新，最近就指着裴听颂活了。

No.493 ☆☆☆ ==|×× × 留言☆☆

每天看一遍本帖，抑郁烦恼远离我！（其实我有点羡慕他这样的性格，就是想说什么就说什么，一般人在生活中哪敢这样，有底气就是好。）

No.496 ☆☆☆ ==|×× × 留言☆☆

你们看那个机场视频了吗？裴虎把方觉夏撑到墙边拿机票拍他脸的那个，真的很绝，好多人转发。

No.501 ☆☆☆ ==|×× × 留言☆☆

这个视频出圈了吧，我生活号首页都有人转。

No.503 ☆☆☆ ==|×× × 留言☆☆

星图星图星图星图，营业营业营业营业。

No.520 ☆☆☆ ==|×× × 留言☆☆

方觉夏叼机票那一下有杀到我，他长得真的好好看啊，完全是我的菜。

No.521 ☆☆☆ ==|×× × 留言☆☆

讨论其他人左转去隔壁好吧，这是裴虎事件专楼，麻烦不要影响了这块地谢谢！

No.526 ☆☆☆ ==|×× × 留言☆☆

有些粉丝真是太搞笑了，不就是一个机场视频，激动得跟什么惊天大瓜一样。

No.527 ☆☆☆ ==|×× × 留言☆☆

【事件】来了，新鲜热乎的裴小虎发了个微博骂某综艺副导演，隔壁开楼说是某某卫视节目的副导，好像有过前科。

No.536 ☆☆☆ ==|×× × 留言☆☆

Kaleido裴听颂：某些综艺的副导演真以为自己只手遮天啊，睁眼看看世界吧。

No.537 ☆☆☆ ==|×××留言☆☆☆

这是骂谁？求一个课代表，谢谢。

No.538 ☆☆☆ ==|×××留言☆☆☆

隔壁扒了，裴没录过综艺，是方参加的那个卫视综艺，而且就在他发微博的时候方已经节目下车了，基本锤了就是那个副导。

No.539 ☆☆☆ ==|×××留言☆☆☆

那个副导名声贼差。

No.540 ☆☆☆ ==|×××留言☆☆☆

所以星图是要营业裴听颂和方觉夏了吗？求求你们了快点吧，你没看到这个组合的热度真的很高吗？高过你们整个团好不好！

No.541 ☆☆☆ ==|×××留言☆☆☆

楼上那个姐妹好执着，我看着你一路都在发，你应该去给星图打电话。

No.546 ☆☆☆ ==|×××留言☆☆☆

好恶心啊这个杨副导。（P.S.打电话的话请直播好吗姐妹？哈哈哈哈……）

No.548 ☆☆☆ ==|×××留言☆☆☆

楼都歪成什么样了，没人讨论裴虎吗？

No.552 ☆☆☆ ==|×××留言☆☆☆

他不止一次了好吗？反正我是看不懂他和方的关系。

No.556 ☆☆☆ ==|×××留言☆☆☆

他俩就是不和，方从来没正眼看过他。

No.559 ☆☆☆ ==|×××留言☆☆☆

两个人互相不搭理吧，上节目就他俩不跟对方说话，他们是全队关系最冷的两个。

No.562 ☆☆☆ ==|×××留言☆☆☆

那他为啥要帮方觉夏说话？

No.563 ☆☆☆ ==|×××留言☆☆☆

你哪只眼睛看见他给方说话了，他不是纯粹骂副导演吗？

No.564 ☆☆☆ ==|×××留言☆☆☆

你们看糊卡在云视春晚的现场了吗？我感觉糊卡要火了。

No.565 ☆☆☆ ==|×××留言☆☆☆

笑死了，糊卡永远糊，望周知。

No.568 ☆☆☆ ==|×××留言☆☆☆

那个 live 的音响事故是故意的吧，合理怀疑，不然怎么就糊卡坏，别人都不坏？这个音响难不成成精了？

No.578 ☆☆☆ ==|××× 留言☆☆

楼上的没看晚会吧，卡后面的那个歌手的音响也出问题了好吧？我一个糊卡日常黑都看不下去了，有的人真是张口就来。

No.579 ☆☆☆ ==|××× 留言☆☆

卡是有实力的，整个团的唱跳基本没有拖后腿的，就是缺了点运气。众所周知娱乐圈大红靠运。

No.580 ☆☆☆ ==|××× 留言☆☆

有方觉夏就火不了，死心吧卡粉，赶紧跑路！

No.582 ☆☆☆ ==|××× 留言☆☆

【事件】微博上有人拿着一张照片说是裴听颂整容前，爆料他花重金整容的事，后来发酵到某整容医院的医生（之前有过炒作前科）也出来开麦分析裴听颂的脸，说鼻子和下巴是动过的。裴听颂发微博回应。（重点是甩了自己从生下来到十九岁各个阶段的照片，每一年的都有。）

No.600 ☆☆☆ LZ| 留言☆☆

Kaleido 裴听颂：星美整形张医生，我已经联系律师，等着开庭吧。顺便你们看看真正的裴听颂小时候长啥样，别什么妖魔鬼怪都往我头上安，有的人的眼睛我看确实是应该去做做手术。

No.601 ☆☆☆ ==|××× 留言☆☆

五岁的时候就好帅了，这个弟弟我可以！

No.602 ☆☆☆ ==|××× 留言☆☆

没人发现他小时候照片的背景都很有美式庄园的感觉吗？贵族我信了！

No.603 ☆☆☆ ==|××× 留言☆☆

都说多少遍了他家是 old money，还有人不信。

No.604 ☆☆☆ ==|××× 留言☆☆

虎儿真会投胎。

No.610 ☆☆☆ ==|××× 留言☆☆

他小时候长得有点像女生，哈哈哈……

No.612 ☆☆☆ ==|××× 留言☆☆

所以裴听颂到底混不混血啊？我怎么感觉有几张特别混血。

No.613 ☆☆☆ ==|××× 留言☆☆

据说祖上是混的，好像前几代有白人血统吧。

No.619 ☆☆ ==|×× × 留言 ☆☆

行吧，是真纯天然帅哥，下一个。

No.628 ☆☆ ==|×× × 留言 ☆☆

他们团最应该被扒整容的不是方觉夏吗？他那张脸才是最假的吧。

No.629 ☆☆ ==|×× × 留言 ☆☆

有毒，能不能不带方觉夏啊，看虎就看虎好吗？

No.630 ☆☆ ==|×× × 留言 ☆☆

方觉夏肯定打了美白针的，哪有男的那么白？还有他脸上的胎记，我觉得也是文身，自己图漂亮文上去还立一个胎记人设。

No.632 ☆☆ ==|×× × 留言 ☆☆

又要歪楼了，哪有人给自己立什么胎记人设啊，你们在搞笑吗？

No.633 ☆☆ ==|×× × 留言 ☆☆

歪楼滚开！

No.634 ☆☆ ==|×× × 留言 ☆☆

歪楼滚开！

No.635 ☆☆ ==|×× × 留言 ☆☆

歪楼滚开！

No.636 ☆☆ ==|×× × 留言 ☆☆

楼主快更！

No.637 ☆☆ ==|×× × 留言 ☆☆

我去，裴听颂和方觉夏截和五大刊封面了！

No.638 ☆☆ ==|×× × 留言 ☆☆

隔壁开了帖，没必要来专楼讨论吧，你们这样真的很让人无语好吗？

No.640 ☆☆ ==|×× × 留言 ☆☆

是真的要营业了，谁敢信？

No.645 ☆☆ ==|×× × 留言 ☆☆

星图终于开窍了，快快快，快点搞，这个组合是好股！！

No.649 ☆☆ ==|×× × 留言 ☆☆

怎么不更了？

No.660 ☆☆ ==|×× × 留言 ☆☆

感觉裴虎最近收敛了很多啊，微博都不怎么发了，以前一周起码有一条的，是没有人敢惹他了吗？

　　　　　　　　　　　No.663 ☆☆ ==|×× × 留言 ☆☆

　　可能是有点热度了，不敢"糊"作非为了吧。

　　　　　　　　　　　No.664 ☆☆ ==|×× × 留言 ☆☆

　　哈哈哈，虎你怕了吗？你怎么能怕呢！！

　　　　　　　　　　　No.666 ☆☆ ==|×× × 留言 ☆☆

　　《逃生》的瓜真的假的？他俩要上《逃生》？

　　　　　　　　　　　No.700 ☆☆ ==|×× × 留言 ☆☆

　　不是吧，《逃生》不要自己砸自己招牌啊，我不想在《逃生》上看到偶像啊！

　　　　　　　　　　　No.701 ☆☆ ==|×× × 留言 ☆☆

　　星图这盘棋下得高啊，搞到这个资源，绝对会吸很多粉。

　　　　　　　　　　　No.706 ☆☆ ==|×× × 留言 ☆☆

　　醒醒吧，方觉夏的黑料吸不到粉的，一点爆相都没有，做什么梦？你就盼着方觉夏找到一个新的靠山带他飞吧。

　　　　　　　　　　　No.707 ☆☆ ==|×× × 留言 ☆☆

　　《逃生》不是给七曜的梁若了？梁若都吃了那么久的饼，之前遛梁若遛了好久啊。

　　　　　　　　　　　No.708 ☆☆ ==|×× × 留言 ☆☆

　　七曜上我可以接受，至少咖位在，卡莱多算是怎么回事？之前星图送上去一个商思睿就够了，又来一对，星图和蒋茵是不是有什么关系啊？

　　　　　　　　　　　No.709 ☆☆ ==|×× × 留言 ☆☆

　　《逃生》素人都能上，什么时候看过咖位……

　　　　　　　　　　　No.712 ☆☆ ==|×× × 留言 ☆☆

　　【事件】新鲜的虎来了，继梁若在 ins 发布了哭脸，暗示《逃生》节目组换人，《逃生》节目组官宣嘉宾名单，七曜粉和卡粉吵得最凶的时候，裴听颂微博发了一张照片，拍的是他摊开的手，用 p 图软件的涂鸦画笔把除了中指以外的四根手指都涂成黑色。（截图放在下面了。）

　　　　　　　　　　　No.800 ☆☆ ==|×× × 留言 ☆☆

　　哈哈哈哈，吵架没有人能吵过你虎！

　　　　　　　　　　　No.801 ☆☆ ==|×× × 留言 ☆☆

　　梁若还是太嫩了，哈哈哈哈！

　　　　　　　　　　　No.802 ☆☆ ==|×× × 留言 ☆☆

这个意思很鲜明了，哈哈哈哈！

No.803 ☆☆☆ ==|××× 留言☆☆

谁都不站，单纯觉得裴这个性格可太逗了，一点亏都不吃的。

No.806 ☆☆☆ ==|××× 留言☆☆

我有种他俩上《逃生》会火的感觉，毕竟一个是P大的（虽然是留学），另一个是北师的，学数学和《逃生》肯定对口啊，《逃生》解密数学题占大头。

No.810 ☆☆☆ ==|××× 留言☆☆

蹲一个新鲜的虎。

No.815 ☆☆☆ ==|××× 留言☆☆

今天也在蹲更新。

No.820 ☆☆☆ ==|××× 留言☆☆

第一期都出来了，反响真的是打脸了，他们是真的要爆。卡团终于要出两个大爆级别的了。

No.880 ☆☆☆ ==|××× 留言☆☆

贷款吹爆，好笑。

No.890 ☆☆☆ ==|××× 留言☆☆

好久没有更新了，想虎了。

No.900 ☆☆☆ ==|××× 留言☆☆

糊卡要回归了吧，估计虎是没时间发这些乱七八糟的了，而且又泄曲了，现在估计正焦头烂额呢。

No.916 ☆☆☆ ==|××× 留言☆☆

泄曲是真的有点惨，我现在相信销户卡是真的惨团了，一惨惨一窝！

No.918 ☆☆☆ ==|××× 留言☆☆

呼唤楼主！楼主快来！裴虎今天MLH首打歌现场改词了！特别特别"虎"！

No.980 ☆☆☆ ==|××× 留言☆☆

我来替楼主贴词了，不用谢！
这世道，明争暗斗举目皆是笑里藏刀
等指教，等来却是无恶不作阴毒损招
璞玉外泄曲不成调，这歌词你听来可好
若非满堂讥笑，怎知我鹤鸣九皋
心肠溃烂妒火中烧，这恶病还缺一剂猛药
原创孤军开膛一刀，血趁热喝长生不老

奈何我生来就暴躁,吃一堑必定反咬

No.981 ☆☆☆帮楼主 | 留言☆☆

Respect,虎哥不愧是你!太牛了这个词。

No.990 ☆☆☆ ==|×××留言☆☆

"提你人头踏碎灵霄"真的绝了,环视整个内娱还有人敢这么写词吗?

No.992 ☆☆☆ ==|×××留言☆☆

轻易不出山,出山"虎"倒一片。

No.1010 ☆☆☆ ==|×××留言☆☆

整首词都挺"虎"的,讲真裴听颂还是挺有才华的,里面引经据典有很多可仔细品的。

No.1012 ☆☆☆ ==|×××留言☆☆

看现场我被方觉夏和裴听颂圈粉了,一开场的京剧也很牛。

No.1023 ☆☆☆ ==|×××留言☆☆

虎虎写词是真的强啊,我以前还以为他只会写英文呢,不是说是ABC吗,怎么中文也这么强?

No.1036 ☆☆☆ ==|×××留言☆☆

他中文挺厉害的,好像他从小就学习双语,而且外公还是一个有名的作家。隔壁之前有人扒过他姐姐,那才是真的牛,有爆料说就是他姐把他弄回国的,除了给钱不会帮他搞资源,所以之前裴听颂一直就是糊糊的,也没人管,但是钱管够。我之前看到爆料帖里他姐的照片,长得特别好看,一米七几的大高个,可惜我当时没保存照片,好气。

No.1039 ☆☆☆ ==|×××X留言☆☆

又不更了,虎子你怎么了,你现在微博咋都不撑人了,为什么!我就指着看你撑人过活呢!

No.1060 ☆☆☆ ==|×××留言☆☆

虎,你快回来——我需要你的虎气辟邪!

No.1062 ☆☆☆ ==|×××留言☆☆

你们看私生粉那个了吗?打赌今天虎子要发微博,他今天在校门口被私生粉堵了,而且方觉夏也在,据说就在他旁边。

No.1360 ☆☆☆ ==|×××留言☆☆

队友在就必发微博了!(虽然我也不知道为什么,但这就是规律。)

No.1361 ☆☆☆ ==|×××留言☆☆

【事件】新鲜的虎来了！连发了好几条啊，我太激动了！

No.1560 ☆☆☆ LZ| 留言 ☆☆☆

Kaleido 裴听颂：今天的裴听颂也在辱骂私生粉。

No.1566 ☆☆☆ ==|×× 留言 ☆☆☆

Kaleido 裴听颂：讲真的，你们一天天在网上骂我的队友、骂我的经纪人，我可以当作看不见，随你们的便，反正你们骂来骂去我们照样住在一起，还要一起去马尔代夫，气不气？

No.1567 ☆☆☆ ==|×× 留言 ☆☆☆

但是你们像疯子一样追车，还搞到我面前了，当着我的面骂我队友，是想怎么样？想告诉我"啊，裴听颂你看我多喜欢你啊，我跟你一样会骂人"？学点好吧，我只骂该骂的人，比如你们诸位。我还爱读书呢，怎么不见你们拿着论文让我替你们看英文摘要啊？

No.1568 ☆☆☆ ==|×× 留言 ☆☆☆

Kaleido 裴听颂：分享图片。

We live in a insane time, man.

When you stalked by some shit, you must shut up.

When you tryna say something real, people just blah-blah-blah.

They say you gotta watch for what you saying baby.

OMG, you are in trouble!

Guess what?

I AM THE REAL TROUBLE.

No.1569 ☆☆☆ ==|×× 留言 ☆☆☆

熟悉的味道，裴虎牛！

No.1700 ☆☆☆ ==|×× 留言 ☆☆☆

这次的好狠啊。撑私生粉就已经够"虎"了，撑完私生粉撑骂队友的单人粉丝，网上有人拿他在国外长大的黑他不配用中文骂人，他就用英文骂，哈哈哈哈！

No.1710 ☆☆☆ ==|×× 留言 ☆☆☆

果然，有队友在场裴听颂必发微博。

No.1712 ☆☆☆ ==|×× 留言 ☆☆☆

不过他们说就是因为那个私生粉骂方觉夏，裴虎才生气的，私生粉那边把视频都放出来了，骂方觉夏，还说他恶意捆绑裴听颂，结果当下裴听颂就急了，让学校门口的保镖把她们拦在外面。

No.1713 ☆☆☆ ==|×× 留言 ☆☆☆

虽然但是，裴听颂现在性格好像没以前那么"虎"了，十八岁那年真的是……现在好多了感觉（除了跟队友有关的他就比较跳）。

No.1715 ☆☆☆ ==|××× 留言 ☆☆☆

是真的，他们团贺子炎被搞绯闻的时候，他还跟着方觉夏在微博下面玩梗，也没骂人，感觉性格好了好多，要是以前估计是要开麦骂人的。

No.1760 ☆☆☆ ==|××× 留言 ☆☆☆

别说了，贺子炎自爆孤儿的时候，裴听颂也只是发了一个挺理智的微博撑吃瓜群众，说得还挺对的，有的人就是嘴欠，这种隐私也要扒，真的不给自己积点德。

No.1770 ☆☆☆ ==|××× 留言 ☆☆☆

销户卡现在火了，他不敢像以前那样搞事情了。

No.1781 ☆☆☆ ==|××× 留言 ☆☆☆

这个楼是不是再也不会更新了？

No.1900 ☆☆☆ ==|××× 留言 ☆☆☆

今天这个等了好久，楼主都没有发，我来替楼主搬运一下吧。前段时间有一个黑网站被挖出来，但是新闻一直传播不开，裴虎虎转发了好多条，特别是有一个受害人母亲发的微博，他一直在关注，结果被黑粉骂他是蹭热度，骂得很难听。

后来裴听颂好像联系到那个妈妈了，还花了特别多的钱给她请了一个很贵的律师和对方打官司，这个是那个孩子的妈妈微博发的，应该是真的。

No.1920 ☆☆☆ ==|××× 留言 ☆☆☆

裴听颂还挺真的，其实。虽然很多人说他疯，但是我宁愿看他这样的，也不想看天天发广告的明星微博。

No.1930 ☆☆☆ ==|××× 留言 ☆☆☆

那个我也关注了！刷到他微博的时候我真的特别激动（谁能想到我之前是他的黑粉呢），我看到就他发声了，然后一直不发微博的方觉夏还专门出来点赞了他的微博。

No.1941 ☆☆☆ ==|××× 留言 ☆☆☆

他俩还真是刻苦啊，连这种事都蹭热度。

No.1953 ☆☆☆ ==|××× 留言 ☆☆☆

蹭热度？蹭热度需要花那么多钱自掏腰包给人请律师？

No.1963 ☆☆☆ ==|××× 留言 ☆☆☆

虎子再不发微博我真的哭了。

No.1990 ☆☆☆ ==|×××留言☆☆☆

可能是因为红了自己收敛了一点，要么就是红了之后星图把他的微博又收了。

No.2001 ☆☆☆ ==|×××留言☆☆☆

收微博账号不可能，哈哈哈，没有人能从你虎手里把账号收走。

No.2002 ☆☆☆ ==|×××留言☆☆☆

他没有小号吗？大号不发了，小号让我看看还不行啊？（虽然我觉得他有可能不会开小号，连骂人都是在大号上面骂的。）

No.2010 ☆☆☆ ==|×××留言☆☆☆

【事件】我来了！裴听颂参加夏日专辑的宣传直播，主持人开玩笑说方觉夏长得像女孩子，当男孩有点可惜，方觉夏本人都只是笑了笑没有说话，但是！裴听颂他又又又开撑了。"他只是长得好看而已，男孩子就不能长得漂亮吗？这是什么规定？我觉得'漂亮'这个词是不分性别的。"（视频已经放在下面了。）

[视频]。

No.2051 ☆☆☆ ==|×××留言☆☆☆

我又来了，有队友必"虎"定律。

No.2052 ☆☆☆ ==|×××留言☆☆☆

虎真的变了，他现在连撑人都变温柔了！！！（我也赞同他说的，漂亮不分性别。）

No.2067 ☆☆☆ ==|×××留言☆☆☆

又是没有裴虎陪伴的一天！

No.2169 ☆☆☆ ==|×××留言☆☆☆

虎，你的微博落灰了，你每天在做什么？

No.2179 ☆☆☆ ==|×××留言☆☆☆

【事件】来了来了。卡莱多团队直播时，有黑粉在弹幕里发"方觉夏滚远点"这样的话，被裴听颂和方觉夏本人看到了，方觉夏正要挪开一点距离，裴听颂就对着屏幕说："你让谁滚远点呢，自己先滚远点吧。"（录屏已经贴下面了。）

[视频]。

No.2361 ☆☆☆ ==|×××留言☆☆☆

等了一周还以为能等到虎自己的微博，没想到啊没想到。

No.2362 ☆☆☆ ==|×××留言☆☆☆

果然，队友定律诚不欺我！

No.2363 ☆☆☆ ==|×××留言☆☆☆

/199/

聋了，勿扰。

No.2376 ☆☆☆ ==|×× × 留言☆☆☆

这场直播我看了！

No.2463 ☆☆☆ ==|×× × 留言☆☆☆

这场直播不只这一个啊，裴小虎后来还做了一件特别"虎"的事。就他们抽到念彼此的备注嘛，裴听颂和方觉夏是一组，方觉夏给他的备注是恒真式（还解释了一番），然后，裴虎给方觉夏的备注是 moonlight！

No.2636 ☆☆☆ ==|×× × 留言☆☆☆

为什么我什么都听不见了，你们在说什么？

No.2646 ☆☆☆ ==|×× × 留言☆☆☆

没有人补 BMA 的那个获奖视频吗？那个才是真的"虎"啊，裴拿了奖直接说感谢"'替'我们泄曲"的人，没有他就没有《破阵》的歌词，自己就不会获奖。太真性情了。

No.2691 ☆☆☆ ==|×× × 留言☆☆☆

对对对，而且他还说，一个人的尊严并非在获得荣誉时，而在于本身值得这荣誉，问内娱还有第二个人敢这么说获奖感言吗？

No.2692 ☆☆☆ ==|×× × 留言☆☆☆

啊，获奖那个我也觉得超级"虎"！

No.2736 ☆☆☆ ==|×× × 留言☆☆☆

【事件】我又来了！你们最爱的裴虎终于发微博了！在线打假！顺带着还科普了一下柏拉图式恋爱（截图已发），真的是第一个真身打假的艺人了，太好笑了。

No.3012 ☆☆☆ ==|×× × 留言☆☆☆

我还真的以为那个是他小号！搞得好真！

No.3013 ☆☆☆ ==|×× × 留言☆☆☆

怎么可能？小虎都说了他小号从来不骂脏话，那个一看就是假冒伪劣，而且 ID 真的起得好掉价啊，想故意贴他的哲学系人设，结果画虎不成反类犬，最后弄成个四不像。

No.3014 ☆☆☆ ==|×× × 留言☆☆☆

就是想给他搞绯闻吧，里面搞了一堆那种乱七八糟的恋爱微博，一看就是后续准备给他炒恋情的。

No.3015 ☆☆☆ ==|×× × 留言☆☆☆

搞到裴听颂头上是不是傻啊，他肯定会打假啊，是哪个对家这么蠢？

No.3016 ☆☆☆ ==|×× × 留言☆☆☆

反转了！卡团01的小号被"列文虎克"扒出来了，节目里的保真！一被扒出来01就取关了一个号，但是被截图了！一个私人读书博，有人说是虎的小号。

No.3068 ☆☆ ==|××× 留言☆☆

为什么01总是搞出这种事（我有点被气笑了，哈哈哈）。

No.3069 ☆☆ ==|××× 留言☆☆

上节目用小号刷微博，破折号也真的是个狼人，这个团真的绝了。

No.3079 ☆☆ ==|××× 留言☆☆

虎的小号？真的假的啊？

No.3087 ☆☆ ==|××× 留言☆☆

"一个没有营销公司的读书博主"，这个简介就很裴听颂了，再搭配这个号之前发的那个私聊截图，就营销公司找他要签他做营销号的，笑死我了！

No.3096 ☆☆ ==|××× 留言☆☆

哈哈哈哈，营销公司要签裴听颂做营销号！这是我今天听过最好笑的笑话！

No.3169 ☆☆ ==|××× 留言☆☆

有一说一，虎子是真的有文化，看得我汗颜。

No.3260 ☆☆ ==|××× 留言☆☆

有点被圈粉了是怎么回事，01是故意放出来的吗？

No.3365 ☆☆ ==|××× 留言☆☆

哈哈哈哈！我能想象到现在裴听颂是什么心情，老子刚打完假你就给我抖搂出来了。

No.3523 ☆☆ ==|××× 留言☆☆

跌宕起伏的小号事件，哈哈哈哈，裴小虎你还不出来骂01吗！！

No.3621 ☆☆ ==|××× 留言☆☆

这个炒作也太费工夫了，他的小号出道前就在用，我觉得就是一个生活号吧。

No.3690 ☆☆ ==|××× 留言☆☆

【事件】又又又来了！小号裴听颂认了。

Kaleido 裴听颂：@Kaleido 凌一，下次上节目能不刷微博吗？刷微博能不用小号吗？用小号能不关注我吗？被扒了能不取关吗？能吗？

Kaleido 凌一：能能能能能……

No.3762 ☆☆☆ LZ| 留言☆☆

哈哈哈，我的天，这个团真的有毒！我迟早有一天被欢乐喜剧卡笑死。

No.3786 ☆☆ ==|××× 留言☆☆

怎么这么好笑！

No.3865 ☆☆ ==|××× 留言☆☆

绝了这个五问，哈哈哈！

No.3869 ☆☆ ==|××× 留言☆☆

认了！居然认了！不愧是裴虎，敢作敢当。

No.3900 ☆☆ ==|××× 留言☆☆

这个号真的好岁月静好啊，我都快忘了虎哥是学哲学的了，看书都不炫耀怎么能叫看书呢？

No.4001 ☆☆ ==|××× 留言☆☆

01真的太狗了，哈哈哈！

No.4002 ☆☆ ==|××× 留言☆☆

我一开始真的担心他会打死01，哈哈哈哈，看来是没有（可能是被方觉夏拦住了）。

No.4026 ☆☆ ==|××× 留言☆☆

01的小号也超搞笑啊，里面全都是各种傻里傻气的小视频。他日常这么无聊的吗？

我梦想成为一个大佬：今天想吃炸鸡，但是我不想自己买怕q哥又骂我，我必须让别人来下这个单。于是我跟66说，我室友想吃炸鸡，然后66就订了！还是订得最贵的！开心，我室友是全天下最好用的工具人！

这个"室友"应该是方觉夏，"66"应该是老六裴听颂吧。

No.4365 ☆☆ ==|××× 留言☆☆

我天，66是什么绝世好队友！

No.4369 ☆☆ ==|××× 留言☆☆

哈哈哈，方觉夏你是全世界最好用的工具人！

No.4496 ☆☆ ==|××× 留言☆☆

01现在在疯狂删微博，唉，又是什么都听不到的一天。

No.4511 ☆☆ ==|××× 留言☆☆

你们快去看破折号截图，他还在小号说，66威逼利诱他换宿舍，哈哈哈！

No.4569 ☆☆ ==|××× 留言☆☆

这楼歪了。

…………

05

卡莱多团综的第一季是在夏日专辑 *Last Summer* 回归前完结的，录制最后一期的时候他们提到过要给粉丝惊喜。这件事大家一直记着，先是路远准备了一个惊喜直播，他听说有一个粉丝在他创建的舞室里学舞，于是借口她的老师请病假换他去替班，戴着口罩和帽子，教了足足十分钟，幸运粉丝才知道这是路远本人。

其他几个人也都一一履行约定，完成了自己的惊喜突袭，最后只剩下方觉夏。

他一直苦恼不知道应该给什么惊喜，因为他并不是擅长制造惊喜的人。直到有一天，方觉夏收到一个名叫佳佳的忠实粉丝的来信，还附赠了一本亲手制作的手账，里面是从方觉夏还在准备出道的时候就收集的他的照片和信息，一点点往后翻，几乎就是方觉夏这几年的成长史。

信中写道，她是从方觉夏还没正式出道的时候就开始喜欢他，这么多年一直如此，同时她也向方觉夏倾诉了自己的生活。

"我感觉最近简直一团糟，临近毕业论文答辩的时候父亲和母亲闹离婚，闹得不可开交，外婆进了医院，我自己也因为错失继续深造的机会而焦虑，找工作的时候四处碰壁，最难过的那天我一个人在小区里哭了好久，擦干了眼泪才敢回家。我觉得我的生活好像不会再有好事发生了。"

看到这段的时候，方觉夏不禁想到了自己。人陷入这样的情绪之中很难抽身，尤其是刚进入社会的年轻人。大家陷入恶性循环，最终被负面情绪吞噬。

所以他决定让这个女孩糟透了的生活发生一点"好事"。

决定惊喜策划之后，工作人员以星图的名义给她寄了一封回信，信中说她因为购买专辑中奖，抽中星图公司的签名周边大礼包，届时还会有星图公司的工作人员专门为她送上礼物。

收到这封信的佳佳高兴地又写了一封回信，文字中满是开心，尽管她并不知道，工作人员就是方觉夏本人。

准备突袭直播的前一天，方觉夏突然感觉紧张，毕竟他已经很久没有单独和粉丝或是其他陌生人接触，加上他又不是那种擅长活跃气氛的性格。

于是他拉上裴听颂，作为全程陪同的友情嘉宾。

"约的是几点？"裴听颂困得睁不开眼，坐在餐桌边慢吞吞喝咖啡。方觉夏取下了身上的围裙搭在椅子靠背上："十点。嗯，还有……一个半小时。"他瞄了一眼客厅的钟，眼睛微微眯起，"我去换衣服，你也快一点。"

换了套低调的黑色卫衣和牛仔裤，又找了顶铅灰色的棒球帽，方觉夏对着镜子整理了一下，正巧程羌打电话催他开直播，于是方觉夏拿出手机，直接打开了直播间。

一开始有点卡，方觉夏对着光调整角度："看得到我吗？"

上来就是撑脸近拍，粉丝们都激动不已，尽管他们不知道这次的直播是一次会让他们酸爆的惊喜突袭。

啊啊啊啊，觉夏哥哥！觉夏哥哥好帅！

素颜真的绝了！不愧是门面大人！

快让我来亲亲胎记！

方觉夏将手机拿远放在自己书桌的架子上，从抽屉里拿出一个口罩，默默低头打开对着屏幕戴好。

好沉默的直播，哈哈哈哈！

哥哥你忘记打招呼啦！

好，正片完，这是一个单纯的戴口罩教程。

呜呜呜呜，美貌被封印了！

所以觉夏哥哥是要出门吗？

方觉夏重新将手机拿起来，看了看弹幕，才想到自己没有说话："哦对，我今天要出门。"觉得自己说的话有点少，于是方觉夏又补了句，"大家有没有吃早饭？"

吃了！

我吃了小笼包和醪糟小汤圆！

他站了起来，手拿起椅子上的双肩包挎在肩上，正准备往外走，突然房间门打开，站在门口的裴听颂往里望了望："方小朋友，你怎么这么慢啊？"

方觉夏登时被吓到，立刻走到裴听颂看得见的地方，指了指自己的手机给他对口型——我在直播。

裴听颂一下子反应过来，这才知道自己刚刚说了不该说的话。

但是来不及了，弹幕已经疯了。

刚刚那个是葡萄树的声音吧！是吗？

绝对是小裴的声音啊！！！

他刚刚是不是叫觉夏哥哥方小朋友？你们在宿舍都是这么称呼对方的吗？说好的觉夏哥呢！

方觉夏看着满屏的感叹号都不知道怎么解释了，只好赶紧转移话题："感觉今天天气不错。"

战术性聊天气。

走到裴听颂身边的时候他才发现自己和裴听颂奇迹般地撞了衫："你怎么也穿的黑色卫衣？"

"我不知道啊，随便拿的一件。"

裴听颂自然而然地把双肩包从方觉夏肩膀上弄下来自己背，两个人离开宿舍去到停车场，一路上方觉夏怕暴露地址，都是对着自己的脚。

好可爱啊，哈哈哈这个视角！

"我开车？"方觉夏走到车边，抬头问了一句。

"我来吧。"裴听颂绕过去给他把副驾驶的门开了，然后自己去到驾驶座。

欸，这个包什么时候跑到小裴身上？

哈哈哈哈，觉夏哥哥的直播里小裴宛如一个工具人。

上了车，方觉夏开始回应直播间粉丝的留言："哦，没有开美颜，美颜怎么开？"

哈哈哈哈，老年人方老师。

别开了，您已经超美了！

裴听颂把车开出去，上了路，光线忽然间涌进来，透过玻璃窗洒在方觉夏脸上，连他上眼睑微微发青的血管都隐隐可见。

觉夏哥哥真的太好看了，呜呜呜！

"放点歌吗？"裴听颂问。

方觉夏点了点头，看见弹幕上有人说想看裴听颂，于是他抬了抬眼望向裴听颂，嘴角带着一点笑意："他们想看你。"

虽然这听起来很像是征求意见，但方觉夏已经悄悄地把摄像头转换成后置，屏幕里变成了帽子反戴、单手开车的裴听颂，他还浑然不知："想看就能看啊？先给我打十万块。"

哈哈哈，裴便宜你在做梦！我已经看到你了！

十万块啊，哈哈哈！

单手开车好帅。

"十万块是不是贵了点？"方觉夏歪在副驾驶的靠背上，一本正经握着手机假装对着自己直播，"你出场费太高了。"

"因为我很高贵。"裴听颂眼睛瞄着路况，确认没什么事之后才回头看方觉夏，只瞥了一眼就发现不对，"你是不是在拍我？"

哈哈哈哈，被抓包了！

"没有啊。"方觉夏立刻点了点屏幕把镜头转到前置，"我拍我自己。"

裴听颂脸上还有点怀疑:"好吧。"他扭头继续望着前面,"你不跟大家说一下今天的安排吗?"刚说完,他咳了几声,又清了清嗓子,"一会儿要去见谁。"

　　"哦对。"方觉夏转过去从后座拿了瓶水,将手机放在腿上,一边给他们讲一边拧开瓶盖,然后又拿起手机对上自己的脸,"今天其实是一次惊喜突袭,你们还记得圆老师还有——他们的惊喜突袭吗?轮到我了。"

　　啊!原来是这个!!酸了!!!

　　天哪!我们只能看着觉夏哥哥给别人惊喜,呜呜呜,而且还是小裴跟着一起的那种双重惊喜!

　　好酸。

　　觉夏哥哥你水拧开忘记喝了啦,都在手上拿好久了。

　　车子停下来等红灯,裴听颂跟着歌唱了两句 rap,谁知方觉夏直接将手里拿了好久的水递给他,也没说话。他接过来喝了一大口,又递回去。

　　呜呜呜呜,这神仙同事情,举了好久就为了等一个红绿灯。

　　又是满屏幕的弹幕,方觉夏都不知道自己做了什么。

　　"快到了,你看那个站在小区门口的是不是她?"裴听颂把车靠边停下。

　　透过挡风玻璃,方觉夏看见一个身穿米白色针织长裙的女孩站在小区门口,似乎在等人。

　　"可能是?"方觉夏拿出程羌昨晚给他的"工作人员"的手机,拨通了佳佳的电话,果然,不远处那个女孩拿出手机接了电话。

　　方觉夏开了外放,弹幕一片激动。他故意压低了声线,努力地扮演一个冷酷无情的工作人员:"你好,请问你是佳佳吗?我是星图的小陈。对,我们之前联系过,我现在就在你们小区外面。没错,好的,那我下车去接一下你。"

　　啊啊啊,真的酸了!

　　我也想让觉夏哥哥下车接我,呜呜呜呜,而且低音好好听啊!

　　挂断电话之后,裴听颂伸手接过方觉夏手里直播的手机:"我给你拿着从这个视角拍吧。"

　　"嗯,那我下去了,你先不要拍到她的脸。"

　　"我知道,"裴听颂伸手替他整理了一下卫衣的领子,"去吧,小心点。"

　　方觉夏还有点紧张,对着镜头跟大家挥手之后压低了帽檐走向那个幸运粉丝。

　　裴听颂看了看方觉夏的背影,又看了看弹幕。

　　我酸了我酸了我酸了!这是什么偶像剧情节!!

　　小裴:我应该在车底,不应该在车里。

　　看到这一条评论,裴听颂不由自主"哼"了一声。

哈哈哈哈，是小裴发出了一声不屑的哼吗？

哈哈哈……酸葡萄和我们一起酸。

"只有你们酸而已，好吗？"裴听颂老老实实按照哥哥的吩咐举着手机，对着他和那个女孩，"我有什么可酸的？

"我跟你们打赌，他绝对三十秒之内被认出来。"

哈哈哈哈，销户卡的赌瘾真的很大。

又来了，又开始打赌了。

我觉得不会欸，觉夏哥哥已经裹得很严实了。

屏幕里，方觉夏将双肩包里的周边大礼包都拿出来给那个女孩，里面还有他的亲笔手写信，但无论他装得多么像，还是没办法骗过老粉。刚开口说了一句话就被认出来，女孩激动地原地蹦了好几下。

"你们看，我说什么来着？"说完，裴听颂望着挡风玻璃外的方觉夏，轻声说，"一看就是他啊。"

啊啊啊啊，我捂住了自己的小耳朵！！！

直播屏幕里，那个女孩依旧很激动，而且直接扑了上去抱住了方觉夏，撞得他直接后退了半步。

方觉夏的第一反应是回头看镜头的方向。

看我也没用！方觉夏我要和你分手一秒钟！

呜呜呜，你快来哄我，我酸得流水了！

我现在就要把我的觉夏哥哥抢回来！

忽然，屏幕那头的大家听到了开车门的声音，然后砰的一声关上，镜头跟着脚步往前移动。

哇，这个移动速度，第一次体验到生了双大长腿走路是什么感觉。

裴听颂上前，脸上挂着笑和善地伸手拉开那个女孩子："Surprise!"但镜头对准的是方觉夏。

妹子显然是被裴听颂吓了一跳，没想到竟然又出现了一个，她激动地问可以握手吗，裴听颂伸出了空闲的那只手："可以啊。"

人家只想和你握手，哈哈哈哈！

妹子突然理智。

"希望你之后的生活可以越来越好，一切顺利。"方觉夏微笑着伸出手，很轻地拍了拍女孩的肩膀，"会有很多好事发生的，要加油。"

在她的要求下，两人和她一起合照留念，然后在小区门口说了再见。

完成任务之后，方觉夏异常地开心，裴听颂拿着手机对着他拍："你是不是应该说点什么?"

方觉夏两手一拍,学着人家拍电视剧打板那样,啪的一下:"今天的惊喜突袭,完成!"

裴听颂还非常给面子地用手拍手腕鼓掌:"厉害!"

葡萄树你把我晃晕了!!!

恭喜!顺利完成!!(虽然我还是很酸。)

直播要关了吗?不要吧,才开始没有多久欸。

"他们想关直播了。"裴听颂故意胡诌。

"啊?"方觉夏还真的相信了,用手把口罩往下拉了拉,凑得离镜头更近了些,"你们不想看直播了吗?"

不是!!!

我杀葡萄!!!

"开玩笑的。"裴听颂把手机扔给他。方觉夏把直播镜头调成前置,看到了许多粉丝挽留他的弹幕。

"你又骗我。"方觉夏扭头去瞪他。

裴听颂耸了耸肩,一本正经道:"方觉夏是我见过最单纯的小男生。"

方觉夏直接上手推了一把他:"闭嘴。"

Wow!

上面那个说"wow"的是火哥吗?

啧啧啧,一会儿小男生一会儿小朋友,我真的搞不清楚谁是哥哥谁是弟弟了。

我可太喜欢听觉夏哥哥说闭嘴了。

"错了错了,"裴听颂笑着认错,"我请你吃好吃的,我们搞吃播去。"

"吃什么?"方觉夏扭头问。

"吃……你想吃什么吃什么,先上车吧。"

裴听颂开车把方觉夏带去了一家僻静的高档日料店,挑了个最私密的包厢,服务生还特别贴心地给他们拿了架子架住手机,不影响吃饭。

啊,这家店超级贵的,我看过探店来着,不愧是裴少。

点完餐之后他们就开始聊天,为了方便出镜,两个人并排坐在一起。方觉夏取了口罩,把帽子也反过来扣上,露出干干净净的整张脸。

裴听颂一直盯着他,嘴角的笑意压不住:"你学我。"

方觉夏皱了皱眉:"脸真大。"

"哇,你可以啊,连'脸大'这种词都学会了。"裴听颂立刻捂着心口对着镜头大倒苦水：" 看到了吗朋友们？其实卡莱多的团霸根本不是我，"他指了指方觉夏，"是这一位。"

按照卡团食物链来说是这样没错，裴听颂制服整团，方觉夏制服裴听颂。

"我欺负过你吗？"方觉夏扭头看他，一向冷淡的脸上多出几分可爱的表情。

"嗯……"裴听颂转了转眼睛，有很努力地在思考。

"你还要想这么久吗？"

"没有没有。"裴听颂舔了舔嘴唇，"都是我欺负人，怎么会有人敢欺负我呢？"

哈哈哈哈，战术性舔唇！

我能看他们俩这样聊天吃饭一整天。

菜陆陆续续上来，有烧鸟和寿喜烧，还有一些刺身。方觉夏的吃相特别好，嚼东西很慢，一口饭可以吃很久。裴听颂还不停给他夹菜涮牛肉，把他的小碗堆成了山。

"你能把这个黄瓜吃了吗？"裴听颂看见他碗里剩的一堆黄瓜片，眉头都皱起来。

方觉夏光顾着看弹幕，只嘴上"哦"了一声，但也没动筷子。

裴听颂只能给他煮别的青菜："你知道吗？你就跟我小时候那种养不活的鸟似的，吃东西特费劲，喂一点就跑了。"

这是什么形容，哈哈哈哈！

听到这句话方觉夏也皱起眉头，扭头看他："你是说我养不活吗？"

哈哈哈哈，自己给自己出了道送命题。

"我说你吃饭太少了。"裴听颂又给他夹了一大筷子肉。

真的，我现在越来越搞不懂谁是哥哥了。

觉夏觉夏！看我！你有没有看过裴虎事件簿！！

盯着屏幕的方觉夏忽然间看到这一条，然后以前所未有的速度嚼完嘴里的肉咽下去："啊这个，凌一给我看过。"

又是你01！

是他就是他！我们的好朋友小凌一！

说完，方觉夏又用手掌挡住嘴小声说："不过那个楼还在吗？我看的那次就更新到……"他想了想，用更小的声音说，"好像是整容那里。"

哈哈哈哈，这个求生欲！

快往后看！还在更新呢！更到小号了！

"啊？"

裴听颂纳闷："你在叽里咕噜说什么啊？"

方觉夏看着他，憋不住笑了一下："你小号的事被贴到你那个很'虎'的专楼了。"

"我知道啊，我看到了。"裴听颂倒了杯水，皮笑肉不笑道，"说到这个我就想把凌一揍到打110。"

啊啊，哈哈哈……

"我室友是全天下最好用的工具人！"

"工具人？"方觉夏有点没理解这个梗，"谁是工具人？"

"好了好了，快吃饭，"裴听颂立刻转移话题，"都凉了啊。"

方觉夏看着那些刺身，理所当然道："本来就是凉的。"

裴听颂没说话，手肘撑着桌面，手掌托着下巴侧过脸盯着镜头，还挑了挑眉。

Wow——这个挑眉好帅哦。

觉夏哥哥已经放开了，早上的时候还尴尬，现在都已经放弃演不熟了，这就是同事的力量。

所以觉夏哥哥，那个裴虎事件簿楼里很多人说你们俩不和，是真的吗？

问类似问题的多起来，方觉夏甚至放下了自己手里的蜜瓜慕斯认真解释："我们俩，怎么说呢，我们一开始确实不是很亲的关系。"说完他就去看裴听颂，"而且那个时候他也不住宿舍。主要还是我，我不太爱说话，不做表情的时候看起来有点冷，可能就会让大家有那种……"

误解。但方觉夏清楚，那根本不是误解，他也不知道怎么解释，于是干脆拍了一下裴听颂，把烫手山芋扔给对方："你来说。"

"说什么？"裴听颂看了看他，很小声说，"你吃脸上了。"

"嗯？"方觉夏自己拿纸擦了擦，也忘了一开始要干什么，反倒是裴听颂继续说："早期的时候我们确实有一点误会，但是误会早就已经解除了。"

方觉夏看了一眼屏幕，满屏幕都在刷"现在是不是最好的朋友？"之类的话。

"好朋友？"裴听颂盯着屏幕上的字念了出来，然后摇了摇头，"不，方觉夏才不是我的好朋友。"

方觉夏也瞥了他一眼，故意说："你也不是我的好朋友。"

"那太好了。"裴听颂做出击掌的动作，见方觉夏一点也不配合，他就把方觉夏的手拽起来硬是要跟他击掌。

哇，这个氛围真的……

"我吃饱了，"方觉夏吃完最后一口甜品，把空掉的盒子展示给大家看，"然后今天的直播就到这里吧。"

呜呜呜呜，要关掉了吗？还没有看够。

哥哥再见，呜呜呜……

裴听颂在旁边扬了扬眉："拜拜。"

方觉夏抬手关掉了直播，把手机从架子上取下来放到桌上，伸了个懒腰，直接歪倒在沙发上。

这个动作倒是让裴听颂有点意外，问："怎么了？吃累了？"

"好累啊。我以后再也不要跟你单独直播了。"

06

一巡后年底公司安排了正规三辑的回归策划，结束短暂假期的 Kaleido 全身心投入新专辑制作中。

历时四个月三辑的筹备工作才正式完成，发行和打歌计划安排在十一月底。

"剩下的这段时间就留下来后期制作了。"在三辑最后一次会议上，程羌对着六个过劳的年轻人说，"至于你们，还有一件事要做。"

裴听颂满脸写着不乐意："还有啊。"

"所以这是 to do list（待办事项清单）的最后一件了吗？"江森仰靠在椅子上，"太好了，做完就可以休息了。"

路远闭着眼睛给江森比了个大拇指："不愧是水哥，这都能苦中作乐。"

连续三十个小时没有合眼的方觉夏只觉得眼睛发酸。他努力地眨了好几下眼，安静等着程羌的下文。

"我已经不行了。"凌一无力地摇头，趴在桌子上，"我什么都不想做了。"

"真的？"程羌转了转自己的会议椅，"那马尔代夫呢？"

"什么！"凌一噌的一下坐起来，像只激动过头的吉娃娃，"马尔代夫？！"

"你不是什么都不想做了吗？"坐在旁边的贺子炎伸手抓着凌一的转椅扶手转来转去，跟逗小孩儿似的故意逗他，"我们小凌一留在家里等哥哥回来吧。"

"我不，我要去！"凌一一把推开贺子炎："羌哥我错了。"

"别让他去。"裴听颂转着笔，"干啥啥不行，捅娄子第一名。"

凌一立刻反唇相讥："你干啥啥不行，记仇第一名。"

"行了你们。"程羌继续说，"这次去马尔代夫其实是为第二季团综做准备的，马尔代夫行应该会剪成最开始的两集。"

想到会有摄像头跟，方觉夏还有些失望："所以也是工作。"

"不完全是，本身公司也想给你们放假。"程羌解释说，"前两天我们会跟拍，为了拍摄项目可能也会密集一点，之后的几天工作人员会离岛，剩下的五天你们自己在岛上玩。"

"耶！！"

于是，Kaleido终于开始了他们心心念念的马尔代夫之旅。要拍摄他们收拾行李的画面，方觉夏想到之前裴听颂坏掉的行李箱，所以在得知出游计划的当天晚上就在网上预订了一个新的行李箱，和他的是同一款，只是颜色不同。拿到行李箱的裴听颂高兴得要命，抱着箱子亲了又亲。

"你怎么像小孩一样……"见他这么激动，方觉夏反而有点不好意思，"不就是个箱子吗？"

马尔代夫是由大大小小上千座岛屿组成的群岛国家。飞机抵达马尔代夫首都马累的时候正好是当地的中午十一点，所有人转乘快艇从马累出发前往最终目的地JV岛（卓美亚维塔维丽岛）。

大家激动不已，尤其是凌一，蹦蹦跳跳像个小朋友。方觉夏静静望着快艇玻璃窗外的碧海蓝天，长途飞行的疲惫在看到湛蓝海水的瞬间就褪去大半。水晶一样澄透的薄荷色潟湖包围着绿树成荫的岛屿，远远望去，就令人心旷神怡。

抵达JV岛之后，拍摄组让他们六个站在沙滩边录制开场，导演也还是第一季团综的女导演。

"欢迎大家来到马尔代夫的JV岛……"

贺子炎用手挡着太阳，对着其他人笑道："看曦姐说的，就跟这个岛是她的一样。"

"哈哈哈哈！"

被开玩笑的女导演假装冷酷："好的，今天晚上二火就住在沙滩了。"

"哎哎哎，曦姐我错了！"贺子炎一米八几的大个子扑通一下跪倒在地，一直出神的方觉夏都回了神。在场工作人员笑疯。

路远摇头："二火发动卡团必备技能——滑跪求饶。"

裴听颂跟着摇头："没必要，真没必要。"

"住沙滩也挺好的，可以看星星。"江森微笑。

看见二火跪在地上，凌一一时兴起想骑坐在他身上。谁知道他穿的黑色短袖被晒得太烫，烫得凌一又溜下来，捂着自己被烫到的胯躲到方觉夏背后呜呜叫。

"你是来搞笑的吗，破折号？"裴听颂把他从方觉夏背后拉出来。

导演曦姐拍了拍手："好了，说正经的。在这里我们将开始这一季团综的第一期拍摄，虽然说这里是度假胜地，但是为了增加一点趣味性，里面的许多项目，包括你们这些天的住房，都会用特殊形式获得。"

裴听颂立刻举手："反对抽签。"

"哈哈哈哈！"

路远鼓掌："一开口就是老倒霉蛋了。"

"放心，我们这次不会用抽签这么简单的形式了。"岛上的工作人员出现，协助他们搬出六艘小船。导演指了指不远处的红色浮标："看到那个浮标了吗？浮标上插了克莱因蓝的旗子。你们同时出发划船过去，我们按照你们抵达浮标拔起旗子的顺序，确定这次旅行的优先选择权。"

"啊这个，小裴本身就会划船啊，不公平。"

"算了算了，小裴也倒霉这么久了。"

"你们在胡说什么呢！"

在工作人员的安排下，他们每个人穿上了救生衣在船上坐好。方觉夏第一次划船，从工作人员手里接过船桨的时候还有点新奇。

"我肯定能拿第一。"最左边的裴听颂相当自信，"到时候我要选水屋。"

江淼有点怕水："我想住沙屋，我怕我睡海上根本睡不着。"

水屋是完全在海上的别墅，落地的玻璃窗外就是一望无际的大海，景观一流，与之相对的就是沙滩上建造的沙屋别墅。制作组这么设定，一定会给胜出者优先选择住房的权利。

"小裴我跟你说，"路远给出了他的经验之谈，"千万别立 flag（目标），立了 flag 拿不到 flag。"

"对，你倒霉不是一天两天了游戏黑洞。"贺子炎点头。

"就是，我这次一定会打败游戏黑洞。"凌一向裴听颂宣战，顺便还拿船桨戳了戳方觉夏的船桨："觉夏你想睡哪个？"

"我都可以啊。"方觉夏一贯不挑剔，不过想到裴听颂的运气，他心里还是有点没有底。

万一真的像他们说的，小裴运气差没拿到第一怎么办？短短的几秒钟，方觉夏想到了划船游戏排列组合的各种结果。

一听到导演组的口哨声，他便立刻抬头，看着前方。

"准备——开始！"

六个人同时出发，一开始差距并不大，但裴听颂有皮划艇的经验，所以在划船上也更加得心应手，倒是凌一，刚划了没多久就开始打转转。路远、贺子炎和江淼三人相差不远，渐渐地被裴听颂甩开一些距离。

方觉夏虽然没有划过船，但这种运动对他来说很好分析，出发前他就下意识在脑子里过了一遍水流流动方向和船桨摆动角度，一分钟的适应期过去，就变得格外顺畅，他手握着两支桨交替入水，心无旁骛地向前划着，只奔着那面越来越清晰的小蓝旗。

"哇，现在觉夏快要和听颂并齐了！"

"好厉害！"

距离浮标越来越近，方觉夏和裴听颂之间的距离已经相差无几，但他自己浑然不知，满心就是最后那一个目标。

小蓝旗就在眼前。两艘船的船头几乎同时驶过红色浮标，裴听颂下意识看向方觉夏的方向，确认他与浮标的距离，同时伸出手去。

方觉夏伸长手臂一捞，高举起蓝旗，这个他从头到尾一心望着的目标。

"觉夏第一！"

"小裴也拿到了！"

两人只差了一秒的时间。

裴听颂笑着挥了挥旗子，然后划到方觉夏的身边："怎么这次这么卖力？"

"有吗？"方觉夏累得放下手里的桨，突然间才意识到这东西这么重，"确实好累。"他望向裴听颂，稍稍仰起脸，抿着唇冲对方笑，"你好厉害啊，早知道我就不用那么辛苦了……"

海风很大，裴听颂没有听清他的后半句："你说什么？"

方觉夏摇了摇头，换了句话："皮划艇是不是更累？"

他在太阳底下摇头，头发蓬松地甩动，很可爱，让裴听颂想到了Lily。

裴听颂点点头："没你厉害，第一次都能划这么快，而且我看你的路线完全是笔直的。"

方觉夏心里升起些许愉悦感，心情像天上的浮云一样飘着。

"你笑什么？"裴听颂拿小旗子挥了挥。

方觉夏笑着摇头，不说话。

剩下的贺子炎、路远和江淼也陆陆续续抵达，拿走小旗子，只剩下凌一，还在原地打转转："哎呀，我都头晕了，往前啊！"

大家都笑得不行，没办法，最后还是路远替他把旗子拔了："比赛结束！"

"好，我们宣布一下结果。"所有人都回到沙滩，导演按照之前的时间记录念出顺序，"第一名是觉夏，小裴第二，然后是远远、子炎和淼淼，最后一名就是一米都没有划出去的凌一。"

"那段可以剪掉吗？"凌一假装抹眼泪。

裴听颂突然开口："我同意。"

凌一一惊："裴听颂终于做人了！"

裴听颂续道:"剪出来当宣传片。"

"哈哈哈哈!"

"现在我们开始第一项,选房子!"导演组拿出三个宣传立牌,上面分别是三座住房的图片,"为了方便拍摄我们还是两人住一个房子。这里有豪华水屋、豪华沙屋和次豪华沙屋。"

"这个'次'字就很灵性了。"路远吐槽。

"所以刚刚划船的赢家,既可以选择房子,也可以选择你的室友。"

凌一欲哭无泪,扑通一声跪在了方觉夏的身边,抱住他的大腿:"觉夏!救救孩子吧!"

路远再次摇头:"又来了,卡莱多传统艺能。"

方觉夏拽他起来:"你吓我一跳。"

"觉夏你最好了,"凌一噘嘴,"我们都做了多少年的室友了。"

贺子炎开始玩梗:"填空题,我的室友是全天下最好用的……"

"工具人。"江淼和路远异口同声。

"行,那现在从第一名开始选择。觉夏你先出来,站到你想选的房子的立牌前。"

方觉夏点头,握着小旗子,毫无悬念地走到豪华水屋前。

"好,豪华水屋已经有主人了。"导演又问,"你想选谁成为你的室友呢?"

大家都开始疯狂指自己,除了不太想住水屋的江淼。方觉夏拿第一对他们来说都是好机会,因为谁都知道,以方觉夏的性格来说,是不会拒绝队友的。这就说明人人都有机会。

就连裴听颂自己都这么觉得,脸上已经蒙上阴云,对接下来的选择毫无心思。

方觉夏看着积极踊跃的队友们,对着镜头说:"裴听颂。"

被叫到名字的裴听颂一愣,满脸的难以置信。

其他几个人也有点惊讶,但很快又管理好表情,用摔沙子"互殴"的方式故意搞笑。

路远喷了几声:"你说气不气?第一名选了第二名。"

江淼却说:"这是好事啊,第二名的选择权直接给到第三名了。"

"对欸。"

导演组宣布:"好,那小裴就和觉夏一组。第三名远远,可以来选择你的房子和室友了。"

路远小跑到豪华沙屋边:"我选……"他扭头看导演组,"我可以自己住吗?"

"哈哈哈哈!"

"不可以！"

凌一把小旗子别在耳朵上，花式吸引路远的注意："远哥看看我！你是世界上最帅的人！我给你按摩，你选我吧！我睡觉不磨牙不打呼噜，睡相特别好！"

"谁要跟你睡一张床啊。"说是这么说，路远最后还是选了凌一，"就他吧，唉，孩子怪可怜的。"

"耶！豪华沙屋也是豪华！"

"OK，那剩下的子炎和森森就自动分到次豪华沙屋。"

贺子炎不知道从哪儿摸出一副墨镜给自己戴上："身为队伍里的哥哥，当然要把好的让给弟弟们。"

凌一倒在地上做呕吐状。

"怀了啊，恭喜恭喜。"

"去你的！"

被选择的人按照安排移动到房主和立牌边。裴听颂也朝着方觉夏走过去，跟他站到了一起。

就在这时候，导演又问道："觉夏是怎么做选择的？"

方觉夏大概是没想到还会被提问，愣了一秒，但很快给出了自己的理由。

"因为第一次团综直播玩传贴纸游戏，明明小裴很厉害，把掉了的贴纸都接住了，但是因为我输掉了，还跟我一起受罚，而且他真的很倒霉，经常因为奇怪的运气输掉。"

说着他笑起来，笑容意外地很坦率，是和第一季团综录制时完全不同的样子。

"所以这次就很想……满足他的心愿。"

07

房子选择完毕之后，拍摄组跟着三组小分队去各自的住所，拍下他们看到房子第一时间的反应。

方觉夏自从进入团体，几乎就没有休过什么像样的假期，稍稍有点空闲时间大都用来在宿舍补觉，或是回家陪母亲，所以当他看到海上的水屋别墅时，多少有些新奇，也总算明白为什么裴听颂想要争取这个房子。

马尔代夫最美的就是水晶一样剔透的薄荷色潟湖，澄透得仿佛能涤净一切坏心情。这座水屋就悬空建在潟湖的正上面，面朝一望无际的大海。

方觉夏跟着裴听颂上了水屋，走进去，第一层主卧是全透明的玻璃房结构，打开玻璃门出去便是无边泳池，视觉上几乎和大海连成一线。

"好漂亮。"方觉夏不禁感叹。

"是很好看。"裴听颂搭住他的肩膀，在方觉夏面前完全没了团霸姿态，"谢谢哥哥。"

方觉夏侧头笑了一下，忽然想到什么："刚刚我在外面就看到一个像滑梯一样的东西。"说着他往一楼外走去，想看个清楚，"那是什么？"

裴听颂慢悠悠走在他后头："就是一个可以从楼上滑到海里的滑梯。"

方觉夏抬起自己的手遮了遮太阳，仰头望着，原来二楼卧室外的阳台连通着一座环屋滑梯。

"凌一肯定喜欢这个。"太阳太大，方觉夏一边往房间里走一边对裴听颂说，语气笃定，"他会过来玩的。"

方觉夏一进屋发现透明玻璃地板，透过地板可以直接看到下面的潟湖："你看，这个也是透明的。"方觉夏蹲了下来往下面望了望，语气认真，"有点高。"

裴听颂见他拧着眉的样子，就忍不住笑出来，挨着方觉夏蹲下，也望了望："这还高啊，一两米吧也就。"

"哇，有海龟！"方觉夏突然拍了裴听颂两下，很少见的小孩子语气。

"真的。"裴听颂也看着海龟。

"这个海龟爬得好慢。"方觉夏抱着膝盖盯着下面慢悠悠的海洋生物，阳光从侧面的玻璃门透进来，把他薄薄的眼睑照得透明，红色的胎记就像果冻里嵌着的一颗樱桃。

"终于爬走了。"方觉夏替它舒了口气，脑子里冒出些想法，"你说，对它来说主观时间应该也是很缓慢的吧？"

这倒是个有趣的观点，裴听颂抱着膝盖想了想："应该是，不然海龟每天都很着急，会急出毛病的。"

听到这句话，方觉夏忽然笑出来，牙齿白白的："我也想过海龟的体感时间。"

慢一点，再慢一点。

"说到时间，一转眼都已经第二季的团综了，"裴听颂手握拳做话筒状凑到方觉夏嘴边，"方觉夏同学，你有什么感想？"

"感想……"方觉夏认真想了想，然后看着正前面的镜头，"我们公司终于赚到钱了。"

摄像大哥都被他逗笑了。

"就这啊？"裴听颂伸手揉了揉他的头发。

方觉夏把被他揉乱的头发整理好："第一季第一期我们都是在宿舍拍的，现在都能来马尔代夫了。这还不是赚钱了吗？"

裴听颂把"话筒"拉回来，对着镜头说出自己的感想。

"方觉夏是全天下最实诚的孩子。"

听到这句话，方觉夏皱了皱眉，环视房间的时候注意到那张大床，伸手摁了摁，还挺软："我还以为水屋里会是水床。"

听到这句话，裴听颂直接捂住了他的嘴。

"嗯？"方觉夏抬眼看他，眨了眨眼，完全不知道自己说错了什么。

"我们去楼上看看吧。"裴听颂憋着笑。

两人带着拍摄组的工作人员转了一圈，裴听颂也差不多把他们固定的摄像头摸了个清楚。临近饭点，六人再次集合一起去往岛上的餐厅。结束热热闹闹的餐厅拍摄之后，剩下的时间集中于海上项目。

"森哥一起来玩水上摩托啊！"路远在海上大喊，尖叫着，激动得跟个高中生似的。

江森面无表情，一味摇头："我不会游泳，万一掉海里怎么办？会死的。"

方觉夏走到江森身边，他已经坐在裴听颂后面玩过一轮，看江森连害怕都这么淡定，竟然有点想笑："森哥，有教练在后面应该没有太大问题，我刚刚试过了不会掉下去的。你要不坐在他们后面试试？"

"不了，就在海边玩玩水还可以，"江森看着远处正骑着海上摩托嗨翻了天的贺子炎、路远和裴听颂，"那个速度太快了，我真挺害怕的。"

也是。一味地说服别人克服恐惧，去尝试自己不敢做的事，有时候其实也是一种压力。方觉夏打消了鼓励的念头，把自己口袋里的糖分了一个给江森："这个很好吃。"

江森放下手里拿着的东西，从方觉夏手里接过他的糖。

"你拿的是什么？"方觉夏低头盯着他放在地上的小罐子。

"贺子炎的防晒霜。"江森剥开糖纸，无情吐槽，"谁能想到全团最黑的黑皮涂防晒霜涂得最勤。"

"噗。"

凌一也跑过来："那边有魔鬼鱼欸！你们要不要一起去喂？"

"好啊。"

"森哥你都三个水了，居然还这么怕水啊？"

江森反问："你还叫凌一呢，你不二吗？"

方觉夏笑到仰起了头。

虽然是团综，但还是和第一季一样，大部分是记录，制作组也不会为了看点刻意设置剧本让他们去演,只是把可玩的项目集中在前两天,方便拍摄素材,卡莱多的成员们本身就很有综艺感,单纯的记录反而更加有趣。

　　第二天的下午,他们跟着当地的工作人员出海钓鱼,满载而归,吃完自己钓上来的金枪鱼,又因为知道很快要收工,他们可以自己随意支配度假时间,六个人的心情越发亢奋。

　　"大家都吃得差不多了吧。"导演站在镜头后面,工作人员搬上来一块板子,上面贴着一幅漫画,画着六个穿着不同风格泳装的少女,有的高挑性感,有的清纯温柔,也有运动型和可爱型。

　　看到这幅画,裴听颂挑了挑眉:"你们要干吗?让我们选纸片人?我看起来这么死宅吗?"

　　"他不愿意我愿意!"路远举起手,"全给我都行。"

　　凌一一脸嫌弃地看着路远,骂了一句:"变态。"

　　方觉夏盯着那幅漫画,心里总觉得怪怪的,但是又说不出来哪里奇怪。

　　江森手托着下巴:"这个选了是不是关系到最后一个项目会做什么游戏?应该没有水上游戏了吧?"

　　导演续道:"猜得不错,确实是要让你们选的。请大家注意,你的选择将会决定你最后一个项目是什么,而且我们会以团综先导直播的方式播出,所以请大家慎重,最好还是按照自己的取向和喜好来选择。"

　　"又来了,又抽签,又是直播。"身为一个老倒霉蛋,裴听颂已经放弃了一切抽签式游戏。

　　取向……方觉夏闷不吭声地从画的最左边瞟到最右边,再瞟回去。

　　"那……就从小裴开始吧。"

　　"我不想选。"裴听颂懒散地往椅子上一靠,戴上了自己的墨镜闭目养神,毫无配合之意,"这里面没有我的取向。"

　　凌一小声嘀咕:"少来了,明明是因为自己太倒霉,不敢选。"

　　裴听颂依旧维持着自己休闲养老的姿势,但对着凌一的方向比了个向下的大拇指。

　　"那我选了啊。"贺子炎指了指画,"从左到右第二个吧,穿红色比基尼的美女姐姐。"

　　"可以啊,金色大卷发。"路远也立刻选出自己喜欢的,"那我要选穿藏蓝色连体运动款泳衣的姐姐,扎着马尾的那个!"

　　看大家都这么积极,凌一直接走到板子前:"那我选这个粉色波点裙的!这个的个头和我比较配,而且是我喜欢的短发。"

剩下的也不多，江淼看了看，给自己选了个穿着淡蓝色连体式泳衣的麻花辫少女："这个吧，感觉比较保险。"

"保险是什么形容，哈哈哈哈。"

方觉夏看了看剩下的两个，一个高挑性感，黑色深V裙装泳衣配一头大卷发，另一个则是黑长直清纯少女，穿着两截式白色泳衣，上半身是荷叶边抹胸，下半身则是短裙。

"那我选白色衣服的这位。"

这句话戳中了贺子炎的笑点："这位，哈哈哈，觉夏真的太正经了。"

"所以渣女大波浪就归小裴了。"路远鼓掌，"可喜可贺，可喜可贺。"

待所有人选择完毕，导演姐姐脸上挂着谜之微笑："还记得你们在公司练习室辛苦排练的女团舞吗？"

"养老"的裴听颂突然间坐起来，墨镜都哐当一下子掉到鼻梁："不是吧，你们要搞什么鬼？"

贺子炎也品过来味儿："等等，所以刚刚那个选择其实是……"

工作人员将板子转过来，每一个漫画少女的背后，都挂着一套她们在画中穿着的泳衣。

路远当即满脸问号。

后知后觉的方觉夏终于发现哪里不对劲了。

只有凌一还丈二和尚摸不着头脑："不是，拿泳衣糊弄我们啊，我还以为是真人呢。"

江淼快被凌一的脑回路打败了："你就是那个人啊。"

"什么？！"

一听说要变装，裴听颂堂堂一个霸总怎么受得了？他一拍桌子站起来就准备造反。

裴听颂的反应早就在导演组的意料之中，毕竟要让小魔王听他们的话几乎是不可能的事，所以他们早就准备好了十大说服理由："小裴，你先冷静下来，听我们……"

"大可不必。"

方觉夏拧开水瓶，喝了一口水鼓着腮帮子盖上盖子，只见裴听颂大手一挥："我觉得泳装这个概念很有创意。"

他差点一口水全喷出来。

剩下几人全都一脸问号，扭头看他。

"你是被鬼上身了吗裴听颂？"

"没有啊。"裴听颂大咧咧坐下，转着手里的墨镜，"就是挺有意思的啊，反正大家连女团舞都排练过了，不就再穿个女装吗？多好啊，这样舞台才完整。"

"我不穿！要穿小裴自己穿。"

裴听颂摁住凌一的头："都、别、想、跑。"

方觉夏伸手抓住裴听颂的肩膀晃了晃，虽然一句话没说，但满脸都写着"醒一醒"三个字。

路远摇头："连方老师都方了。"

别说方觉夏，连导演组都当场愣住，搞不明白裴听颂唱的又是哪出，但无论如何，最难搞定的刺儿头倒戈是天大的好事，只要他这边同意了，那剩下的小兄弟就好办了。制作组搬出广大粉丝的强烈要求，动之以情、晓之以理，终于把他们半哄半骗到化妆室。

卡莱多整个团的氛围一向轻松幽默，出了名地没有偶像包袱，之前粉丝求着女团舞福利，他们就真的在练习室好好地排了一支。

制作组带了好几个造型师专程负责这次女装，只是房间有点小，江淼和方觉夏单独在一个小房间换装，剩下四个则聚在大房间里。

"其实我不讨厌扮女装，真的，我觉得偶尔尝试一下还挺新鲜，"贺子炎坐在化妆台前，任由发型师给他调整金色长发，说着说着他就抬胳膊秀了一下自己的肱二头肌，"我就是怕吓着粉丝。"

旁边的路远看见他那样，笑得假发都差点掉下来："您就是传说中的金刚大芭比了！"

"你还别说，火哥这肤色就跟美黑过似的。"裴听颂瞅了一眼，吐槽道。

"就你白。"

路远搁镜子里瞄了一眼小裴："小裴好像没那么'违和'，二火太猛男了，哈哈哈哈。"

这话不假。裴听颂五官虽然立体，但又不是那种非常阳刚的长相，化上妆戴上黑色大波浪假发，在大红唇加持之下还真有几分御姐感。

"你们看小裴像不像表情包里面的姐姐？"凌一比了个酷酷的手势，硬是"凹"出一个迷离的眼神。

路远很快接了梗，风骚地甩了甩自己的假马尾："拜拜就拜拜，下一个更乖。"

裴听颂皱眉，等着造型师去给他拿衣服："你们一天天的在网上看的都是什么东西……"

正吐槽，忽然听到敲门声，插科打诨四人组抬头看向镜子里映出来的门，竟然看到了一位穿着白色裙装泳衣的"真"美人。

"很奇怪吧……"方觉夏一脸局促,手不自觉往下扯了扯泳衣的裙摆。

"很特别!"凌一伸出脚踢了一下裴听颂的椅子:"是吧,小裴?"

"嗯……"裴听颂回答,"挺好看的。"

听见"好看"两个字,方觉夏心情还有些小愉悦,他走过来,拉了凳子坐到裴听颂身边:"你的口红好红啊。"

凌一偷偷在镜子里瞄着,找准了机会就疯狂踩裴听颂痛脚:"哈!这个死小裴害羞了!"

听到"害羞"两个字,裴听颂立刻炸毛:"你在说什么鬼话!"

"你就是不好意思了,你就是!"

裴听颂太阳穴突突地跳,想把凌一摁在地上爆捶一顿,可惜他被方觉夏给揽住,手一伸只抓到了凌一的假发。

"啊,他把我的头发弄掉了!"

路远和贺子炎只顾着看笑话:"你活该,哈哈哈哈。"

导演在外面催着,终于等到了换装完毕的六个"美少女",赶鸭子一样把他们赶到沙滩,正巧遇上日落的绝美景色。

方觉夏从没有见过这么漂亮的日落,每一片云霞都被粉橘色的阳光浸透,水蓝色的潟湖也染上了粼粼金粉。他仰头望着,完全沉浸其中,都没有发现裴听颂站在他身侧,拍下了夕阳下他的侧脸。

裴听颂不光拍了,还发了小号。

"你拍我了吗?"方觉夏看见他拿着手机,后知后觉。

"没有啊。"裴听颂死不承认,把手机扔给了工作人员,"我什么都没做。"

在导演的催促下,六个人按照队形站好,背对着镜头。

"你们放开点,不要太拘束。"摄影师提醒。

"就他们?还放开点?"导演直摇头,"真放开了他们能穿着泳衣给你来段群口相声。"

"哈哈哈!"

江淼在这时候仍旧不忘自己作为队长的领导精神:"大家现在换了装,动作要柔和一点,争取一遍过。"

"知道了——"

他们练习的那首歌是翟缨所在组合的新曲,整体风格比较独特,舞蹈的难度倒不是很大,当初他们练习的时候说好了只用拍一个练习室版本,没想到最后上了套,一步步走向奇怪的深渊。

贺子炎低头看着沙滩上自己的影子:"看我这头发,这曲线。"

裴听颂翻了个白眼："你可闭嘴吧猛男。"

方觉夏仍然觉得尴尬，他想都没有想过自己有一天居然会穿女装，而且上来就是泳装这种等级，还要跳舞……

导演远远喊了一声："机位准备，直播间可以开了。"

工作人员开启了直播间，粉丝很快就涌了进来。

我来了，我来了，我来了！

团综先导直播！团综第二季要来了吗？？

欸？这是什么？海滩吗？

我进错直播间了吗？怎么是泳衣派对？？卡莱多的直播间被盗号了？？

就在粉丝迷惑之际，音乐声响起。前一秒还在尴尬的方觉夏听到音乐自动变回舞蹈机器，也顾不上什么女不女装的，卡着拍子转过身，脸上带着略有些僵硬的微笑，双手蝴蝶一样交叠在脸前，纤长的手指动了动。

我天！！中心位的"美女"你谁！！

这是觉夏哥哥吗？！

白色泳衣，方觉夏！

六个女装大佬？？小裴居然意外地不难看欸！

常年的高要求练习已经让方觉夏把舞台上的敬业刻到了骨子里，哪怕是这种搞怪的翻跳，他也认真对着口型。

凌一走位到前面来，跟方觉夏交换位置之后还对着镜头做了一个wink。

啊啊啊，凌一！

这个wink我爱了，短发真的太适合我们凌一了！

假唱女团卡莱朵！绝美女团卡莱朵！

凌一接受了自己女装的身份，怎么娇怎么来，怎么嗲怎么来。和他一比，方觉夏简直就是个冰山上的圣女，明明跳的是同一支舞，他却浑身透着股不可亵渎的仙气。

江淼也走位上前，站在中心位带着全队一起做了两个连续的波浪动作，这个动作实在是太到位，立刻引发弹幕的一片惊呼。

水水是什么"温柔大姐姐"啊！

啊啊啊啊，我死了！

觉夏的腰！

裴听颂穿上泳装之后发现跳舞特别不得劲，怎么动下面都扯着，女团舞的动作又多用胯，跳着跳着他就难受得不想跳了，躲在后面挨着贺子炎划水。

贺子炎其实并没有划水，他很认真地在"卖弄"，但是他越努力，越好笑，

/223/

穿着一身红色比基尼做波浪动作，八块腹肌在夕阳下闪闪发光。

哎不是，"霸总"组的两位能不能好好营业啊！这么美的舞不要跳得像猛虎下山一样好吗？

贺子炎是什么肌肉辣妹，哈哈哈哈！

小裴居然有沟！比我的还明显！有胸肌真好啊。

副歌的第一 part 路远走位中间，一甩头马尾辫直接呼到凌一的脸上，呼得凌一直接叫了出来。可怜的凌一只能捂着自己的脸继续顽强营业，结果又一脚踩到了贺子炎的脚，害得贺子炎扭动的舞步发生了变化，扭成了秧歌。

画风渐渐小品化……

哈哈哈，我笑没了，贺子炎你腿差点扭断了。

只有觉夏和森森还在美美地营业，后面四个是什么妖魔鬼怪，哈哈哈哈！

这该死的心动！

Wow, wow, 我不行了！

太刺激了，卡莱朵内娱第一女团！

最后一段，六人变成两组一前一后的队形，江森、方觉夏和凌一站在前面，贺子炎、裴听颂和路远分别在他们三人身后，做出相当劲爆的舞蹈动作。

弹幕已经疯狂。

终于有惊无险地熬到了尾奏，六个人转过身，一步步朝夕阳走去，最后齐齐回头，喘着气做出了 ending 动作。

假唱女团卡莱朵！猛女下山卡莱朵！

08

"结束！"

听到导演的声音，六个人终于结束了做作的表演，凌一直接倒在沙滩上，路远得意地甩着自己的马尾，江森的麻花辫散了，试着自己编回去。

音乐一停，方觉夏的羞耻感直冲天灵盖，也不知是跳舞跳得还是穿着这身衣服臊得，脸比脚下的沙子还要烫。

跳完舞的其他人就显得相当兴奋了，肌肉辣妹贺子炎拉着一头大卷发、热到怀疑人生的裴听颂跑到镜头跟前："来来来，我们颂妹和大家打个招呼。"

哈哈哈哈，颂妹！

颂妹太美了！

裴听颂一脸不配合营业的表情看向贺子炎："火火姐你妆花了，怪吓人的。"

"欸，是吗？我睫毛膏花了吗？"贺子炎到处找镜子："姐有小镜子吗？"

哈哈哈，补妆这个真的好女生！

造型师从哪儿找的泳装，哈哈哈哈！

"我们造型可费工夫了。"贺子炎解释说，"虽然是比基尼，但为了不让我们走光，下面都是裙子。"说完他还转了个身展示了一下自己的裙摆，"可能是定做的，因为他们说之后就送给我们了。"

裴听颂翻了个白眼："除了你还谁穿得下啊，那可不是要送给你。"

江淼也带着他重新编好的麻花辫走过来，一脸温柔地对着镜头招手："大家要记得收看我们团综的第二季啊。"

每天盼着呢！第二季我们新人女团卡莱朵就要出道了！

觉夏真的好好看啊，远远看就是大美女啊，不愧是门面！

方觉夏这会儿正看着自己跟前的凌一，突然发现他的衣服上面有什么东西在爬，于是凑近到他身后，伸出手扶住他肩膀："凌一你别动，你脖子后面有个东西。"

"啊？"凌一吓得直往后扭脖子，可又偏偏看不到，"什么东西？"

凌一穿的衣服上半截是吊脖式的，带花边的绳子系在他脖子上。

"一只螃蟹幼崽。"方觉夏仔细观察，下论断的同时伸出手，准备帮他把这个小生物拿走。可他手指刚夹住螃蟹的两侧，反应过来的凌一就吓得直往前跑："啊螃蟹！它夹到我肉怎么办！"

这么一跑，可出了大事。

方觉夏的手夹着小螃蟹，小螃蟹的钳子夹着凌一脖子后头的系带。

于是凌一的小蝴蝶结就这么被扯开了，上半截的泳衣没了固定，直接翻了下来，胸口露了个干干净净。

正盯着直播屏幕的裴听颂看到这一幕，差点把自己的假发笑掉："哈哈哈！凌一你个憨憨！"

颂妹你的低音炮笑声吓到我了！

哈哈哈哈，凌依依你走光了！！！

我看光了！

"啊！"凌一还真的演起来了，捂住自己的胸口，步伐中带着少女的羞愤，一路小跑躲到了江淼的背后。尴尬现场只剩下还抬着手没有放下的方觉夏和他手里无辜的小螃蟹。

方觉夏看了看凌一，又看了看螃蟹幼崽，最后把这个可怜的小东西放回到沙滩上，自己走到了裴听颂的后面，本来想躲镜头，又被裴听颂给拽到了前面："你还没跟大家打招呼呢。"

躲也躲不过，方觉夏只好尴尬地笑了笑："大家好。"说完他就往队长身后闪，想远离镜头，心里盼着赶紧下播。

太绝了太绝了，这张脸真的！

我有点种草觉夏身上的泳衣了怎么办？但是我没他白也没他瘦，呜呜呜……

我种草这张脸。

这一次的直播本来也只是一个小小的尝鲜，所以他们稍稍聊了聊新一季团综和新专辑的计划之后，就和粉丝说了再见。直播间关闭后，工作人员的工作差不多也结束了，卡莱多和所有工作人员告别，气氛很是愉快。

夜色落下来，眼看着工作人员乘坐快艇离岛，他们六个人终于重获自由。

"耶！终于可以休息了！"

"我要洗澡，我要睡觉，这几天的水上项目搞得我心脏都脆弱了。"

凌一抓住方觉夏的胳膊，吵着要带他去自己的沙屋看看："我有一个'L'形的游泳池，绕着屋子的那种！"

就这么，他们所有人都被拉到了凌一和路远的豪华沙屋。

"你们看我们的游泳池！"凌一把大家带到他的"L"形泳池边，路远大声地叹了口气："你可别丢人了，谁跟你似的，来一趟马尔代夫箱子里全是充气小鸭子啊？"

还真是。方觉夏看到泳池里漂浮着的小黄鸭，扑哧一下笑了出来，下意识就去找裴听颂："小裴你看……"

一回头，他才发现裴听颂靠在墙边，满脸写着不开心。方觉夏走过去扯了扯他的手臂："你怎么了？不舒服吗？"

裴听颂要死不活地"嗯"了一声，眼皮一耷拉："不舒服。"

"哪儿不舒服？"方觉夏伸手去试他的温度，"是不是有点中暑？"

并没有。

"嗯，可能吧。"裴听颂顺着台阶就往下溜，"我想睡觉。"

"那你回去吧。"路远蹲在泳池边冲他俩笑，"觉夏留下跟我们打牌。"

其他人都跟着笑起来。

"我陪他回去休息吧。"方觉夏又摸了摸他额头，感觉是有点烫，心里不由得有些担心，"你们先玩，一会儿他好些了我们再过来吧。"

看着他们离开的背影，贺子炎做作地用手绞着自己的金色长发，叹了口气。

"来来来，我们打牌了。"

"马尔代夫什么都好，就是没有麻将。"

…………

09

时间总是主观的。

方觉夏终归认可了这一点。过去的他期盼着痛苦的时间不要被拖长，所以才会养成在心中默念计数的习惯，但渐渐地他发现，他的小时钟只不过是他规避伤痛情绪的道具，一旦他被快乐包围，就不需要时时刻刻提醒自己时间的流逝了。

一晃神，他们六个人并肩走过好多地方。从被拦在红毯外的那个瑟瑟寒冬，到一条又一条走不完的红毯，走到一个个不同却又相似的颁奖礼，拿遍了各式各样的奖项，接受各式各样的称赞。他们走出了一条和过去偶像团体不同的路，用自己的实力和才能，在顶峰守住了自己的位置。风浪从未停止，但他们的地位难以撼动。

一晃神，Kaleido 出道已经八年。

年初的时候，江淼拿到了影视剧最佳男主角的奖项，成为男团里转型成演员发展最好的一位。贺子炎也凭借着几部连续大热的剧，混得风生水起，成为难得能打得起收视率的当红小生之一。

凌一投身他热爱的音乐剧事业之中，还成为热门综艺的固定主持人，做的都是自己最爱做的事。路远的舞团在他多年的打磨和带领下成为国内一流舞团，在国际上获奖无数。

裴听颂三年前参加了嘻哈比赛，在节目中凭借自己的实力拿下了亚军，也彻底摆脱了大众对他身为男团成员不配称为 rapper 的偏见。后续发布的两张 solo 专辑也引发了巨大反响，他也成为被大众认可的说唱歌手。而一直以来都是人气 top 的方觉夏，这些年一直专注于原创音乐，凭借着自己掌控旋律的天赋，发表了一张张 solo 专辑，完成了从男团艺人到原创唱跳歌手的转变，甚至开了属于自己的个人演唱会，第一场和最后一场的嘉宾，都是裴听颂。

他从小就希望可以拥有一个舞台，所以他一刻不停地在舞台上燃烧着生命的光彩。

每一个人都朝着命定的轨迹在运转，从最初的各种原因来到 Kaleido，机缘巧合成为彼此的队友，把不同的目标凝结成同一个，齐头并进，到后来慢慢地展开自己的轨迹，奔赴着过去以为抵达不了的属于自己的梦想。

六个完全不同却又趋近的梦，组成了 Kaleido 的梦。Kaleido 的万花筒，最后也终究要焕发出六种不同的光芒。

10

出道以来，Kaleido 一直保持着一年至少结伴旅游一次的传统。哪怕行程多么繁忙，只要有休息期，他们一定会一起去旅游。

半年后，他们凑上了合适的时间，一起出发去了北欧，想好好在北欧的几个小国家玩一圈。

过了专辑宣传期，方觉夏就一度神隐，裴听颂虽然还有活动，但两人鲜少同时出现在公众视野中，粉丝日号夜号，每天在两人的微博"万人血书"，盼着他们出现。

方觉夏虽然不看微博，但凌一天天跟粉丝互动得起劲儿，连他的小号都是粉丝苦兮兮的求助，导致凌一也看不下去，每天提醒方觉夏。

终于，趁着六人外出旅游的机会，方觉夏打开了直播间。

心心念念的粉丝终于等来了这一天，但也因为人数太多，直播间直接卡到根本没反应。方觉夏鼓捣了半天，最后还是把手机放在架子上，对着床，自己去酒店房间的大镜子前整理衣服。

方觉夏对着镜子戴好了围巾，又给裴听颂递上另一条围巾，那是他们第一天抵达瑞典时在街边的手工店买的。

裴听颂右手拿着手机支架，下意识伸了左手，可还没接过围巾，他就说："我现在在直播，不方便，一会儿戴吧。"

方觉夏捏着围巾，看了一下，主动帮他搭上脖子。

"我们现在要出门了，过来。"裴听颂把手机拿远，屏幕正好可以容纳他们两个人。从酒店出来，他们走在冬日的阳光下。这里的街道充满了异国风情，裴听颂和方觉夏并肩走在这样的背景中，画面漂亮得不像话。

"啊。"方觉夏突然停下来，摸了摸口袋，又把肩上的背包取下来检查。

"怎么了？"

为什么觉夏哥哥都不会长大，还是和刚出道一模一样，素颜看起来又奶又乖。

好可爱啊觉夏。

方觉夏抬起头，伸出自己的手，一本正经地回答："我忘记戴手套了。"

裴听颂一下子笑出来："我还以为是什么呢。"他把手机支架给方觉夏，咬住手指尖的皮手套布料，扯下来一只手套给他，"戴这个，可能有一点大。"

两个人站在路边等车，方觉夏和粉丝们聊起其他的话题："火哥他们几个还在酒店，他们昨天打牌玩到很晚，现在还在睡懒觉，中午饭都没吃。"

有粉丝问他们是不是特意出来直播，裴听颂说是呀，还笑得特别灿烂。方觉夏报着笑意摇头："其实我们是出来见一个朋友，很久没有见面了，也想着很久没有和大家见面，就开直播和大家聊聊天。"

　　"想我们吗？"裴听颂挑了挑眉。

　　太想了，呜呜呜呜……

　　我们小裴真的是越来越帅了。

　　约好的车来了，方觉夏和裴听颂上了车，在车上和司机用英语交流了一阵子，司机还问他们是不是亚洲的模特，方觉夏笑着说不是，司机又说他们很好看。

　　司机太有眼光了！

　　哈哈哈，小裴这个头儿走哪儿都被人说像模特。

　　和粉丝聊着聊着，很快他们就抵达了目的地。两人下了车，沿着街道走到拐角，有一间装修得很是温馨的咖啡店，门口挂着一串雪白的风铃。方觉夏走在前面，推开了门，风铃晃荡，发出悦耳的声响。

　　裴听颂跟在方觉夏的后面："我们有跟这一位事先聊过，他还挺想和大家打招呼的，本来我是想找个餐厅吃点东西，觉夏一直喊饿。不过因为这一位也要出来，我们就直接来咖啡馆了，希望这里的吃的不要太难吃。"

　　我怎么感觉小裴的语气有点怪呢？

　　哈哈哈，左一个"这一位"，右一个"这一位"，真的好怪。

　　"哪里怪了……"裴听颂着急反驳，一抬头就看见方觉夏被一个熟悉的身影热情地抱住，他迅速把镜头转换成后置，让直播间的粉丝陪着他一起看。

　　欸？那个不是梁若吗？！

　　天哪，我鸡皮疙瘩都起来了！！

　　真的是梁若！呜呜呜，原来觉夏哥哥说的朋友是梁若。

　　镜头里，和觉夏拥抱完的梁若远远地就看到了裴听颂，结果他的第一反应居然是笑着比了个朝下的大拇指。

　　哈哈哈哈，裴听颂你也有今天！

　　哈哈哈，裴式打招呼法则。

　　"喊。"裴听颂一副"你觉得我会生气吗"的表情，也对着他比了个一样的手势。梁若大笑起来，朝他招了招手："快过来啊。"

　　这是梁若退圈之后，他们第一次面对面聊天，也是梁若第一次出现在大众面前。知道他们正在直播，梁若还特地跟粉丝们打了个招呼："好久不见啊，我是梁若。"说完他看了看方觉夏："有点奇怪欸，跟你们的粉丝打招呼。"

　　裴听颂故意说："可不是吗，曾经的对家粉。"

哈哈哈，没有关系！我们也很惊喜！

你过得好就好！

梁若也没有怎么变啊，真好。

"你们的粉丝真是人美心善啊。"梁若看着弹幕，感慨道。

他们围坐在一个小木桌边，旁边是壁炉，还有两条懒懒的萨摩耶犬。梁若给他们一人端了杯咖啡，还有很多他里的招牌小吃："尝尝，这个很好吃的。我每天吃都不腻。"

方觉夏笑着拉了他一把："别忙了，坐吧。"

"行。"梁若刚坐下，又突然想到什么，"啊，我去跟 Carl 说一下，他还不知道你们过来了。"

他一走，裴听颂就立刻挨着方觉夏，对着镜头举起手里的咖啡："你们知道吗？我花了四倍小费喝这杯咖啡。"

哈哈哈，什么仇什么怨！

方觉夏笑着拍了拍裴听颂的狗头。

没过多久，梁若就回来，还带着一个金发碧眼的高大男人，两人一起坐下。方觉夏很快就明白，这个人或许就是梁若现在的好友，在电话中梁若就已经透露过他认识了新的伙伴，他们对他很好，疗愈了他的伤痛。

"这个咖啡馆好温馨啊，"方觉夏环视周围，"一进来就有一种幸福的感觉。"

"是吧。"梁若也跟着打量，"这里面每一个小装饰都是我亲手做的，你看壁画，十字绣那个，那是我绣了好几个月的作品，是不是很厉害？而且我现在还学会了烤土豆，很好吃的，Carl 很喜欢吃……"

方觉夏望着梁若，看见他脸上真诚又幸福的笑容，终于放下一颗心，之前的担心和顾虑，在真正见到这个人的时候终于打消。

太好了，大家最后都获得了幸福。

他们从食物聊到生活，梁若跟他们分享了自己身边发生的趣事，方觉夏和裴听颂也说了许多。

"哎，对了，Carl 他以前是一个乐队的吉他手呢，"梁若催促 Carl 去拿来两把吉他，顺便施舍了一把给裴听颂，"我们唱歌吧，好久没有唱歌了。"

听到梁若说出这一句，方觉夏仿佛回到了很多年前，他们一起练习的时光。

他点点头，Carl 和裴听颂即兴配合着弹起吉他，他们唱了一首非常经典的英文老歌。

不知道怎么回事我有点想哭。

太温馨了，感觉好幸福啊，我也想有一间自己的咖啡馆。

一曲唱完，又是一首。咖啡馆的其他客人都忍不住给他们鼓掌。他们关闭了直播，喝着咖啡和啤酒，聊着过去的梦想和如今的生活。时间过去得很快，北欧的天黑得很早，黄昏时分，方觉夏接到了江淼的电话。

"我们得走了，淼哥他们已经出门了。"方觉夏拍了一下梁若的肩膀，"明天再来看你们。"

虽然舍不得，但梁若还是点了点头："是要一起出去玩？"

"嗯。去看极光。"

当时选择来北欧的原因，就是凌一偶然间提了一句，说很想看极光，偏巧方觉夏又知道梁若在瑞典开咖啡馆的事，就这么一拍即合，大家以最快的速度约定好旅游的目的地。

从咖啡馆出来，贺子炎开着租好的房车来接他们，六个人终于碰了头，坐在副驾驶的江淼对着地图和攻略，指挥他从小镇开往极光观赏地。北欧的冬天很冷，六个人都裹着厚厚的羽绒服，戴着毛绒帽，全副武装。

"我刚刚又去网站查了一下，说晚上十二点可能就出现了。"说着凌一就开始在车里扭动，"好激动呀。"

"对了。"路远从包里拿出一副手套递给方觉夏，"小裴说你们出门忘拿手套了，我们又买了一副。"

方觉夏拆开来给裴听颂戴上："露营吗，今天？"

"不露营了。"贺子炎一边开车一边说，"我们这不是换了房车，还是小裴租的。他说露营太冷了，下次去个漂亮的地方露营吧。"

方觉夏看向裴听颂，只见他戴好手套，轻声说："露营你的腰受不了的。"

"好吧。"

大家在车上无聊，于是凌一开了Kaleido的大直播间，想和粉丝一起等极光。直播一开，大家又开始了说相声的传统艺能。

抵达目的地的时候他们有些饿了，几个人干脆在房车里跟大家做了个吃播。凌一一口气吃了四十颗肉丸，撑得躺在沙发椅上起不来，跟只翻不了个儿的乌龟似的。

方觉夏坐在直播的手机前，慢吞吞地剥着烤土豆的皮，偶尔抬头看一眼屏幕。

所以这期直播的主题是：漂亮宝贝剥土豆。

哈哈哈哈，太可爱了觉夏！

忽然间，他看到一个ID叫ChloePei的用户一口气给他们的直播间送了超多礼物，吓得他愣愣地看了好久，等到裴听颂走过来问他土豆好不好吃的时候，

/231/

方觉夏才回神。

这是什么土豪粉丝！

截屏留念，这是我离有钱人最近的一次！

"我还没吃呢。"他扭头看向裴听颂，把刚刚天价礼物的事告诉对方。裴听颂很是无语："谁啊，这么暴发户，是觉得我很穷吗？"

方觉夏不知道真人是谁，只好把 ID 给他背了一遍，没想到裴听颂直接扭头："Chloe？"

方觉夏点了点头："你认识？"

"我姐……"裴听颂叹了口气，开始对着屏幕用英文说话，让她姐消停点，他不缺钱。

我还以为是新的有钱人，没想到是姐姐，呜呜呜……

霸总姐姐出现了！姐姐我爱你！

时间越来越晚，他们裹着厚厚的外套在外面坐了一圈，等待着极光的出现。大家开始闲聊，贺子炎和江淼架好了摄影设备，路远和凌一的二人转直播就没停过，闹腾个不停。

裴听颂给方觉夏泡了一杯热巧克力，又给了他一条厚毛毯，挨着他在直播屏幕的小角落坐着聊天。

他压低声音，对方觉夏说："方平戒毒成功，出来了，我不放心，还是找人盯着他。不过他好像也变了，一出来就找了份工作，而且没有回老家。"

方觉夏轻轻地"嗯"了一声，抿了一口热可可，抬头望着夜空。

裴听颂侧头，凝视着方觉夏。每一次看方觉夏沉默，他都会想起从旧金山赶回来的夏天，会想起那时候的方觉夏。

"觉夏。"

听到裴听颂唤着自己的名字，方觉夏回头，轻轻地"嗯"了一声，问他怎么了。

裴听颂轻声问："你会不会想，如果当初没有发生那些意外，你的人生会更美满？"

毕竟他是一个那么害怕犯错的人，一定很想规避掉所有发生过的错误，如果有这个可能。

方觉夏笑了笑："小时候想过，经常想，一直到出道的时候，我都会做类似的梦，不过后来就不想了。"

"为什么？"

看着裴听颂脸上的疑惑，方觉夏笑得很甜："跟你说个故事。我小学六年级的时候，本来是作为优秀学生被选中去参加市教育局举办的一个活动，而且要代表发言。"

裴听颂夸张地道："我们觉夏哥哥这么厉害啊。"

方觉夏"嗯"了一声："为了那次演讲，我准备了一星期。谁知道后来，我居然发了高烧，几乎不能说话，所以学校换了一个学生代替我。"

他长长地叹了口气："那时候我很沮丧。"

"可怜的小觉夏。"裴听颂拍了拍他，"然后呢？"

"然后，因为没能参加活动，我只好在那一天的早上照常去参加周末奥数班。我每次都会从公园里抄近道，好巧不巧的是，那天我遇到一个孕妇阿姨，我看见她站不住快要倒在地上，而且周围一个人都没有。"方觉夏难得绘声绘色地给他讲故事，很孩子气，好像真的回到了那一天，"我吓坏了，把她扶到草地上，然后背着书包满处跑，终于找到一个大人，帮我打了120，我们一起去了医院。"

裴听颂认真听着故事，轻拍他肩膀："你真是一个善良的小朋友。"

方觉夏继续说："我的课没上成，在医院等了好久，后来阿姨生了个小宝宝。"他有些激动，眼睛亮亮的，"你知道吗？那是我第一次摸到小婴儿的手，特别软，她攥着我的大拇指不松开，看着我笑。那种感觉太奇妙了。而且阿姨说，没有我，这个小宝宝可能就不会出生了。"

他说完了自己的故事，神色变得温柔。

"每当我为一件事感到后悔的时候，我就会把这件事拿出来想一想。

"其实我们都是经历的集合。一件件按顺序发生的事件串联起来，塑造了现在的我们，如果其中有任何一环发生了变化，我就可能不是现在的我了。

"我没办法阻止坏事发生，也没办法阻拦遗憾的到来。但是我总觉得，这个世界是以一种无形的守恒秩序运转的，遗憾的背后或许藏着一份馈赠。这样一想，遗憾也就不算是遗憾了。那个站在话筒前背着发言稿的我，一定无法牵到那个小婴儿的手，不是吗？"

看着夜色中方觉夏温柔的面容，裴听颂仿佛看到他坚韧的那颗心。他想，这就是方觉夏，这就是方觉夏最珍贵的一部分。

于是他笑起来："没错，只有错过了那场演讲的你，才能守护一个小生命的诞生。"

方觉夏点点头："所以我不会去想假如，过去的一系列事件让我成为现在的我，如果有遗憾，也是值得的，"说完他露出一个满足的笑，"因为我有你们。

"你们就是这个不具名的守恒秩序下，我用遗憾换来的那份馈赠。"

如果没有那些苦难，那些独自等待和摸索的黑暗，或许他就无法遇到Kaleido。

如果是这样，方觉夏宁可不要假设中更加顺遂的人生。

裴听颂忽然间有点鼻酸，但他怎么都不想承认这一点，于是背过脸去想忍一忍，方觉夏问他怎么了，他只说太冷，冻得他鼻子疼。

"啊！极光！"

凌一的大嗓门几乎回荡整个雪原。

"哇真的！好好看！"路远赶紧调整直播手机的角度，让粉丝们陪着他们一起看极光。

裴听颂也抬起头，沉沉的夜色中开始浮现出美妙的蓝绿色弧光，交错缠绕，层层荡开，原本一望无际的黑暗被染上了神秘又美妙的光彩。

夜盲症让方觉夏看不真切，只能在极光越来越多的时候，感觉眼前的黑暗仿佛蒙上一层虚渺又美丽的光绸，像是面纱。他忽然间想到了一起去看过的烟火，想到一巡的万花筒夜空，和现在一样，都是他见过最美的黑暗。

凌一对他大喊："觉夏！漂亮吗？能看见吗？"

方觉夏笑着点头："很漂亮。"

真的好美啊，第一次见到极光，亲眼见应该更美吧。

这么难得的场景，哥哥们快许愿啊！

哈哈哈哈，什么都要许愿。

"对啊。"路远放下小零食，"我们一起许愿吧。"

这个提议得到了大家的一致通过，不过比起那种各许各的小心愿，他们更想来个大的。围在一起商量了一番，江淼问："默默许？"

裴听颂反对："都一起许愿了，不喊出来怎么成真？"

"对！"凌一难得和他站在统一战线，"喊得越大声，就说明我们心越诚！"

"好——"

他们六个人站在美丽又罕见的极光之下，在直播间的粉丝面前，就像每一次站在台上那样，连站位都维持了官方习惯。江淼左右看了看，然后习惯性地喊出了口号："一、二、三……"

这一次，他们没有自我介绍。六个在时光中走向成熟的年轻人对着极光齐声大喊——

"Forever Kaleido!Forever Domino!"（永远的卡莱多！永远的多米诺！）

他们的声音在夜色中回荡，然后是无忧无虑的开怀大笑，像永远不会长大的少年。依依不舍地和粉丝告别之后，江淼走上前想关闭直播，身后的弟弟们还在吵吵闹闹。

"你再欺负我我就单飞！"

裴听颂不以为意："你单飞啊，我看你这小胳膊小腿往哪儿飞。"

凌一习惯性搬救兵："觉夏你看他，他又扒拉我脑袋！"

"你别弄凌一了。"

"就是，"贺子炎添油加醋，"再扒拉他就长不到一米七五了。"

路远又翻出他没吃完的小麻花，走到裴听颂和方觉夏跟前："哎，对了，你们下一程目的地定了没，前两天看见一个特别好看的我跟你说……"

江淼飞快扭头："路远！嘘——"

"哎，怎么了？"

"我还没关直播……"

（全书完）

亲爱的读者朋友们：

你们好呀！

撒花～，《营业惊魂》完结篇终于出版啦！这过程中真的遇到很多困难，非常非常感谢磨铁的编辑老师，以及其他工作人员，当然最感谢的还是读者们一直以来的支持与期待。

这本书诞生于一个特殊的时期，由冬到夏，历经数月，这段连载期于我而言非常特别。"营惊"和角色在最困难的时候陪伴着我，编织出一个梦幻美妙的白日梦，给予我极大的宽慰与力量。至今我仍能回想起2020年5月4日正文完结时，我痛哭了一场，仿佛自己也是演唱会座席上见证卡团成功的万分之一，要准备与他们挥手道别，看着这六个人走向一个崭新的更妙的世界。我相信在那段时间，觉夏、小裘、包括整个小卡，都给大家带来过快乐和感动。求许现在你们也能回忆起当初的悸动，因为爱与情感的力量是历久弥新的。

无论是小裘还是觉夏，他们在追寻梦想的过程中都走过弯路，遇到过坎坷，也曾经有过迷茫，但最后都依旧在爱的力量下找到自己，肯定自己，并用尽全力保全这个珍贵的"自我"。生活总是充满了不确定性，充满挑战与挫败。成长的必经之路就是与不如意相之切磋。所以感到疲倦真的是一件寻常事，就像觉夏写的歌那样，我们可以对自己说："今日不营业也没关系。"我古怪、我慢热、我敏感多思……这都没关系，我掌握重塑生活的方向盘，我会坚定地拥抱和悦纳自己。

你们给我带来过无数个明亮的瞬间，也希望这本书可以为你们带去些许暖意。

祝大家拥有小裴那样一往无前的勇气，也祝大家成为自己的明亮，像觉夏一样的明亮。

饶雪桥

2025.4.22

图书在版编目（CIP）数据

营业悖论．2 / 稚楚著． -- 广州：广东旅游出版社，2025.7（2025.8重印）． -- ISBN 978-7-5570-3579-2

Ⅰ．Ⅰ247.5

中国国家版本馆CIP数据核字第20250GX209号

营业悖论．2

YINGYE BEILUN．2

出 版 人：刘志松
责任编辑：梅哲坤
责任技编：冼志良
责任校对：李瑞苑

广东旅游出版社出版发行
地址：广州市荔湾区沙面北街71号首、二层
邮编：510130
电话：020-87347732（总编室） 020-87348887（销售热线）
投稿邮箱：2026542779@qq.com
印刷：北京盛通印刷股份有限公司
（地址：北京市北京经济技术开发区经海三路18号）
开本：700毫米×980毫米 1/16
字数：276千
印张：15.375
版次：2025年7月第1版
印次：2025年8月第2次印刷
定价：108.00元（全2册）

【版权所有 侵权必究】

如发现图书质量问题，可联系调换。质量投诉电话：010-82069336